2013 年教育部人文社会科学青年项目、新疆医科大学博士科研项目《维吾尔族大学生媒介接触与文化认同的实证研究》(13YJCZH257)，2014 年国家社科基金一般项目《维吾尔族青少年媒介接触与国家认同的调查研究》(14BXW045)的阶段性成果。

Media and
the rise of
"new realistic fiction"

传媒与"新写实小说"的兴起

张小刚 著

中国社会科学出版社

图书在版编目(CIP)数据

传媒与"新写实小说"的兴起 / 张小刚著. —北京:中国社会科学
出版社,2016.4

ISBN 978 - 7 - 5161 - 7724 - 2

Ⅰ.①传… Ⅱ.①张… Ⅲ.①新写实小说 – 小说研究 – 中国 – 当代
Ⅳ.①I207.42

中国版本图书馆 CIP 数据核字(2016)第 045904 号

出 版 人	赵剑英
责任编辑	曲弘梅
特约编辑	薛敏珠
责任校对	邓雨婷
责任印制	戴 宽

出 版	中国社会科学出版社
社 址	北京鼓楼西大街甲 158 号
邮 编	100720
网 址	http://www.csspw.cn
发 行 部	010 - 84083685
门 市 部	010 - 84029450
经 销	新华书店及其他书店

印 刷	北京君升印刷有限公司
装 订	廊坊市广阳区广增装订厂
版 次	2016 年 4 月第 1 版
印 次	2016 年 4 月第 1 次印刷

开 本	710×1000 1/16
印 张	15.5
插 页	2
字 数	243 千字
定 价	58.00 元

凡购买中国社会科学出版社图书,如有质量问题请与本社营销中心联系调换
电话:010 - 84083683

自 序

文学与历史的复杂缠绕

在 20 世纪八九十年代之交，"新写实小说"是中国文坛上最值得关注的文学现象。大部分的报刊、批评家、作家、机构都介入了对这一问题的讨论和言说，使得其成为 80 年代持续时间最长的小说"思潮"。对这个现象重新考察和阐释，不仅仅利于我们理解 80 年代、90 年代的文学状况，同时，它也成为我们走进那一段虽距今并不久远，但业已尘封的"历史"。所以，本书的基本思路便是在文学与历史的双重互动中理解"新写实小说"的历史。

首要的问题便是，将这一现象置于什么时段中进行考察，因为对历史时段的选取不仅仅意味着一种看待问题的视角；更重要的是，在一定历史时段中，问题的重要性和复杂性才会凸显出来，它所包含的问题意识才会得以彰显。对于"新写实小说"来说，早就有学者将其纳入 20 世纪现实主义文学的链条中，认为在 20 世纪中国文学史中，新写实小说只是一个匆匆过客。在笔者初步选定这一问题作为研究对象的时候，也曾听到一些学者关于这个问题的研究意义不大的说法。但是，如果将其置于 80 年代的视野中进行考察，这个问题的重要性就会显现出来，在某种程度上，它所包含的文学和历史的复杂性可能超过了 80 年代的其他小说"思潮"，甚至也超过了现代文学中的很多文学"思潮"。因为当我们把 80 年代作为独立的历史阶段来处理的时候，我们发现，这一发生于 80 年代末、90 年代初的"节点"处的文学现象携带的问题是如此的复杂。通过它我们可以发现 80 年代以及 90 年代的文学和历史意识，在这种双重的互动视野中重新理解当代文学的历史，重新安置研究者的历史位置。正如 E. H. 卡尔在《历史是什么?》一书中所说的那样："在过去与现在之间存在着双向的交通，现在是由过去铸造的,然而又不断地再现过去。假如历史学家制造历史,同样真实的是历史一直在制造历史学家。"

除了时间之外,空间、场域构成了我们理解历史问题的另外一个基本向度,因为具体的历史现象总是发生在特定的空间和场域中,而只有理解了特定的空间和场域才能理解历史现象。在这一问题上,从大的方面讲,本书将"新写实小说"锁定在中国这一特定的空间内。在这种视域中,"新写实小说"就是发生在中国,具体地说,主要是发生在北京、上海、南京等三地的文学现象。这种空间、场域的视野为我们重新认识"新写实小说"的复杂性,将其从"现实主义"/"现代主义"的批评模式中"拯救"出来提供了视角;为推进对"新写实小说"的本土化认识也提供了前提。但是,在写作过程中,笔者也深刻地意识到这一视域的局限性,之所以还是坚持将其置于中国场域中,是因为对作为一个历史现象的"新写实小说"的研究还基本处于起步阶段,在中国视野中对其进行历史描述有利于厘清这一问题的基本源流,呈现其内部的复杂性。当然,全球视野中的"新写实小说"研究也是笔者的下一个任务。

因20世纪80年代文学研究总体上处于一种批评化的状态,过多的似乎不言自明的理论范畴将它纳入不同的轨道,致使80年代的研究出现了非历史化的倾向。所以,本书的研究选取文学杂志作为切入点,试图将80年代文学以及"新写实小说"的兴起建立在更为可靠的事实基础上,而不是更多地根据自己的信仰或者喜好来言说这一对象。于是,杂志的命运、它的生产、流通和接受尽可能地被建立在真实数据的基础上,而不是来源于主观的猜测或者臆想,因为批评化的研究方式容易将这些问题感觉化、主观化。而杂志的命运当然也被安置在80年代中国社会转型的历史情境中予以理解,所以,这些数据便成为80年代历史链条上勾连了诸多问题的集合。在认清文学事实的基础上,本书才开始对一些问题进行阐释;而恰恰是这种建立在事实基础上的"冷酷"的、祛魅的研究才使得笔者能够发现当事人不愿意面对或者没有意识到的问题,而正如法马克·布洛赫在《为历史学辩护》中指出的那样,"一旦我们不再完全相信前人的文字记载，而执意从中发现他们不愿说出的东西，那就更有必要质疑问难、反复论证，这肯定是正规的历史研究的首要前提"①。本书的研究也正是从这种"不相信"和"质疑问难"中建立起来的。

在特定的时间、空间内，将"新写实小说"视为一个历史现象，这意味着笔者首先要讲清楚的是这个"故事"的构成。在本书中，经过对原始资料的爬梳，笔者将"新写实小说""思潮"确定为一个杂志现象，也就是说，处于这个事件的关键位置的，不是理所当然的作家作品，而是杂志。所以，在选取故事情节的时候，笔者讲述了文学杂志的命运以及不同地域的文学杂志的地位的转换；选取了编辑对文学信息的获取、对信息的传播；选取了杂志对作家的身份建构以及杂志对读者的想象等。然而，这只是问题的表层，对基本事实的清理；而在清理的同时，对研究对象的历史意识以及我们的历史意识的双重反思构成了处理这一问题的难点。在处理这个问题时，一方面，笔者清醒地意识到自己的 20 世纪 90 年代的立场与 80 年代的立场的对峙与消解，尽量重新体验这一问题，并对其作出描述和阐释，其中的裂缝可能无处不在。因为，作为一个 20 世纪 80 年代出生的研究者，对其中的有些问题的理解毕竟有点隔膜，因为"每个时代都有其特殊性，有些思想意识在当时是很普遍的，在今天看来却感到很特殊，这是因为我们已不再有类似的思想"（法马克·布洛赫：《为历史学辩护》）。但是，也许正是这种隔膜，这种陌生的熟悉，同时构成了笔者叙述这段历史、重释这一现象的冲动，也才获得了不同的眼光。而笔者也清醒地意识到，自己的研究是在 20 世纪 90 年代的意识形态的笼罩中进行的，所以，其中难免发生历史的错位，但是，笔者相信它同时也击中了 20 世纪 80 年代和 90 年代文学中的某些共同问题。

历史与文学总是处于相互缠绕之中，在重新勘测社会的物质基础、体制转型的基础上，在制度建构中理解文学、理解杂志、理解作

---

① ［美］E. H. 卡尔：《历史是什么?》，张和声、程郁译，中国人民大学出版社 2006 年版，第 59 页。

家作品、理解文学事件是本书的基本思路，在这种理解中，笔者看到了"新写实小说"发生的偶然和必然，同时也理解了自己所经历和没经历过的生活。

摘　　要

　　作为 20 世纪八九十年代之交的重要文学现象，"新写实小说"长期以来被理解为一种具有相近本质特征的作家作品的集合。这种研究视角和方式造成了对这一文学现象的理解的窄化：一方面，它忽视了这一现象发生过程中编辑、文学杂志、文学机构、读者等主体的作用，也无法对以上主体之间的复杂性和矛盾性给予解释。另一方面，它必然造成对这一现象发生过程中的政治、经济、文化等社会和历史因素的盲视。这就影响了认识这一现象的历史深度和对其历史坐标的确定。

　　本书运用文学社会学和文化研究的方法，将这一文学现象重置于 20 世纪八九十年代之交的历史语境中进行考察。笔者认为，"新写实小说"是发生在"治理整顿"的历史时期的文学现象。其时，置身于经济体制和报刊体制改革的热潮中，文学杂志普遍面临着办刊以至生存危机；而在"新时期"以来一直领跑中国当代文坛的北京和上海两地的文学杂志均处于困顿状态，在社会和出版体制改革中获得优势资源的南京逐步在文学场中占据主导地位。在这种历史契机下，《钟山》杂志通过对文坛生态的考察和自我力量的估计适时地将起初发生于京、沪两地的"新写实小说"移植到南京。并通过发表宣言、调整版面、内容更新、举办评奖、调整定价、媒体宣传和研讨等一系列市场化的运作，终于使得"新写实小说"成为一个文学现象进入文学史。在这个过程中，池莉、方方、刘恒、刘震云以及《烦恼人生》《风景》《狗日的粮食》《伏羲伏羲》《单位》《一地鸡毛》等作家、作品在北京、上海、南京的报刊之争中被聚合为一个作家作品群落，并成功而稳固地被命名为"新写实小说"的代表作家、作品。

在细致地考察了"新写实小说"的生产和传播之后，本书将其纳入"新时期"小说思潮的历史链条中，从文学生产与"文学思潮"的角度重新为其定位："新写实小说"是"文学思潮"生产中从计划到市场的一座历史浮桥。

关键词："新写实小说"；文学策划；读者想象；"文学思潮"的生产

目　录

绪　　论

在诸多中国当代文学史中，20 世纪 80 年代被描述为一个潮流演进、思潮迭起的文学时期。尤其是小说领域，从"伤痕"、"反思"、"改革"、"寻根"、"先锋"到"新写实"的文学史链条为大多数文学史所默认或者采用，这种线性的小说"思潮"序列的组合几乎成为当代文学史中 80 年代小说的所有事实，而这个文学史链条的末端的重要"情节"便是"新写实小说"。各类中国当代文学史均毫不例外地对这一文学现象进行了描述和分析。如果说经典化的一个重要标准便是批评家、文学机构、文学史对某种文学现象的集体默认的话，很显然，"新写实小说"已经稳居"经典"的行列之中，成为中国当代文学史中无法绕开的重要话题。

因为"新写实小说"在中国当代文学史中所占据的独特"位置"：一方面，它处于 80 年代小说"思潮"的末端，历史地连接着之前的小说"思潮"，深入地研究这一小说"思潮"，可以以此为支点理解80 年代的小说"思潮"；另一方面，作为八九十年代之交的重要文学现象，对它的研究可能为重新理解 90 年代文学提供某种思路或者启示。

第一节　"新写实小说"的研究背景

"学术领域反思自身的一个方法是回顾自己的历史。"① 所以，考

---

① ［美］海登·怀特：《作为文学虚构的历史文本》，转引自张京媛主编《新历史主义与文学批评》，北京大学出版社 1993 年版，第 160 页。

察以往研究中的"新写实小说"的形象,重新审视各类研究的阐释模式和运思路径便成为重新检视"新写实小说"兴起的必要环节。

"新写实小说"研究大多朝着"现实主义"和"现代主义"的向度前进。这种研究方式与其出场语境密切相关。"对'写实'倾向的小说的关注"有两方面的原因:"一是在80年代中期,尽管先锋性的小说探索占据重要地位,但许多作家仍在'写实'的轨道上写作,并在文学观念和艺术方法的不断调整中,出现了一批与前此的'写实'小说(或'现实主义'小说)不同的成果。二是文学界的一些人存在着对已被过分渲染的'先锋小说'的某种不满情绪。"① 也就是说,在这些小说产生的历史语境中,"现实主义"与"现代主义"可视作当时文坛的核心焦虑。于是,最初对"新写实小说"的描述大致朝向"现实主义"、"现实主义与现代主义融合"两种路径前进。

从整体上将那些后来被命名为"新写实小说"的作家进行归类分析和整体研究,并对其进行命名的文章可以上溯到雷达先生的《探究生存本相 展示原生魅力》② 一文。在这篇文章中,雷达最早将池莉、方方、刘震云、刘恒等人的作品视为一种带有潮流性质的创作倾向进行评述,认为"新时期文学"走过了"恢复"、"裂变"、"回归"的发展道路,而这批作品是对"被扭曲以致失落了"的"现实主义传统"的"回归"。毫无疑问,雷文所说的"现实主义传统"是"五四""现实主义传统",而20世纪50至70年代文学是对这种传统的"扭曲",在这种以"五四""现实主义"为正宗的思路下,文章从"小小回顾"、"从'主观'向'客观'的过渡"、"视点下沉"、"正视'恶'和超越'恶'"等方面对这批小说的审美特征进行了阐发。雷达先生的评析不仅奠定了"新写实小说"研究的基础,同时,作为一种颇具范式意义的评论,文章的思路在相当长的时间内都影响着后来的研究者。

除"现实主义回归"说以外,"后现代主义"(王干)、"现实主

---

① 洪子诚:《中国当代文学史》,北京大学出版社1999年版,第338页。

② 雷达:《探究生存本相 展示原生魅力》,《文艺报》1988年3月26日第3版。

义的自然化"（陈思和）、"新现实主义"（吴方）、"后寻根小说"
（季红真）等名称也曾为一些批评家所使用。虽然这些命名的侧重点
各有差异，论者所叙及的作家作品也存在差异，但是，从致思路径上
看，对"五四""现实主义"传统的赓续与对 20 世纪 50 至 70 年代文
学中的"现实主义"的反动成为这些研究中共有的预设。所以，在对
这批作品进行描述的过程中出现的诸如"从情感的零度开始写作"、
"纯态事实"、"还原生活"等术语都是在"反叛"与"回归"的逻辑
中展开的，这些批评虽然术语表述各异，但实际内涵却差别不大。而
强调这批作品与"现代主义"的联系的批评家则认为是"现代主义精
神更加深化"，是"现实主义创作在目下这一阶段的新的发展"，或者
认为它"汲取了部分现代主义思潮企图以'更加真实'的描写来刷新
现实主义"。① 这种认识实际上与上述的强调其与"现实主义"联系
的批评并不矛盾，只是在"现实主义"的中心语前多加了一些限定成
分证明其"新"，而内核依然是"现实主义"。在"现实主义"／"现
代主义"的认识框架中，无论是"回归"说、"超越"说、"反动"
说，还是"融合"说，因为思维方式的相似，批评家所得出的最终结
论除了话语形式方面的差异外，其内核实则相差不大。这也说明 20
世纪 80 年代中、后期的文坛在文学认识上是有高度共识的。而对
"新写实小说"的这种认识模式一直延续到现在的诸多研究中，成为
大部分研究者共享的"集体无意识"。

　　近年来有研究者试图从现代性、文学生产、媒体等新的角度对
"新写实小说"进行探讨。国内可以查到的以"新写实小说"作为研
究对象的博士论文出自韦丽华女士之手。在其学位论文②中，她认为
"新写实小说"蕴含着特定历史时期的"强烈的现代性焦虑情绪"，
"并从中体现出对现代中国社会的问题意识"。她认为"新写实小说"
的"现代性焦虑"集中表现在对贫困的关注、对人的主体能力的怀

---

　　① 丁帆、徐兆淮：《新现实主义小说的挣扎——关于近年来一种小说现象的断想》，
《上海文论》1990 年第 1 期。
　　② 韦丽华：《转型期中国的现代性焦虑——"新写实小说"论》，《当代作家评论》
2001 年第 2 期。

疑，以及"对感性真实的强调也带来了一系列审美主义的伦理困境和现代性问题"，而后者才是"更为内在的现代性焦虑的表征"。同样是运用新兴的理论处理问题，陈小碧、邱强①和钱旭初②的论文则将研究对象由作家作品扩展到传媒，并从发生学的角度重评"新写实小说"。这些研究在提供了新的视角的同时，却因为过强的理论预设使得研究更多地成全了逻辑而窄化了历史，但是作为一种新的探索仍然功不可没。

　　如果说专题研究的特征在于深入、细致、视角独特的话，文学史研究则以包容性、整体性为主要特征，它为我们勾勒"新写实小说"形象的基本轮廓。不同的文学史对"新写实小说"的基本性质的认识存在一定差异。这种认识上的差异既与文学史的写作时间相关（有的史著因产生于"新写实小说"的发生期而未能对其作历史沉淀），也与不同作者的文学史观念相联系。有的文学史认为它是一种"小说流派"，③ 而大多数文学史还是采用了比较温和的说法，将其视为一种"创作倾向"④、"创作潮流"⑤ 或者"创作现象"⑥。对于这种性质认定上的分歧，当年曾经发表论文呼应《钟山》倡导"新写实"的董健等主编的《中国当代文学史新稿》中的说法值得重视："'新写实'作家群的构成非常复杂，作品的精神含量和艺术价值往往相差很大。""'新写实'并不是严格意义上的文学流派，只是一个具有类似创作倾

---

① 邱强：《"文学生产"与"新写实小说"思潮的发生》，《理论与创作》2008 年第 5 期。

② 钱旭初：《文学意识与媒体意识的重奏》，《南京师范大学学报》2008 年第 3 期。

③ 王庆生主编的《中国当代文学》（华中师范大学出版社 1999 年版）持此说。

④ 金汉、冯青云、李新宇主编的《中国当代文学发展史》（杭州大学出版社 1992 年版）持此说。

⑤ 洪子诚的《中国当代文学史》（北京大学出版社 1999 年版）和吴秀明主编的《当代文学五十年》（浙江文艺出版社 2004 年版）均持此说。

⑥ 陈思和主编的《中国当代文学史教程》（复旦大学出版社 2006 年版）和孟繁华、程光炜著的《中国当代文学发展史》（人民文学出版社 2003 年版）均持此说。

向的松散结合体。"① 而对"新写实小说"代表作家作品的认定上，在池莉、方方、刘震云、刘恒等四位作家之外，有的文学史将李晓和叶兆言列入其中。② 尽管存在差异，但是诸种文学史对"新写实小说"的审美特征的认识还是有相当的"共识"的。各类文学史虽然表述不一致、叙述重点也各有侧重，但基本是在整合当时流行的文学批评话语的基础上，对"新写实小说"的基本特征进行了各具特色的叙述。所以当年流行的"还原生活本相"、描写"纯态事实"、"零度写作"等批评话语在未加界定和清理的情况下被直接挪用为"新写实小说"的基本特征并成为文学史常识。关于"新写实小说"的生成过程，诸种文学史对"新写实小说"的生成过程的认定也具有高度共识：认为在出现了池莉、方方、刘震云、刘恒等作家的独特的创作之后，由于《钟山》杂志的极力倡导，"新写实小说"作为一个文学史概念才得以确立。

综上所述，文学史关于"新写实小说"的"共识"可以表述为：它是发生于 20 世纪八九十年代之交，在《钟山》杂志的大力倡导之下进入文学史的文学现象；以池莉、方方、刘震云、刘恒等为代表作家；以《烦恼人生》《不谈爱情》《太阳出世》（池莉），《塔铺》《新兵连》《单位》《一地鸡毛》（刘震云），《风景》（方方），《狗日的粮食》《伏羲伏羲》（刘恒）等为代表作品；以"还原生活本相"、描写"纯态事实"、"零度写作"为其审美特征的文学现象。虽然对其文学史脉络的认识存在诸多分歧，但是在诸种以作家作品加思潮流派构筑的文学史中，这类描述勾勒了"新写实小说"的基本形象和"本质"特征，为我们想象"新写实小说"这一文学现象提供了基本的向度。

---

① 董健、丁帆、王彬彬主编：《中国当代文学史新稿》，人民文学出版社 2005 年版，第 472 页。

② 金汉、冯青云、李新宇主编的《中国当代文学发展史》（杭州大学出版社 1992 年版）将李晓列为代表作家。陈思和主编的《中国当代文学史教程》（复旦大学出版社 2006 年版）和王庆生主编的《中国当代文学》（华中师范大学出版社 1999 年版）将叶兆言列为代表作家。

第二节　研究思路及研究方法

通过对 20 多年来的"新写实小说"的研究的梳理和反思，我们发现无论是从现实主义/现代主义角度对"新写实小说"进行的专题研究，还是在整合的基础上进行的文学史整体研究，其最终指向都是将"新写实小说"视为一种以作家作品为主体的创作现象进行研究（尽管有的文学史充分地注意到了作为文学史概念的"新写实小说"的建构性特征，但是其阐释的最终指向却是作家作品）。这种研究对作为创作潮流的"新写实小说"进行了深入细致的文本解读，对作为审美现象和精神现象的"新写实小说"进行了整体阐发。但同时却留下了诸多问题。

从《钟山》倡导"新写实小说"之初，作家、编辑、批评家对这些作家作品的整体的理论界定就存在疑虑。叶兆言说："新写实是评论家和读者的事，作者要站稳立场，不能被这些热闹的景象所迷惑。"[1] 池莉也说："自从近年来中国文坛有了'新写实主义'这一说，我便被划归'新写实'作家这一类。由于我没有思考和研究什么叫做'新写实'这个理论范畴问题，所以我总是含而糊之地不敢说是，也不敢说不是。"[2] 吴秀坤说，"究竟什么样的作品算是新写实小说……在理论上一时也很难说清，比较朦胧。"[3] 也有人对《钟山》杂志刊出的小说与"新写实小说大联展"的宣言之间的错位进行反省，赵宪章发问："《钟山》倡导的新写实小说，与实际上发的是不是一回事?"[4] 倒是与《钟山》一样面临办刊困境的编辑一针见血，汪宗元说："新写实小说需要理论的研讨与探索。……我希望《钟山》

---

① 叶兆言：《新写实作家、评论家谈新写实》，《小说评论》1991 年第 3 期。

② 池莉：《想象的翅膀有多大》，《池莉文集》4，江苏文艺出版社 2009 年版，第 219 页。

③ 见《新写实小说漫谈》，《文学自由谈》1990 年第 1 期。

④ 同上。

抓住这个契机，多发一点这方面的理论文章，打出自己的旗帜。"①
"新写实小说"作家作品之间、作品与理论之间的这种矛盾和错位也
延续到文学史中。大多数文学史在对"新写实小说"的"一般"特
征进行描述之后，又对代表作家、作品进行了"细读"，而这些"细
读"很大程度上凸显了具体文本的"个性"，而这种"个性"实则对
前述的"一般"特征进行了消解。也就是说，仅仅将"新写实小说"
理解为具有共同创作特征的作家作品群落是无法解释这个群落构成的
复杂性和矛盾性的。

　　与研究对象上以作家作品为主体相对应的是，在研究方式上，
"新写实小说"被安置在现实主义/现代主义、五四/新中国成立后十
七年/20世纪80年代这样的框架中进行描述，这种文学想象方式一直
停留在20世纪80年代的知识氛围和思维框架中，这种致思路径一直
没有得到彻底的反省。80年代文学是在挪借"五四"文学传统的基
础上建构了自我想象，这种自我意识实则将"五四"文学的"现实主
义"与50—70年代文学的"现实主义"做了明确的等级划分，将前
者视为文学的正宗与归属，而将后者视为他者和怪胎，所以回归前者
而摒弃后者成为文学界的一种"共识"；而在改革开放逐步深化的80
年代中后期，在那种"走向世界"，走向"现代"的制度和舆论氛围
中，"现代主义"表明的是一种世界面向和开放精神，它在一定程度
上成为另一种自明的价值趋向。所以，摒弃50—70年代文学的"现
实主义"（在当时被很多批评家称为"伪现实主义"）而回归"五四"
式的"现实主义"，在开放和继承中实现文学的超越成为80年代批
评家的集体无意识。"新写实小说"正是在这种历史情境和知识氛围
中以这种思维框架建构起来的，这就导致了它的研究的非历史化，
"80年代形成的'文论化'研究倾向和方式，并没有因为时间的流逝
而被'历史化'，它们仍然以'在场'的方式存在于当前的当代文学
史的研究之中"②。它的建构话语本身在尚未得到有效的反思的情况下

①　汪宗元：《新写实小说漫谈》，《文学自由谈》1990年第1期。
②　程光炜：《当代文学学科的历史化》，《文艺研究》2008年第4期。

几乎已经成为自明的文学史知识,这种自明的文学史知识又成为大多数研究的逻辑起点,所以,对这种研究话语本身和知识运行的逻辑与其历史语境的关系应作有效的清理。

鉴于此,有必要调整研究"新写实小说"的路径。本书认为将"新写实小说"视为一个历史事件更有利于解释上述研究中的诸多矛盾,也更有利于考察其"本来"的面目。作为一个"历史事件"的"新写实小说"的内涵至少包括以下几个重要方面。首先,"新写实小说"的主体不再是作家作品,而是由作家作品、批评家群体、批评话语、各类杂志、文学机构等相互平等的主体共同构成的交流圈。其次,这个历史事件从开始到逐步落幕至少经历了五六年时间,这是一个经历了1987年前后的改革开放深化期、1988—1991年的治理整顿时期的历史事件,其中各种政治的、经济的、文化的力量的博弈异常复杂,"新写实小说"的兴起是一个具有高度的发展性、流变性的事件。作为一个历史事件,它发生在一个什么样的语境中?为什么发生?发生的条件是什么?发生在何时何地?原因是什么?是什么人、哪些批评家、哪些机构、哪些杂志参与了这个事件?他们为什么参与了这个事件?它的历史后果是什么?它在当代文学史中具有何种特殊意义?这一系列问题都需要在历史化的视野中重新做细致深入的考察。

因为对"新写实小说"作为历史事件的定位和理解,在研究方法的使用上,本书主要借鉴文学社会学和文化研究的方法,本书侧重于从"文学事实"的层面去理解"新写实小说"。罗贝尔·埃斯卡皮指出,"凡文学事实都必须有作家、书籍和读者,或者说得更普通些,总有创作者、作品和大众这三个方面。于是,产生了一种交流圈;通过一架及其复杂的、兼有艺术、工艺及商业特点的传送器,把身份明确的(甚至往往是享有盛名的)一些人跟多少有些匿名的(且范围有限的)集体连接在一起"。而直到现在,文学史研究"还是过多地局限在研究人和作品(风趣的作家生平及文本评注)上,而把集体背景看作是一种装饰和点缀,留给政治编年史作为趣闻轶事的材料"。而

"真正从社会学角度出发的研究明显地被忽略了"①。这种"局限"和"忽略"的情况也存在于对"新写实小说"的研究中。所以，重新回到历史现场，"必须看到文学无可争辩地是图书出版业的'生产'部门，而阅读则是图书出版业的'消费'部门"②。在这种思路的导引下，充分借鉴社会学、经济学、传播学等领域的理论，将文学文本的发表、转载、聚合、传播、接受以及再生产视为一个不同的力量博弈的过程，充分注意文学与社会、政治、经济、文化等在不同维度的复杂联系，廓清文学现象周边的物质性、制度性因素，在多维联系中"发现""新写实小说"所承载的复杂的历史因素，对其进行社会化、历史化的处理就成为本书的重心所在。

第三节　研究视角和拟解决的基本问题

　　以上是对本书的研究对象和方法的简要说明，在具体的研究中，本书认为从文学杂志与文学思潮兴起的角度；具体地说，就是以《钟山》杂志为切入点来描绘"新写实小说"兴起的原因、经过和结果，并在事实描述的基础上探讨这一文学事件背后的历史意识，重新思考20世纪80年代文学中的一些带有普遍性的问题，不失为一条好的路径。

　　虽然那些后来被名为"新写实小说"的代表作在1987年前后已经密集出现，而在《钟山》杂志倡导"新写实小说"之前，在雷达等批评家的一些文章中已经出现了对这一文学"思潮"进行归纳和描述的文章，但是，"新写实小说"最终能够作为一个文学史概念定格在历史当中却与《钟山》的倡导密不可分。1989年第3期《钟山》卷首语可视作倡导"新写实小说"的"宣言"：

　　　　所谓新写实小说，简单地说，就是不同于历史上已有的现实

---

　　① ［法］罗贝尔·埃斯卡皮：《文学社会学》，于沛选编，浙江人民出版社1987年版，第1页。

　　② 同上书，第2页。

主义,也不同于现代主义"先锋派"文学,而是近几年小说创作低谷中出现的一种新的文学倾向。这些新写实小说的创作方法仍以写实为主要特征,但特别注重现实生活原生态的还原,真诚直面现实,直面人生。虽然从总体的文学精神来看,新写实小说仍划归为现实主义的大范畴,但无疑具有了一种新的开放性和包容性,善于吸收、借鉴现代主义各种流派在艺术上的长处。①

正是《钟山》借此宣言倡导"新写实小说",并在此后的三年内持续辟出专版发表"新写实小说",并运用各种手段为此奔走呼告,才使得"新写实小说"为文学史广泛接受,这是一个文学史"共识"。程光炜认为,《钟山》"卖力"推广之后,"新写实小说""才成为被更多的人接受的一个文学史概念"。②董健等人也认为由于《钟山》的倡导,"使得'新写实'成为一个被普遍使用的概念"③。从此,不难看出《钟山》在"新写实小说"兴起过程中的举足轻重的作用。从历时的维度看,《钟山》是"新写实小说"兴起过程中颇具标志性意义的转折点。所以,以《钟山》为切入点能够起到勾连上下、打通左右,充分带动"新写实小说"兴起过程中的诸多因素(文学的和非文学的),充分地将这一文学事件语境化,以达到重绘错综复杂的历史"原貌"的目的。

其次,以《钟山》为切入点还因为它本身是一个连接着作家作品、杂志、文学机构、批评家的枢纽。在以池莉、方方、刘震云、刘恒等人的写实倾向的作品逐渐受到文坛关注的时候,是《钟山》不失时机地于1988年10月召开了"现实主义与先锋派"文学座谈会。在这次由《钟山》《文学评论》《当代文坛报》《文学自由谈》等杂志的主编、编辑和上海的新锐批评家为重要成员的会上,"新写实"成为

---

① 《钟山》"新写实小说大联展卷首语",1989年第3期。

② 孟繁华、程光炜:《中国当代文学发展史》,高等教育出版社2003年版,第221页。

③ 董健、丁帆、王彬彬主编:《中国当代文学史新稿》,人民文学出版社2005年版,第470页。

重要的话题。随着，自 1989 年第 3 期开始，《钟山》开辟"新写实小说大联展"的版面，约请大量名家写作"新写实小说"，并在其后的几期连续推出了诸多评论家研究"新写实小说"的文章，这种"集束式"的展出评论文章，也是一种壮大势力、扩大影响的办刊策略。1989 年 10 月，《钟山》又与《文学自由谈》召开"新写实小说"研讨会，《文学评论》《当代作家评论》《当代文坛》《当代文坛报》等刊物也发表了一系列有关"新写实小说"的研究论文。这样，"新写实小说"才成为一个"众说纷纭"的文学话题。由此可见，《钟山》是一个作家、评论家、杂志之间互动的平台，是"新写实小说"发表、传播、接受和再生产的重要枢纽，所以，它也理所当然地成为重审"新写实小说"兴起的重要支点，成为从共时的角度汇集各种文学力量的重要聚焦点。

　　以《钟山》为支点，首先要解决的问题便是对作为一个历史事件的"新写实小说"的考察。在此基础上，重新审视八九十年代之交的文学场的变化，其中包括文学场内部的变化以及文学场与政治场、经济场、媒体场的关系。"场域"理论主要来自布迪厄，他认为，"从场的角度思考就是从关系的角度思考"①。文学场内部的作家、杂志、机构、批评家是按照场内的规则处于一定的地位；而文学场同时又不是一个封闭的体系，它与"政治场""经济场"等共处于一个更大的"权力场"中。同时，在场域之中，每个参与者都参与某种争夺，以期改善自己的场域位置，"强加一种对于他们自身的产物最为有利的等级优化原则。而行动者的策略又取决于他们在场域中的位置，即特定资本的分配"②。作为 20 世纪 80 年代的一份处于"边缘"位置的杂志，《钟山》在何种情势下参与了对文学场的改造以重建自我的身份，它得以成功占位的条件有哪些？它从"边缘"走向"中心"的变化意味着文学场内部发生了何种变化？这种变化与政治场、经济场

---

① ［法］皮埃尔·布迪厄、［美］华康德：《实践与反思：反思社会学导引》，李猛、李康译，中央编译出版社 1998 年版，第 139 页。

② ［法］布尔迪厄：《场的逻辑》，《文化资本与社会炼金术——布尔迪厄访谈录》，包亚明译，上海人民出版社 1997 年版，第 141 页。

的关系是什么？应该说，考察 20 世纪 80 年代文学杂志的办刊历程以及密集在它周边的诸多非文学因素，重新审视它的身份转化与"新写实小说"兴起的复杂关系，进而重新思考 20 世纪 80 年代末期文学场自身的演变以及文学场与政治场、经济场的关系，这些问题都可以《钟山》和"新写实小说"的兴起为聚焦点，对重返 20 世纪 80 年代文学来说，这是一个牵一发而动全身的关键环节。

通过《钟山》与"新写实小说"的兴起的诸多史料的爬梳和钩沉，本书还要考察杂志的生产与文学思潮关系的变化。如果仔细考察 20 世纪 80 年代文学杂志与文学思潮的关系的话，不难发现《人民文学》与"伤痕"、"反思"、"改革"文学的密切互动，《上海文学》对"寻根"文学的推动，《收获》《北京文学》等杂志与"先锋"文学的支持都是有目共睹的文学事实，文学杂志与文学思潮之间始终存在着相互缠绕、相互扭结、彼此支持的复杂关系。同时，笔者注意到，从"伤痕"的波涛涌动到"先锋"的集束式展出，这一阶段的文学杂志与文学思潮的关系具有高度的一致性：处于文学中心区域（北京和上海）的杂志通过对文学（文化）动向的敏锐捕捉，以推动文学潮流的出现。如果从文学杂志与文学生产的关系的角度看，因为杂志社本身的"事业单位、企业化管理"的运作机制，它更多地侧重于考虑文学思潮本身的"文学性"。

而 1987 年中共十三大以后，中国社会进入了深化改革的历史时期。随之，承包经营制在全国迅速推广，处于这种历史情势下的很多文学杂志都面临着办刊的危机。《钟山》于 1988 年 10 月与《文学评论》、1989 年 10 月与《文学自由谈》文学举办讨论会，实则是文学杂志共同联手制造一些文学热点话题，使得文学重新受到关注，客观上也有益于杂志的生存和发展。所以，我们说，《钟山》与"新写实"的生产模式已与前几次文学潮流大不相同。这里，在面对经济大潮的冲击的时候，市场实则成为一个潜在的因素在影响着文学杂志与文学思潮，文学杂志对文学思潮的生产再也无法仅仅停留在"文学性"的层面，而是考虑了包括媒体、评论家、读者、舆论等各方面的因素，成为诸多力量博弈的结果。所以，有人说，"它是一次别具一格的小说聚会，一个精明的办刊策略，一个审时度势之后文学话题的设计，一种机智的广告术，一种美学偶像的塑造，一次文学批评的力比多宣泄，等等。显而易见，这些成功已经是在当代文学史上记载了醒目的一笔"①。而从文学杂志与文学思潮的关系的角度看，它也可以被视为从 20 世纪 80 年代走向 90 年代的文学"转型"的界标。值得注意的是，这种文学"转型"并不是从以往的抽象的精神层面来考察，②而是以具体的杂志和文学"思潮"为切入点，从更为具体而实在的物质、制度的角度切入作实证式的分析和讨论，把这种文学"转型"落实到社会物质生产与体制转型的层面，进而将这种"转型"进一步"本土化"，从而避免了"新时期"/"后新时期"这种二元对立以及由"后新时期"的描述和命名带来的诸多矛盾和歧义。

第四节　基本框架和主要内容

　　基于以上诸方面的考虑，本书在具体构想和章节安排上，试图从一个较小的角度切入，但是又不局限于就事论事，而是在一个较为开阔的视野中重绘"新写实小说"兴起的历史轨迹和文学图景，为其提供一种有别于以往的研究和文学史叙事的认识模式；并在这种新的认识模式中重新寻找"新写实小说"的历史坐标。以《钟山》杂志和"新写实小说"兴起的互动关系为聚焦点，本书试图廓清"新写实小说"的兴起过程中的物质基础和制度因素。并在此基础上带动 20 世纪 80 年代文学杂志与文学思潮的若干问题。也就是说，尽量做到小中见大，以大托小。

　　第一章，通过对不同性质、等级的文学杂志的区分和考察，将其置于 20 世纪 80 年代的历史洪流中审视它与经济、政治体制改革之间

---

　　①　南帆：《新写实主义：叙事的幻觉》，《文艺争鸣》1992 年第 5 期。

　　②　《当代作家评论》和《作家报》（与北京大学中国语言文学研究所联合）先后举办了有关当代文学"转型"的笔谈和讨论会，参与讨论的文章（《当代作家评论》1991 年第 5 期、1992 年第 5 期，《文艺争鸣》1992 年第 6 期）大多从精神层面来理解八九十年代的"转型"。

的关系，描述其从繁荣到萎缩的走势和命运。本书试图以具体的杂志发行量的统计数字为依据，从历时的角度对20世纪80年代文学杂志的命运沉浮作整体描述。事实上，对整个20世纪80年代是一个文学繁荣的黄金时期的判断是有失公正的，这种整体化的判断忽略了文学杂志在20世纪80年代不同时段的命运起伏，也对不同性质、地位和等级的文学杂志的历史命运造成了遮蔽。本书的讨论以文学杂志的具体印刷量和发行量为证，将20世纪80年代的文学杂志的发展进程大致分为三个主要阶段。分别是1978—1984年：文学杂志的守持、繁荣期；1985—1988年：文学杂志的改革、徘徊期；1989—1991年：文学杂志的调整、萎缩期。在第一个时段，因为杂志社"事业单位，企业化管理"的性质导致文学杂志在出版、发行、订阅等环节的高度"计划化"，以及"文革"之后读者积极的阅读心理，文学杂志出现了繁荣的局面。第二时段的划分以1984年末开始的城市改革以及出版部门在哈尔滨的会议上提出的出版社从生产型向生产经营型转型为界，自此以后，虽然文学杂志在经营管理上发生了一定的转变，从资助方式上看，虽然政府拨款仍在继续，但是杂志的自主权有所增强。第三个阶段，20世纪80年代末，文学杂志走向了全面的调整，其内容与外在装帧发生了明显变化，发行量也一度在低谷中徘徊。

　　第二章，从文学场域的角度，以上海、北京、南京等城市为主要聚焦点，描述当代文学中心的转移。"文革"结束以后，文学主要发挥意识形态的功能，参与了从拨乱反正到改革开放的社会价值观念的重建，作为政治、文化中心的北京理所当然地成为当时的文学中心。而发生于1985年的文学"转折"中，《上海文学》已经扮演了重要的角色。从"现代派"小说到"先锋小说"，虽然北京、沈阳、西藏的一些杂志参与了这场文学运动。但是，位于这个中心的却是上海这个注重形式、变革的城市。随着1988年前后"文学失去轰动效应"，"先锋文学"的衰落及其他一些事件的发生，作为20世纪80年代文学中心的北京和上海在推动文学思潮的建构上逐渐趋于平静。在"治理整顿"时期，北京文学的"主旋律"和上海文学的市场面向给《钟山》倡导"新写实小说"提供了历史契机。《钟山》审时度势，打出了"新写实小说大联展"的旗号。在以后的两三年间，南京实际上成为这一时段的文学中心。

第三章，从文学思潮与杂志的角度关注《钟山》是如何将"新写实小说"生产出来的。这是一个文学策划的过程，包括选题策划、内容策划和营销策划等环节。在"新写实小说"策划过程中，《钟山》实则是巧妙地整合了各种生产要素和市场要素，从而赢得了丰厚的资源：作家资源、批评家资源、报刊资源、读者资源等。在《钟山》与《文学评论》的太湖会议之前，"写实"倾向的创作已经成为一个重要话题。其后，《钟山》于1989年第3期开办"新写实小说大联展"，后渐成规模。其组稿过程中表现出来的策略，是一个媒体人在面对诸多矛盾和问题时的深谋远虑。媒体意识的自觉促成了这次文学策划。这其中包括名家、杂文、时效性、新奇性、当下性、物质奖励、联合媒体进行宣传等诸多因素。

第四章，正是因为《钟山》的策划，"新写实小说"才成为一个广受关注的文学现象。也正是因为这种命名，池莉、方方、刘震云、刘恒等作家才得以"新写实小说"的代表作家进入文学史。这是《钟山》和其他杂志、批评家共同制造的"历史"结果，在这个过程中，《钟山》造就了"思潮"、造就了作家、造就了自身。那么，《钟山》是如何将这些作家生产出来的呢？在选择上有哪些策略呢？为什么最后被文学史记住的只有池莉等四人呢？在本章中，笔者通过对"新写实小说"代表作品的发表、转载、评论、入史过程的考察，历史地绘制了池莉等四人为评论关注、筛选、入史的过程，这个筛选过程是八九十年代之交文坛的各种力量（报刊、批评家、地域）博弈的过程。

第五章，主要讨论读者与"新写实小说"的兴起的关系。本论题聚焦1989年第3期至1991年第3期《钟山》的整体形象，既注意到"新写实小说大联展"、"杂文作坊"、"新潮小说"、"中国潮报告文学""评论"等栏目设置和平衡上的读者因素，又将不同期的栏目设置的调整与其历史语境相联系。其中杂文的消长、先锋的吸引力、新写实的号召力、中国潮的当代感都成为版面设置中的重要组成部分，它们为不同类型的读者提供了多样的文学产品，成为考察《钟山》所预想的读者结构和阅读口味的重要窗口，而其中的栏目设置的变化则显示了这一时期的意识形态对文学读者的干预。

第六章，将"新写实小说"的兴起置于八九十年代转型的历史语境中，从历时的角度考察文学生产与"文学思潮"的关系。"伤痕"、"反思"、"改革"、"寻根"文学思潮在生产上具有共同的特征，那就是"计划生产"：这种文学思潮的生产更多注重的是文学的意识形态效应以及文学"本身"的审美性，而到了"新写实小说"，"市场"成为文学思潮缘起与兴盛的重要向度。正是"市场"的暗中支持，才使得南京的《钟山》和"新写实小说"成功地走进了文学史。从这个意义上讲，"新写实小说"是八九十年代社会转型中颇具征候性的文学现象。

第一章

20世纪80年代文学杂志的命运沉浮

"文化大革命"结束以后，中国社会在探索中逐步确立了以"现代化"为方向的发展目标，当代中国随之进入又一剧烈的社会转型期。时至1992年，在经历了诸多探索和反复之后，中国社会开始全面向市场化方向推进。这十多年的中国历史可以被视为一个相对独立的阶段。在这一阶段，文学杂志开始从"文革"时期的荒芜状态开始走向全面的繁荣，继而又出现徘徊不前和萎缩状态。文学杂志的性质以及整个社会转型期政治、经济、文化领域中的诸多转变，决定了其道路并非一帆风顺。作为整个社会浪潮的一叶扁舟，它也时浮时沉，其命运也难脱社会转型期整体语境的操控。

值得注意的是，这一时段的小说"思潮"的兴起大多都与文学杂志的推动紧密相关。如果我们将小说"思潮"不仅仅视为某些作品的集合，而是充分注意到文学杂志对其产生的重要影响的话，考察社会转型期文学杂志的命运沉浮、生产机制与传播方式的流变，必将为重新认识小说"思潮"的发生提供必要的前提。通过对文学杂志的命运浮沉的历史描述，为探讨文学杂志与"新时期""文学思潮"的消长提供前提条件，特别是为"新写实小说"的兴起提供历史语境和氛围，是本章所要解决的基本问题。

第一节　文学杂志的性质

作为一种重要的载体，文学杂志在中国现当代文学的生产和传播中一直发挥着重要的作用，甚至可以说，没有文学杂志，就没有中国现当代文学的发展历史。"进入1990年代以后，国内外学界日益关注晚清以降大众传媒与现代文学的紧密联系，相关论著陆续涌现，且有成为新一波'显学'的潜在优势。"① 在这种"显学"研究系统中，对报刊与中国现当代文学关系的研究是重中之重。研究者通过报刊这一媒介重新发现了中国现当代文学研究中的问题，同时也更新了研究的方法，开辟了新的研究领域。应该说，本书选择从文学杂志的角度研究"新写实小说"的兴起也受惠于这种报刊研究热。但是，由于选题、资料、理论思维诸方面的差异，本书对文学杂志有自己的理解，而这也是在开篇的时候需要特殊说明的地方。

一　何为文学杂志

何为文学杂志？这看似一个不言自明的简单问题，而对它的重新认识却关系到本书对研究对象认识的深度和广度，也规定着本书逻辑展开的基本思路。按照一般的常识性理解，杂志是"根据一定的编辑方针，将众多作者的作品汇集装订成册，定期或不定期的连续出版物。每期版式大体相同，有固定名称，用卷、期或年、月顺序编号出版。"② 按照这种理解方式，文学杂志自然就是加了文学这个定语的"杂志"，即"汇集"的"众多作者的作品"是文学作品。显然，这是一种本质化的理解方式，这种认识的问题在于将杂志（文学杂志）与其产生的历史语境相剥离，而将它当作一种具有永恒不变的抽象本质的出版物。而这种认识模式中的杂志研究的方向必然是以"编辑方针"与"作者的作品"为中心的研究，而这种研究可能导致将文学杂志的研究孤立化、抽象化；使其与其产生的历史语境相脱离，从而造成对这一问题理解的非历史化。

正是基于对这种惯常的研究思路的反思，本书的基本思路即是在其发生的历史语境中理解文学杂志。在这种认知模式下，文学杂志被理解为在特定的社会—历史条件下，由出版部门、制作部门、发行部门、读者共同协作完成的一种文学产品。从这种意义上理解文学杂

① 陈平原、［日］山口守：《大众传媒与现代文学·序》，新世界出版社 2003 年版，第 3 页。
② 《辞海》，上海辞书出版社 1983 年版，第 534 页。

志，首先意味着文学杂志作为一种社会产品，它的生产、分配、交换和消费要受到社会生产普遍规律的支配。这种从生产到再生产的循环和推进都是在一定的政治、经济制度、文化结构中得以完成的。特定的经济、政治体制决定了社会生产中谁是文学杂志的生产者、他们如何生产、生产什么样的产品以及谁将消费这些产品。具体来说，"五个因素一直影响着杂志业的发展：（1）文化教育；（2）内容；（3）形式；（4）交通与运送；（5）生产与科技。"① 也就是说，一定的经济、政治制度决定了作为社会产品的文学杂志的生产和传播方式。其次，在这样的理解模式中，文学杂志就是一个由多个主体共同生产完成的社会产品。作家作品、编辑部、出版社、印刷厂、邮局、图书馆、读者等个体和机构都参与了这种社会生产，在其中共同发挥着不可或缺的作用。在它们的相互分工和协作下，文学杂志才得以生产、传播和消费，并开始下一轮的再生产。

　　作为一种特定的社会产品，文学杂志生产和再生产过程中所环绕的中心是"文学"，这就意味着文学杂志的生产过程有其特殊的性质。这样说的意思并不是按照通常所理解的那样，仅仅强调其文学性或者生产过程中精神属性的极端重要性。因为文学杂志生产意义上的文学的精神属性极大地受制于物质生产和制度结构，"科学、艺术等等，都不过是生产的一些特殊形式，并且受生产的普遍规律的支配"②。这种意义上的文学固然有其精神属性的层面，但是其从孕育到出生到消费以至死亡都与物质、体制紧密联系，将它作为纯粹的精神生产并不利于我们理解为文学杂志和文学生产。在此提出文学杂志生产过程特殊性的目的是将其与其他社会产品的生产作一些必要的区分。与其他社会产品的生产不同的是，作为社会生产系统中的一个门类，文学杂志的生产资料中的重要组成部分——作品——本身就已经是一种经过加工的成品，编辑部、印刷厂的生产是一种再加工和再生产。也就是说，文学杂志的生产过程兼具精神性、多重性、反复性的特点。所

---

　　① ［美］萨梅尔·约翰逊、帕特里夏·普里杰特尔：《杂志产业》，王海主译，中国人民大学出版社 2006 年版，第 77 页。

　　② 《马克思恩格斯全集》第 42 卷，人民出版社 1979 年版，第 121 页。

以，文学杂志生产的每一个环节都与社会的各个层面构成诸多关系网络。这是理解社会同时理解文学杂志、理解"文学"的一个聚焦点。

二　当代文学杂志性质的流变

新中国成立以后，新的政治、经济和文化机构及其制度随之建立起来。置身于新的历史情境之中，当代文学出现了迥异于现代文学的新的时代特征和内涵。这不仅仅是指文本层面的题材、内容、形式等等；更重要的是，在计划经济体制下，文学生产部门是新中国出版事业的一部分，它是由国家机关领导的、不实行经济核算的部门和单位；其中的工作人员享受国家机关人员待遇、经费由政府支出。它"与资本主义国家的出版事业根本不同，是党领导社会主义事业的一个组成部分，必须坚持为人民服务、为社会主义服务的根本方针，宣传马克思列宁主义、毛泽东思想，传播一切有益于经济和社会发展的科学技术和文化知识，丰富人民的精神文化生活"①。政府将文学组织、文学生产、发行统一纳入国家机构的行列中来，作为一种体制性力量的文学组织和生产方式发生了巨大变化。总的来说，在进入"当代"以后，"晚清以来以杂志和报纸副刊为中心的文学流派、文学社团的组织方式基本结束了"，② 文学杂志的组织、生产、发行方式已迥异于"现代"时期，文学表现出不同以往的新的发展态势和趋向。

从管理体制来看，文学杂志的主管和主办单位都是国家意识形态部门的重要组成部分，文联、作协和出版社的主管领导大都是重要的文学编辑或批评家，这种党管文艺的方式为政治力量干预文学打开了通道。当代的文学杂志均是由各级文联、作协和出版社主办的。1949年7月，全国第一次文代会正式召开。毛泽东、周恩来、朱德等党和国家领导人亲临会场，足以见出党对此次会议的高度重视。这次会议的重要成果之一便是成立了"专管文艺"的国家级机构"中华全国文学艺术界联合会"（即"文联"），而"中华全国文学工作者协会"

---

① 《关于加强出版工作的决定》，《中国出版年鉴1984》，商务印书馆1984年版。

② 洪子诚：《问题与方法——中国当代文学史研究讲稿》，生活·读书·新知三联书店2002年版，第206页。

（即"作协"）为其下属协会。在20世纪50年代，各地文联、作协相继成立并创办了各自的机关刊物。"由于官僚体制是一种多重的等级结构，因此，权力绝不是平等分配的。"① 与这种政治管理结构中的等级制相对应的是，全国"文联"和"作协"对地市级的"文联"和"作协"之间是上下级的关系，前者对后者具有绝对的领导权，这导致文学杂志之间也存在绝对的等级，国家级的文学杂志在办刊宗旨、办刊策略等方面成为地市级杂志的"楷模"，以至于很长一段时期，中国"作协"的机关刊物《人民文学》成为全国杂志模仿的"样板"，出现了文学杂志"千刊一面"的景象。

　　文学管理体制的高度政治化决定了文学生产的高度依附性，国家在政治体制和意识形态方面的变动会直接影响到文学杂志的生产，甚至直接影响文学杂志的生存。首先，作为重要的舆论宣传工具，其所刊登文学作品的思想"正确性"会被摆在非常重要的位置。其次，杂志对文学的题材、人物、情感倾向等因素也往往因为政治气候的转移而发生变化，一旦作品和当时的文学"成规"相左，将会被排斥在发表的行列之外或者在发表之后受到严肃的政治批判。这种发表原则有效地保证了文学作品在思想上的高度统一性和纯洁性，使文学作品在相当长的一段时间内成为意识形态生产和传播的重要载体。而办刊所需的一些基本条件，如纸张的供应，杂志的印刷、流通、发行等都是由国家统一供给和分配，国家的经济发展情况、技术的更新、体制改革等经济层面的变革与文学杂志的生存和发展息息相关。在计划经济时代，出版事业实行专业分工，出版社的任务在于集中精力搞好出版编辑工作，新华书店独家经营图书发行工作。出版社和新华书店之间，实行征订包销制度。"新华书店是国营企业，和一般私营书店不同，不是为了做生意赚钱，是替人民和国家做事。"② 这种新华书店独家经营发行的机制特点在于发行环节少、费用低、书价便宜，担负了

　　①　［匈牙利］雅诺什·科尔奈:《社会主义体制》，张安译，中央编译出版社2007年版，第38—39页。
　　②　胡愈之:《在新华书店总管理处成立大会上的讲话》，《胡愈之文集》第五卷，生活·读书·新知三联书店1996年版，第339页。

图书脱销与积压的责任。这种计划化的生产和流通方式决定了文学杂志在物质和技术层面对组织和机构的依附性也很强。文学杂志的这种生产方式从根本上与当时的计划经济体制相适应，它有力地保证了文学对政治的绝对服从和依赖。

这种计划生产预设了具有本质特征和共同阅读期待的读者群体，这个读者群体在思想上与国家意识形态相近，在艺术期待上也具有高度的统一性。这就决定了文学的生产者——作家和编辑——在生产过程中与现实的、有差异的读者的整体隔离，这种背离现实读者的生产方式决定了文学生产的高度自足性。因为读者的需求可供设定且差异极小，所以，除了意识形态领域的变动而致的批评家对文学杂志和文学作品的批判之外，普通读者对文学杂志的发展影响极小。如果以一种整体的视角审视计划经济时代文学杂志的话，不难发现，文学杂志的生产、发行、流通和接受的各个机构彼此分离，各个环节基本上保持了各自独立的态势。这种生产机制和流通方式造成文学杂志在整体上对国家体制的高度依附性，后者不仅仅影响着前者所发表作品的思想和艺术倾向，而且主宰着前者的命运。

进入“新时期”以来，“改革开放”和“现代化”逐步成为各个领域中占据主导地位的意识形态。计划经济体制下不适应社会和经济发展的诸种体制需要不断地加以破除和革新，作为事业单位主办的文学杂志则随波起伏，其生存与发展难脱社会转型的整体语境的干涉和影响。随着“改革开放”的逐步展开，国家对出版单位的性质的界定逐步发生了变化。1983 年，为了争取调整工资，出版社被定性为“事业单位，企业化管理”（少数按事业单位管理）。1984 年前后，城市改革的深入推进了出版单位的改革。出版单位的经营自主权得以扩大，各个环节之间的配套改革相继展开：在书刊出版时兼顾经济效益和社会效益；逐步认识到书刊生产的商品性质，在书刊生产时将分层的读者作为重要的消费因素进行考虑……这些观念上的更新是与改革开放的深入同步的。1988 年前后，尽管对文艺生产的性质的认定还存在分歧，但是，整个社会对文艺作品商品属性的认定、对文化市场观念的确立却已经成为一种普遍的意识。20 世纪 80 年代后期的“治理整顿"虽然给当时文化生产和发行带来了很大的冲击，但是已经很难改变文艺生产和发行的整体的商品化趋势。十多年间的对文化生产的探索虽然不免有曲折和反复，但是，在经济体制从产品经济向商品经济的转型裹挟下，文化生产已经不能在一个封闭的体系中自我发展，它是经济体制改革的一部分。

出版社的改革深刻地影响到文学杂志的生产和发行。1984 年以前，文学体制的改革尚滞后于政治经济、体制改革，后者对文学杂志的影响和冲击还不是很大。一位深知内情的文学工作者在言及这一情况时曾说："再比如文学体制，也亟需改革。这里也是党政不分，政企职责不分，条块分割，统得过多过死，忽视精神需求和价值规律，分配上的平均主义严重。在某种意义上，各级作家协会就是联合企业，是大工厂。"① "现在的文学刊物越来越多，正在互相竞争，只见有的刊物行情看涨，却不见哪个刊物败下阵来，那是因为赔国家的钱，反正有国家补贴。"② 20 世纪 80 年代初期的文学体制是对新中国成立后十七年文学体制的顺延，文学杂志社作为意识形态生产部门的观念尚未改变，对文学作品的思想"正确性"的把关依然是极为重要的发表原则，文学杂志的生产和发行所需的技术设备和资金均依靠国家财政拨款，连年上涨的订数使文学杂志在生产上保持着良好的自我感觉。但是，中共十三大以后改革开放的推进将文学杂志生产和发行中的深层矛盾和问题一一暴露出来。国家财政拨款的减少，邮政资费的上涨，读者的大面积流失……这些问题甚至曾一度将文学杂志推向生死存亡的境地。与经济、政治体制的改革相比，文化体制的改革的相对滞后是其中的关键因素。正如一位主管文艺的领导人所说的那样，"我们过去的文化管理体制是与产品经济的体制相适应，基本上把文化排斥在商品之外，对精神生产与社会生产的关系在体制上没有解决好"。"现在看来，文艺体制的改革，已随着经济、政治体制等方

---

① 阎纲：《寄言于作家们的风云际会——写在中国作家协会会员代表大会前夕》，《文学八年》，华山文艺出版社 1987 年版，第 509—510 页。

② 同上书，第 549 页。

面的改革，提到了日程上来。"① 总的来说，"文革"之后至 1991 年的十多年间，随着文化体制改革的加速，文学杂志一直处于不断调整和改革的状态，文学杂志社的趋向大体可视为由生产型向生产经营型转变；而文学杂志也经历了由"产品"向"商品"的性质转型。这种转型与当时从计划经济走向市场经济的社会主导走向基本保持了同步。

如果从文学生产的角度来看，"社会政治、经济、社会机构等因素，不是'外在'于文学生产，而是文学生产的内在构成因素，并制约着文学的内部结构和'成规'的层面"②。所以，从物质和体制的层面，将 20 世纪 80 年代的文学杂志的命运浮沉置于当时的社会、文化转型的语境中，在统计的基础上对其生产、发行和接受状况作量化研究，进而对其历史命运作整体的历史考察就不失为一条切实可行的路径。

第二节　1978—1984 年：文学杂志的成长、繁荣期

一　文学杂志的繁荣的表征

在新的历史语境中，文学杂志如同雨后春笋一般出现了复苏的新局面，在 20 世纪 70 年代末至 80 年代中期的几年间，文学杂志的种数、印数、印张出现了大幅度的增长，这种辉煌延续了七八年的时间。

"文革"期间，20 世纪五六十年代创办的绝大多数文学杂志都出现了停刊现象。与此构成鲜明对照的是，1978 年，全国的文学艺术类杂志的种数就达到 71 种；其后几年间，文学杂志的种数一直保持着递增的惯性。1979 年全国的文学艺术类杂志的种数为 129 种，1980

---

① 见秦晋在《文艺新秩序的诞生》一文中的回忆，《演进与代价》，人民文学出版社 1995 年版，第 204 页。

② 洪子诚：《问题与方法——中国当代文学史研究讲稿》，生活·读书·新知三联书店 2002 年版，第 192 页。

年为 265 种，1981 年为 437 种，1982 年为 451 种，1983 年为 479种，1984 年为 510 种，1985 年升至 639 种。① 短短五六年间，其种数便增加了 9 倍有余。除了由各级文联、作协主办的文学杂志以外，一些出版社也加入到办刊行列之中，有力地促进了文学期刊的全面繁荣。其中，与上海作协主办的《收获》（1957 年创办，1979 年复刊）并称为"四大名旦"的《十月》（北京出版社主办）、《花城》（花城出版社主办）、《当代》（人民文学出版社主办）等著名文学杂志分别于 1978 年 8 月、1979 年 4 月、1979 年 6 月创刊，对出版社主办文学杂志起到了积极的促进和带动作用。在不同等级和不同主办单位的共同努力下，20 世纪 70 年代末至 80 年代中期的几年间，文学杂志从"文革"期间的几近荒芜走向了全面的繁荣，而且，这种繁荣在这几年间一直保持着持续上涨的势头，稳中倍增成为其总体趋向。

伴随着文学杂志的种数的倍增而出现的是其总印数、总印张的连年递增。1978—1985 年，文学杂志的总印数分别为 6981、12209、26348、42595、38091、37592、40850、50940 万册；总印张分别为 306296、467413、1119692、1635666、1461308、1525511、1635306、2144252 千印张。不难看出，自 1978 年至 1981 年，文学杂志的总印数成倍增长，势头凶猛；自 1982 年以来，增长的势头逐渐变缓，但是仍保持了持续增长的趋势。与此增速基本保持同步的是文学杂志的总印张自 1978 年以来增长迅猛，尤其是 1979—1980 年，增长了两倍有余，并突破百万大关；1980—1981 年的增长值居历史新高。

如果将文学杂志置于当时杂志的总体格局中观察的话，其所占的比重也相当显赫。1978—1985 年的六七年间，文学杂志的持续上涨的情势是与其他类型的杂志的品种、印数、印张的普遍上涨成正比的。1978—1985 年，全国杂志种数分别为 930、1470、2191、2801、3100、3415、3907、4705 种，一直保持着持续增长的势头；其总印

① 关于期刊种数、印数、印张、平均期印数的统计数字均来源于 1979—1992 年间《中国出版年鉴》（商务印书馆）的统计。

数和总印张也是一路上涨，高歌猛进。在这种整体增势迅猛的期刊格局中，文学杂志难能可贵地一直保持着相当的优势。据统计，"70 年代末，雄踞期刊业之首的当属文学艺术类期刊（多属纯文学期刊），作为当时一个庞大的种群，五六百个品种占全国期刊总数的 1/8，印数甚至占到全国期刊总印数的 1/5"①。在全国杂志业兴盛发达的 20 世纪 80 年代初的几年间，文学杂志的繁荣有力地印证了 20 世纪 80 年代中期以前的文学热确是盛况空前。

文学杂志的繁荣同样体现在读者消费额的增长上。1981 年，全国平均期印数在 100 万册以上的期刊 18 种，其中文学艺术类就占了 7 种，《小说月报》《人民文学》这样的"纯文学"杂志跃居前列。也是在这两年间，一些著名文学杂志的订数达到了历史最高点，《人民文学》订数达 150 万份，《收获》达 120 万份，《小说选刊》1981 年超过百万，《当代》达 55 万份。② 而一些地方级期刊的发行量也大幅度上涨，《个旧文艺》31 万份，《青春》45 万份。③ 1985 年，杂志期印数在 100 万册以上的 26 种，其中文学杂志也占据一定的比例。值得注意的是，这一年，《故事会》《故事大王》《今古传奇》《中华传奇》《武林》等"通俗文学"杂志的期印数均突破 100 万册的大关，领先于"纯文学"杂志。④ 总之，1978 年以来，文学杂志生产与消费额的同时上涨有力地促进了文学杂志的发展。

二　文学杂志繁荣的成因

文学杂志在 1978—1985 年间纷纷复刊和创刊，其种数、印数和印张均持续增长，在全部杂志中所占比重居高不下，其中的原因是多

---

① 高江波：《期刊求索录》，北京师范大学出版社 1998 年版，第 134 页。

② 数据分别来源于崔道怡、芮德法《合订本作证——〈人民文学〉四十年》（《人民文学》1989 年第 10 期）；马力《〈收获〉四十年》（硕士学位论文，北京大学，1998 年）；《中国出版年鉴 1982》；《中国出版年鉴 1983》；红耘《面向时代、面向读者的〈当代〉》（《当代》1999 年第 3 期）。

③ 《文学期刊主编笔谈——答〈当代文艺思潮〉编辑部问》，《当代文艺思潮》1982 年第 3 期。

④ 数据来源于《中国出版年鉴 1986》的相关统计。

方面的。首先，这得益于计划经济体制对文学杂志运转的强有力的支持。在这一时期，因为计划管理和运作方式的延续，与行政划分上的中央—地方、省—市—县等权力结构相适应，文学杂志也呈现出国家级和地市级的等级化格局；不同级别，上一级文学杂志往往成为下一级文学杂志学习和模仿的对象；这种杂志管理体制也决定了文学杂志在整体上呈现出诸多雷同，缺少变化和活力不足成为其共同特点。封面或者封底大多以古朴和简单为特色；传统的文类划分方法——小说、散文、诗歌、评论等"老四篇"成为诸多文学杂志的共同栏目；作品在取材、视角、情感方式上多有相似之处；根据纸张和页数确定的定价很少变化。一旦文学杂志的这种公共"标准"被突破，便会引发巨大的争议。1983年7月，原名为《长春》的文学月刊更名为《作家》时，就遭到了众多非议：因为《作家》的名称上没有地域性的标志，从而使这种更名带有"越界"的嫌疑。而紧接其后的改版举措更是引来无数的质疑声。但是，这种计划体制却保证了杂志生产中的人力和物力资源，从而从根本上保证了文学杂志的持续上涨和繁荣。

从国家对杂志的管理的角度看，杂志审批权的下放和分散直接促进了杂志种类的增多。虽然1978年4月国务院转批的国家计委等部门《关于开展节约纸张工作的报告》中规定"出版全国性的社会科学、文艺、体育以及工、青、妇等群众教育期刊，要经党中央宣传部批准；出版全国性的自然科学和医药卫生期刊，要经国家科委批准；地方性期刊要经省、市、自治区党委批准"①，全国性期刊在获批后需报国家出版局备案，地方性期刊出版后需报省、市、自治区出版（文化）局备案，并抄报国家出版局，明确了期刊出版的审批程序。但同年10月，中宣部就下发了《改变期刊审批办法的通知》，把由中宣部批准的期刊划归由中央有关部门和国务院有关部委批准。于是，期刊审批权再次分散，促进了期刊种数的快速增长，这也是文学杂志在1978年之后急速增长的重要条件。然而，这种高速增长给当时的纸张

①《中国出版年鉴1980》，商务印书馆1980年版，第98页。

供应、印刷能力带来了很大的压力，引发了一系列的问题，导致了管理部门对期刊审批权的回收。1981 年 12 月，中宣部要求所有新办期刊均要报中央宣传部备案。1982 年 7 月，中宣部通知创办哲学社会科学类期刊统一由文化部审批，地方期刊由省、自治区、直辖市党委审批，所有新办期刊要向中央宣传部备案。这实际上确立了新的审批框架。1984 年 11 月，中央宣传部提出今后全国各地新创办的哲学社会科学和文学选刊，统一由文化部出版局审批，把地方部分期刊的审批权收归中央。这导致 1982 年至 1985 年间期刊的种数、印数及印张的增长速度较之前四年明显放缓。但是从杂志的总体情况来看，尽管1982 年前后文学杂志数量的增速有所改变，但是总体的上涨趋势却没有发生变化，而且一直保持着递增的趋势，这种势头一直保持到 1985年前后。

1978—1983 年，中国几乎所有的书刊均是由新华书店销售。实行了 30 多年的出版社管出版，新华书店包发行的体制，既不能调动出版社的积极性，又制约了新华书店的活力，1982 年文化部提出图书发行体制根本改革的目标是：在全国组成一个以国营新华书店为主体，多种经济成分、多种流通渠道、多种购销形式、少流转环节的图书发行网，即"一主三多一少"。这在一定程度上打破了新华书店对书刊发行的垄断权，有力地促进了书刊发行向着多渠道和多样化方向发展。据统计，1978—1985 年，中国书刊销售数量一直持续增长。与发行体制改革相对应的是，随着经济增长的加速，在城镇居民家庭的日常消费总额中，人均书报费所占百分比的比重也保持着上涨势头，1981—1984 年的所占百分比依次是 0.89、0.89、0.97、1.04，1985年略有下降，为 0.91。① 无论期刊发行机制的改革，还是人均书报费在居民日常消费中所占比重的上涨，都为 20 世纪 70 年代末至 80 年代中期的几年间文学杂志的繁荣局面铺平了道路。在这种供给和需求相互促进的态势下，文学杂志进入新中国成立以来前所未有的兴盛期。

---

① 统计数据来源于《中国统计年鉴 1989》，中国统计出版社 1989 年版。

第三节 1985—1988年：文学杂志
的改革、徘徊期

1984年以后，中国的经济体制改革的重心逐步由农村向城市转移。国务院于1984年5月10日发布的影响深远的《关于进一步扩大国营工业企业自主权的暂行规定》，在这个文件的带动下，城市经济体制改革出现了一股热潮。中共十二届三中全会通过的《中共中央关于经济体制改革的决定》中明确提出"商品经济的充分发展，是社会经济发展不可逾越的阶段"，"增强企业的活力，特别是增强全民所有制的中大型企业的活力，是以城市为重点的整个经济体制改革的中心环节"①，说明了国有企业改革的目的是搞活企业。之后，政府开始推行市场化改革。在此前后，经济体制改革的效用很快就在各个领域辐射开来，在期刊的出版、发行方面国家出台了一系列政策、法规，引导并促进期刊的转型，这直接影响到文学杂志的创办、生产和消费。文学杂志作为物质产品的一般商品属性逐渐凸显出来，它和企业生产的其他产品一样，在激烈的市场竞争中遵守着一般的经济规律，并接受着市场的检验。

一 1985—1986年：文学杂志的徘徊

"新时期"以来，国家对出版社、书刊出版性质的认识是随着改革开放的深化而逐步变化的。1984年6月，文化部出版局在哈尔滨召开了全国地方出版社工作会议，会议提出："要学会使用经济杠杆，推动精神产品生产。""适当扩大出版单位自主权，以提高出版单位经营的主动性。'十条'（扩大国营工业企业自主权的暂行规定）加'一条'（在国营企业中逐步实行厂长、经理负责制），其基本精神对出版单位都是适用的。书店和书刊印刷厂都是企业单位，绝大部分出版社现在是事业单位，实行企业管理，都要做到奖励基金、福利基金

---

① 郑立新主编：《国史通鉴》（第四卷），红旗出版社1994年版，第15页。

的提取同利润挂钩。要使出版社由单纯的生产型逐步转变为生产经营型。"① 随着这一改革措施的实行，出版社逐渐由生产导向型向市场导向型转变。1984 年 12 月，国务院发布了《关于对期刊出版实行自负盈亏的通知》，通知提出：中央及省市区的部分期刊继续试行补贴，但要实行经济核算（人员、行政开支均应计入成本），积极改善经营管理，精打细算，杜绝浪费，逐步减少亏损，争取尽早实现自负盈亏。由于种种原因，这一通知的精神虽然未能在之后的几年中真正贯彻，但是却指明了期刊出版从国家补贴为主向市场转变的路向，对期刊生产的影响不言而喻。

因为生产、发行机制的转换，文学杂志的命运实则与杂志业整体的起伏同步。1985 年的文学杂志惯性地保持了上涨势头。全国杂志的种数由 1984 年的 3907 种增至 4705 种，比上年增加近 800 种；总印数由 218186 万册增至 255999 万册；总印张由 6432600 增至 7728572 千印张。文学杂志的种数由 510 种增至 639 种，总印数由 40850 万册增至 50940 万册；总印张由 1635306 增至 2144252 千印张。从种数、印数和印张增速来看，文学杂志在 1985 年的仍然保持着强劲的上涨势头；但是，如果换一种视角去关注文学杂志的平均期印数的话，我们发现，1985 年的这一指标呈下滑趋势。

另一个值得注意的现象是，中国城镇居民家庭中人均全年书报杂志费占生活费的比重在 1985 年首次出现下滑，据统计，这个比重在 1981—1984 年间连年上涨，保持着 0.89%、0.89%、0.97%、1.04% 的比重，但是到了 1985 年的统计数字显示这一比重降至 0.91，在其后的 1986—1988 这几年间，这一比重连年下降，分别保持在 0.87%、0.84% 和 0.75%，甚至低于 1981 至 1984 年的水平。② 与此形成对照的是，1978 至 1985 年中国期刊种数增长了五倍有余，"特别是 1978 至 1981 的三年间，平均每年增速达到 42.5%，这种增

---

① 《中国出版年鉴 1985》，商务印书馆 1985 年版，第 123 页。
② 《中国统计年鉴 1989》，中国统计出版社 1989 年版，第 110 页。

速实际上与杂志的编辑能力、纸张生产、邮发能力都发生了冲突"①。这说明，无论是从生产、发行还是消费方面看，1985 年都可看作是文学杂志逐步走出昔日辉煌的分水岭，内在和外在的条件都决定了它的颓势。

1986 年全国杂志在保持种数继续上涨的同时，其总印数和总印张同时出现较大幅度的下降，总印数和总印张减至 240187 万册和6813213 千印张。与此相应的是，文学艺术类杂志的种数由 1985 年的 639 种增至 676 种，总印数和总印张分别增至 42205 万册和1648770 千印张，虽然略有上涨，但其印数、印张同时下降。1987 年全国杂志扭转了 1986 年的总印数和总印张整体下降局面，出现了全面增长。杂志的总印数和总印张分别增至 258965 万册和 7266963 千印张，文学杂志的种数为 694 种，总印数和总印张为 48413 万册和1831931 千印张，较上年均有上升，但是总印数和总印张仍未能达到1985 年的水平。至此，文学杂志的辉煌时代已经一去不返，文学杂志实际上进入了深度调整、改革期。

虽然 1985 年文学杂志生产和发行方面隐含的问题已经暴露，1986 年出现下跌，继而在 1987 年又出现上涨，文学杂志的整体趋势不如前几年乐观。但是，从文学杂志内部看，"严肃文学"杂志和"通俗文学"杂志的情况并不相同，不能一概而论。80 年代前几年，严肃文学杂志的期印数持续走高。根据"1980 年印数最多的杂志的统计"，该年有 25 种杂志的平均期印数达到 50 万册以上，《人民文学》《小说月报》《解放军文艺》分别以 132 万册、112 万册、62 万册的印数忝列其间，而无一家"通俗文学"入选。1982 年，平均期印数在 40 万以上的文学杂志包括《人民文学》《小说选刊》《当代》《小说月报》等"严肃文学"杂志，它们的期印数分别达到 61.7 万册、70.4 万册、50.3 万册、86.1 万册；而"通俗文学"杂志中只有《故事会》入选。1984 年"严肃文学"杂志仍然占据着重要地位，其

---

①　高光明：《新中国的期刊出版事业》，载宋应离等编《中国当代出版资料》第 8 卷，大象出版社 1999 年版，第 76 页。

增势也相当凶猛，但是平均期印数已不敌有些"通俗文学"杂志。该年平均期印数在 100 万册以上的杂志共有 29 种，《故事会》《山海经》《山西民间文学》等"通俗文学"杂志均忝列其间，"严肃文学"杂志则无一家突破百万册大关。到了 1985 年，平均期印数在 40 万册以上的杂志中，《啄木鸟》《山海经》《法制文学选刊》《故事会》《故事大王》《故事林》《故事大观》《传奇文学》《中华传奇》《今古传奇》《小说与故事》等"通俗文学"刊物占了很大的比重，《人民文学》《当代》《小说月报》等"严肃文学"杂志没有一家突破 40 万册的大关。1986 年平均期印数在 40 万册以上的文学杂志中，上述的"故事类""法制类""传奇类"文学刊物占据绝大部分，在 20 世纪 80 年代初占据绝对优势的大牌"严肃文学"杂志无一家入选。1987 年，在全国发行量最大的十种杂志中，《故事会》以 495 万册的优势占据首位，而《故事大王》也跻身这一行列。与之构成鲜明对比的是，曾经辉煌的"严肃文学"的代表性杂志《当代》1986 年的订户数近 24 万，在 1987 年上涨之后也只达到了 29 万册。① 与《故事会》相比，后者是前者的十多倍。1988 年发行量最大的十种杂志中，《故事会》仍然以强劲的势头占据第二位，"严肃文学"杂志则无一家入选。② 20 世纪 80 年代中后期这一时段，真正进入到定数下跌、徘徊不前的文学杂志是"严肃文学"杂志，而"通俗文学"杂志实则在整体下跌的状态下保持着强劲的增长势头。

二 1987—1988 年：改革中的危机

中共十三大以后，新一轮的思想解放和改革热潮推动出版管理机关的改革。1988 年 3 月 16 日，新闻出版署、国家工商行政管理局印发的《关于报刊、期刊社、出版社开展有偿服务和经营活动的暂行办法》指出，为贯彻落实党的十三大关于加快和深化改革的精神，报刊、期刊社、出版社可以在做好本职工作的前提下，适当开展国家政

① 《编者的话》，《当代》1987 年第 2 期。
② 以上关于文学杂志平均期印数的数据分别见于《中国出版年鉴》（商务印书馆），1981—1988 年的统计。

策允许、与本身业务有关的有偿服务和经营活动，包括兼营广告。1988年4月，中宣部和新闻出版署提出图书发行体制改革的目标是建立和发展开放式的、效率高的、充满活力的图书发行体制，在完善和发展"一主三多一少"的基础上推进"三放一联"，即放权承包、搞活国营书店；放开批发渠道，搞活图书市场；放开购销形式和发行折扣，搞活购销机制；推行横向经济联合，发展各种出版发行企业群体和企业集团。放权承包后，新华书店的经营管理权逐级下放，逐渐形成了以区县新华书店为经营主体，以承包为主要经营形式的格局，有力地调动了基层新华书店的积极性，但新华书店统一的发行体系随之受到很大的影响。1988年5月6日，中央宣传部、新闻出版署《关于当前出版社改革的若干意见》指出，"在发展社会主义有计划的商品经济的条件下，出版社必须由生产型向生产经营型转变，使出版社既是图书的出版者，又是图书的经营者。为适应这种转变，就需要积极而又稳妥地对出版社原来的体制，包括领导体制、经营体制、管理体制、人事体制、分配体制等进行改革，以提高出版社的应变能力、竞争能力和自我发展能力"①。1988年8月4日，经物价局同意，新闻出版署实行新的定价制度，除教材课本外，各类书刊均按保本微利原则，实际上是按保本加合理利润原则，由出版单位自行定价。

出版体制的变革促进了文学杂志向着多元化的道路前进。最为突出的表现便是这一时段的文学杂志逐步摆脱了前一时期的"千刊一面"的状态，文学编辑的办刊活力进一步增强，读者意识逐步明晰，文学杂志在整体上呈现出多元共进的姿态。根据刊物自身的特点，不同的杂志出现了各自的倾向和特色。有的杂志根据青年读者的愿望和要求来改变版面设置。《青春》《萌芽》《青年作家》《百家园》《鹿鸣》《启明》杂志等办成了"青年写，写青年"的青年文学刊物。有的杂志精简版块，加大了发表小说的篇幅，以发表小说作品为主，也有逐渐过渡到小说专刊的趋势。这样的杂志除了《小说选刊》《中篇小说选刊》等选刊类小说杂志外，还有《小说家》《小说林》《春风》

---

① 《中国出版年鉴1989》，商务印书馆1989年版，第78页。

《南苑》《莲池》等。另外一些文学杂志,如《鸭绿江》《春风》《个旧文艺》《长城文艺》等的经营性则明显增强,开始办刊授大学或者刊授创作中心,广招学员。还有的是以提倡某种类型的作品为其特色。如《三月》《山泉》专门发表微型作品,《新港》《百花园》提倡小小说,《文汇月报》提倡报告文学,《北方文学》提倡传记文学,《福建文学》提倡抒情散文等。也有的是增辟一些独具特色的栏目,如《飞天》的"大学生诗苑"、"诗词之页"和"文坛争鸣",《江城》的"艺海浪花"等。文学杂志的这种变化能够满足读者不同方面的需求,自然对读者有着一种招徕的吸引力。

　　1988年之后,文学杂志终于抵挡不住经济大潮的冲击,进入了风雨飘摇、生死未卜的状态。这一年,全国杂志的种数虽然由上年的5687种升至5865种,但其总印数和总印张却降至254947和7120347千印张。而文学杂志的种数、总印数和总印张同时出现了下跌,分别跌至665种、46064、1765867千印张。《文艺报》记者在1988年进行的一系列"文化书刊出版发行调查"可能更为鲜活生动地呈现了文学杂志的窘况。

　　首先是"纸价飞涨"的冲击波。"3月初,统管中国作协各期刊用纸的作协期刊联合出版部突然接到中国印刷物资出版公司的通知,今后刊物用纸自行解决,一律不保。"①据来自中华书局、生活·读书·新知三联书店、作家出版社的反映,"纸张价格在持续十年的上涨后,近年犹如断线风筝,有完全失控的势头"。"大型文学刊物《当代》最近因缺乏纸张几乎面临停刊……"②"生存还是毁灭"的严峻抉择,今天活生生地摆在《人民文学》《诗刊》《中国作家》《小说选刊》等文学期刊面前。作协文学期刊中发行量最大的《小说选刊》曾年盈利几十万。可是据主编李国文预计,纸价一涨,他们的"年亏损

---

　　① 应红:《濒临绝境!前途难卜!活路何在?——文化书刊出版发行调查之三》,《文艺报》1988年4月9日第1版。

　　② 建国、英子:《危机:纸价飞涨的冲击波——文化书刊出版发行调查之一》,《文艺报》1988年3月26日第3版。

将达十几万"①。《诗刊》副主编刘湛秋无可奈何地说，"只有刊物的定价被卡得死死的"，他们的"年亏损将达十几万"。②《中国作家》编辑部主任贺新创说，他们年亏损将达十四万元。至此之际，出版界人士都在念叨一句话："如果不想看到出版事业进一步受损，以至不可收拾，现在是对纸价、书价、发行费以及整个出版业中实际存在的有碍出版事业发展的种种问题进行及时必要地调整和全盘综合治理的时候了。"③

其次是文学生产机制转轨过程中的尴尬。"由于经济危机，最近以来，作协各文学期刊编辑部正悄悄地发生着一个重大变化：越来越多的人热衷于想办法搞经营，期望能赚钱养活刊物。"④ 除了"经济危机"之外，政府拨款的减少也给编辑们带来了前所未有的困扰。就连《人民文学》的副主编周明也说："现在，形势逼迫我们不能再羞答答地耻于谈商谈钱了。"杂志社已经开始"抽调出少量有经营管理能力的编辑，开始干起同文化艺术事业有关的经营活动"⑤。读者的流失也成为文学杂志陷入危机的重要原因。"在尽责和求生双重压力下增强了竞争意识的编者、出版者和发行者们，都日益清醒地知道，研究大众读者的需求及其变化，已成为经营决策的重要依据。"⑥ 1988年10月，《十月》《收获》《当代》《花城》等9家大型文学杂志召开研讨会，就"纯文学大型刊物经济上都濒临绝境，难以为继"商讨应对策略。从1986年的印数和印张的整体下降到1987年的略有回升，再到1988年的"生死危机"、"濒临绝境"，文学杂志在经济改革的

---

① 应红：《濒临绝境！前途难卜！活路何在？——文化书刊出版发行调查之三》，《文艺报》1988年4月9日第1版。

② 同上。

③ 建国、英子：《危机：纸价飞涨的冲击波——文化书刊出版发行调查之一》，《文艺报》1988年3月26日第3版。

④ 应红：《濒临绝境！前途难卜！活路何在？——文化书刊出版发行调查之三》，《文艺报》1988年4月9日。

⑤ 同上。

⑥ 绿雪、金海等：《大众读者：不可轻视的研究对象——文化书刊出版发行调查之二》，《文艺报》1988年4月2日第2版。

大潮中随波起伏，终于难以抵挡商品逻辑的左右和规约，在左冲右突中艰难地寻找出路。

在文学面临这新的困境和考验的时刻，文学体制亟须改革再一次成为文学工作者的共识。1988年7月，在文化部、财政部联合召开了文化经营经验交流会上，"以文补文、多业助文"被确定为我国文化事业的基本经营方式之一；一些省的文联积极地探索改革经营之道。在1988年11月8日至12日召开的第五次文代会上，"又一次聚会北京，工商文艺界改革大计，代表们的心都很不平静"①。"如何贯彻'双百'方针，如何理顺文艺与政治的关系，如何理解创作自由等问题"成为代表们讨论的中心话题，而"在当前的文化背景与经济环境中，文艺体制如何改革，文艺如何自救也是几天来谈论最多的话题。"② 而解决这些问题的关键途径之一便是文艺政策的改进，于是，"从全局着眼，制定出相应的文化发展规划以及必要的文化经济政策"便成为一种普遍的诉求。第五次文代会成为文学和文学杂志发展过程中具有瓶颈意义的重要转折，成为各种矛盾的聚焦点，也从而成为疏通渠道、解决矛盾的交汇处。

第四节　1989—1991 年：文学杂志的调整、萎缩期

如果说20世纪80年代中期的几年间文学杂志的命运沉浮更多与经济体制改革中的诸多问题相关联，经济、技术因素直接地对文学杂志的生产和发行起到了强有力的冲击的话；1989—1991年这三年，政治和意识形态的因素对文学杂志的影响再一次凸显出来。在这三年多的时间里，文学杂志的种数骤减，总印数和总印张暴跌，其版面结构和内容向主流意识形态靠拢。这一时段的文学杂志实际上进入深度调整、萎缩的历史时期。

---

① 《第五次文代会在团结的气氛下闭幕》，《文艺报》1988年11月19日第1版。
② 同上。

一　"治理整顿"与文学杂志的萎缩

1989年7月，李瑞环在全国宣传部长会议上传达了中共中央政治局常委会的指示：对"扫黄"问题，"要下决心，下力量抓出成效，绝不手软"。7月13日，新闻出版署发布了《关于在全国出版社整顿协作出版、代印代发的通知》和《关于检查、整顿书刊市场的紧急通知》，据此，北京、上海等中心城市和各省市相继开始对书刊、文化市场进行清查整顿。8月，国务院在北京召开了全国整顿清理书报刊和音像市场电话会议，成立了全国整顿清理书报刊和音像市场工作小组。自此以后，有组织、有规模的"扫黄打非"工作在全国范围内开展。十三届四中全会以后，中共中央和国务院十分重视新闻出版工作，对出版部门提出了三项任务：第一是整顿清理书报刊和音像市场；第二是压缩、整顿报刊和出版社；第三是做好各出版单位的思想建设和组织建设。其目的是要把中国的出版事业办成社会主义思想的坚强阵地。全国出版部门遵照中央的要求和部署，在各级党和政府的领导下，坚决地、旗帜鲜明地开展了声势浩大的"扫黄"、清除"精神垃圾"；压缩整顿报刊和出版社等各项工作。从10月开始，又对全国书刊进行了全面的思想整顿和组织整顿，撤销了一批犯有严重政治错误或宣传淫秽色情等内容的期刊；对同类过多过滥、布局不够合理的期刊，采取了停刊或合并等行政措施。虽然各地出版行政管理部门曾于1987年秋和1988年下半年对期刊的出版、发行、印刷进行了两次清理整顿，但与此次治理整顿相比，其性质、规模、力度都大有不同。"到1989年底，全国共压缩报纸12.3%；压缩社会科学类期刊14%；压缩出版社8%，另有11家出版社停业整顿。"①

在这种"扫黄打非"、整顿期刊的历史时刻，杂志自然受到了严重的冲击。1989年，全国共出版杂志6078种，平均期印数17145万册，总印数18.4亿册，总印张50.7印张。与上年相比，种数增长3.6%，但是总印数减少了27.7%，总印张减少了28.7%。与此同

---

① 邓力群等编：《当代中国的出版事业》，当代中国出版社1993年版，第109页。

时，1989 年文学艺术类杂志的种数由上年的 665 种降至 662 种，出现了微幅下跌；平均期印数 3162 万册，平均每种期印数 4.8 万册；其总印数和总印张急剧下降，分别跌至 26217 万册和 989871 千印张；与上年相比，种数减少 0.5%，总印数却减少了 43.1%，印张数减少 33.7%；占杂志总数的 10.9%，总印数的 14.2%，印张数的 4.6%。文学杂志总印数和总印张的跌幅远远大于杂志的平均跌幅，暴跌后的总印数和总印张甚至低于仅有 265 种杂志的 1980 年的水平。

1989 年 11 月 6 日至 9 日，中国共产党召开了十三届五中全会。这次会议讨论通过了《中共中央关于进一步治理整顿和深化改革的决定》，明确提出要继续坚定不移地执行治理整顿和深化改革的方针，用三年或者更长一点的时间，基本完成治理整顿的任务。1990 年 3 月 9 日至 12 日，中共十三届六中全会在北京召开。全会审议通过的《中共中央关于加强党同人民群众联系的决定》强调：人民群众是我们党的力量源泉和胜利之本。能否始终保持和发展同人民群众的血肉联系，直接关系到党和国家的盛衰兴亡。1990 年 9 月，全国人民代表大会常务委员会通过了《中华人民共和国著作权法》，为"扫黄打非"提供了法律依据。1990 年，在"扫黄"、整顿的基础上，全国出版部门遵照党中央"一手抓整顿，一手抓繁荣"的方针，在稳定期刊数量，提高期刊质量的基础上，把社会效益放在第一位，努力多出版好书，努力提高书刊质量。经过治理整顿之后，在创办期刊从严控制的情况下，1990 年全国共出版杂志 5751 种，总印数 179021 万册，总印张 4812086 千印张，种数、总印张和总印数均出现大幅下跌；与上年相比，种数减少 5.4%，总印数减少 2.9%，总印张减少 5.2%。该年，文学艺术类杂志跌至 516 种，总印数和总印张分别跌至 17602 万册和 599780 千印张。平均期印数 1885 万册，平均每种杂志的期印数跌至 3.7 万册。文学艺术类杂志所占比重也较上年有较大幅度的下跌，其占杂志种数的 9%，总印数的 9.8%，印张数的 12.4%。

1990 年 12 月 25 日—30 日，中共十三届七中全会在北京举行。《建议》提出了 1991 年至 2000 年我国国民经济和社会发展的基本任务和方针政策，全会强调：坚定不移地走建设有中国特色的社会主义

道路，是实现第二步战略目标的根本保证。在十三届七中全会通过了
《中共中央关于制定国民经济和社会发展十年规划和"八五"计划的
建议》，《建议》提出，要在今后十年中初步建立适应以公有制为基础
的社会主义有计划商品经济发展的、计划经济和市场调节相结合的经
济体制和运行机制，并且提出了需要把握的若干要点。我们在加强物
质文明建设的同时，必须加强社会主义精神文明建设，不能一手硬、
一手软。要继续贯彻中央关于进行坚持四项基本原则、反对资产阶级
自由化的教育和斗争的方针。李鹏在七届全国人大四次会议上作的
《关于国民经济的社会发展十年规划和第八个五年计划纲要》的报告，
在文艺界引起了强烈的反响。中国作家协会党组书记马烽在会议期间
向文艺界发出呼吁：把精力集中到国家的大事业上，写出无愧于时代
的大作品！作协副主席冯牧很赞成报告提出的"二为"方向和"双
百"方针，并认为这个报告突出了两个文明一起抓，强调了精神文明
建设。① 1991 年 3 月 1 日，中共中央邀请文艺界一些知名人士到中南
海座谈，共商繁荣文艺事业、建设社会主义精神文明的大计。江泽民
在会上发表了《团结奋斗，繁荣社会主义文艺》的讲话。他指出，在
"八五"期间，"各条战线、各个部门，包括文艺战线上的同志都要自
觉服从、服务于大局，在'二为'方针下团结起来，为繁荣社会主义
文艺共同奋斗"②。3 月 9 日，由中国作家协会主办的全国青年作家会
议在北京开幕，来自全国各地的 324 名编辑、作家、批评家参加了会
议。王震做了《〈讲话〉精神永照千秋》的讲话，向全国青年作家提
出了呼吁："我殷切希望，广大文艺工作者，特别是青年同志要认真
学习马列主义、毛泽东思想，在为人民服务，为社会主义服务的原则
基础上紧密团结，承担起党和人民赋予的神圣职责，坚定地站在反对
和平演变、反对资产阶级自由化的最前列，热情讴歌党和人民的丰功
伟绩，热情讴歌社会主义改革开放的伟大成就，在巩固和建设有中国

---

① 冯牧：《宏伟蓝图催人奋进》，《文艺报》1991 年 3 月 30 日第 1 版。
② 江泽民：《团结奋斗，繁荣社会主义文艺》，《文艺报》1991 年 3 月 9 日第 1 版。

特色的社会主义宏伟事业中焕发艺术创造的智慧才华。"① 包括中宣部、文化部、广电部、新华社、中顾委、《人民日报》《光明日报》、文化部、新闻出版署、全国总工会、全国妇联、中国文联、中国作协、北京文联等单位主要领导都出席了这次会议。

1991 年，新闻出版管理部门发出"继续努力，争取在繁荣期刊工作中有新的突破"的号召，并以抓期刊繁荣为这一年的工作中心。对于期刊繁荣，要求在质量和数量方面均有所提升。坚持办刊的社会主义方向，把各类期刊办成科学文化的结晶和精神食粮的佳品，办成具有审美价值的出版物。在基本不增加现有期刊品种基数的基础上，依靠提高期刊质量吸引读者，并且千方百计地做好期刊发行工作，努力在增长期刊发行量，扩大读者覆盖面上下功夫。1991 年，全国共有 6056 种杂志，总印数为 206174 万册，总印张为 5443667 千印张。文学艺术类杂志的种数较上年增长了 3 种，总印数跌至 17441 万册，总印张为 614681 千印张，略有上涨。

二 作为"样板"的《人民文学》的命运

中国作协的机关刊物的命运可视作这一时期文学杂志普遍命运的象征。作为一种"由国家权利全面支配的文学"，②《人民文学》在这一时期的转向具有风向标的意义。1987 年的 1 月、2 月合刊号登出马建的小说《亮出你的舌苔或空空荡荡》后，由于"严重违反了党的民族政策和宗教政策"，这一杂志便一直置身于被批评的风口浪尖；而作为刊物主编的刘心武不仅被停职 200 天，而且受到了当时各主要媒体署名文章的严厉批判。1990 年，主编由刘心武换为刘白羽、程树榛。此后的几年间，《人民文学》的刊貌大变，从 1990 年第 7、8 期合刊号可以瞥见这一变化的某些主要特征。这一期的《人民文学》呈现出"主旋律下的群星灿烂"的姿态和风格。这一期的封面"古朴、

① 王震：《全国青年作家会议在京开幕——王震出席　邓颖超写来贺辞》，《文艺报》1991 年 5 月 25 日第 1 版。

② 吴俊：《〈人民文学〉与"国家文学"——关于中国当代文学的制度设计》，《扬子江评论》2007 年第 1 期。

典雅、浑厚、凝重"，颇具匠心，突出了中国传统的艺术风格和气派。开卷第 1 页编者的话《九十年代的召唤》，旗帜鲜明地提出了《人民文学》的改进方向和办刊宗旨：

> 在这一个新的大时代到来之际，我们必须以改革精神，开辟新的途径。我们诚挚地恳求人民的支援、人民的监督；我们一定坚持社会主义文学方向，不使这一人民的文学阵地，为少数"精神贵族"所垄断；我们一定坚持马克思主义、毛泽东思想，坚持党的路线、方针、政策，把《人民文学》办成一个真正无愧于人民的刊物。我们对于社会主义文学家是尊敬、爱护的，我们只有团结广大作家队伍，只有在广大作家队伍的大力支持、共同奋斗下，才能达到上述目的。①

在新的历史情境下，《人民文学》在反思自我办刊历程的基础上开始了新一轮的文学规划和想象。它指出，中国作家"正肩负着关系到社会主义命运的战略重任"，"我们的文学必须旗帜鲜明地坚持社会主义方向，只有用社会主义精神教育人，方能培养社会主义先进的力量"。在具体的文学倡导中，它呼唤"反映我国神采飞扬、雄奇瑰丽的现实生活和历史进程，给人以美感、以智慧、以圣洁、以崇高"的作品，"这对于净化人的心灵，实在太重要了"②。出于这种文学想象和期待，这一期的《人民文学》作为头条推出了歌颂四化建设的报告文学《蓝色太平洋》（江宛柳），刘绍棠、浩然、邓友梅、贾平凹、何立伟等作家的小说，赵恺、周涛的散文，郭凤、葛翠琳的儿童文学，刘亚丽的诗歌；此外还设有"新人佳作选"的栏目，推出了林和平的《局长夫人》和符兴全的《乡葬》。杂志的设计从整体上绝对地突出"主旋律"，同时推出一些新人新作作为点缀。这一期杂志刚刚面世，主编程树榛就带着刊物征求各方的意见。在中国作家协会华

---

① 《九十年代的召唤》，《人民文学》1990 年第 7、8 期。

② 同上。

北、东北地区作协分会负责人的座谈会上，这一期杂志赢得了与会代表的肯定和称赞。"认为合刊号面目一新，令人信服地体现了党的'二为'方向和'双百'方针，也令人满意地欣赏到了社会主义主旋律下的群星灿烂，从内容到形式都体现了中国风格和气派。"① 但同时，有人指出这一期"还缺少切中时弊、狠狠鞭挞落后和丑恶的作品"，这种空缺恰好显示了特定时期文学杂志的办刊难度。这一期深度调整之后的《人民文学》无论优劣、得失都成为未来两年内绝大多数作协主办的文学杂志的学习样板，国家级文学杂志《人民文学》的办刊宗旨、栏目设置、基本诉求都对下一级的文学杂志起着导引和规范的作用。从此不难看出当时文学杂志的普遍处境和办刊难度。

1992 年，邓小平南方谈话和党的十四大以后，建立社会主义市场经济体制成为新的改革目标和国家主导意识形态。在新的市场经济体制改革的历史语境中，新闻出版部门确立的改革目标和任务必须与政治体制改革和社会主义精神文明建设相适应。报告指出，出版单位是生产精神产品的思想文化部门，同时也是一项文化产业；具备条件的出版社可以由事业转为企业；在发行体制改革方面以大力培育全国统一的开放的图书市场为目标，全面推进出版物发行的体制改革。20 世纪 80 年代以来的出版体制改革探索随之告一段落。

---

① 程树榛：《主旋律下的群星璀璨》，《人民文学》1990 年第 9 期。

第二章

历史的契机：文学场域的分化与重组

　　"文化大革命"之后的十多年间的文学呈现出潮流化发展的趋势。单就小说层面来看，"伤痕""反思""改革""先锋""新写实"等小说潮流此起彼伏，业已成为一种文学史"共识"。这种历时向度的潮流更迭更多地勾勒了一个时代文学的"趋势"与"方向"，却有意无意地遮蔽了文学场中不同文学力量之间彼此影响、相互竞争，争夺文学资源与象征资本的复杂"关系"，从而忽略了小说"潮流"更替过程中更为复杂的历史、社会因素，造成了对文学现象理解的简化。

　　从社会学的视角看，20 世纪 70 年代末到 90 年代初的十多年间的社会转型对文学的发展产生了举足轻重的影响。在探索"现代化"的道路上，政府的整体设计和推进呈现出极强的时序性特征；又充分考虑到不同地域、不同文化之间的差异性，使"现代化"在不同的地域、空间中呈现出各自的特征。随着"现代化"的逐步展开，不同地域、空间中的"现代化"程度、速度等呈现出较大的差异。与"现代化"的空间差异和位移同步的是推动小说潮流的主体和空间的多次转换，从而在不同时段形成了不同的"文学中心"。从文学生产的角度分析，这种"文学中心"的位移大体上与"现代化"进程中不同地域的物质和体制的革新同步。"新写实小说"正是在 20 世纪 80 年代文学"中心"的更替位移、文学场域的分化与重组的过程中兴起的一个文学现象。

第一节　何为"文学中心"

　　一个简单明了的事实就是，在文学的发展历史中，总会出现某些时代文学发展处于高峰状态，而另一些时代则处于低谷时期；处于某些区域的文学引领潮流，发展迅猛，而另外一些区域则只能亦步亦趋，甚至望尘莫及。那些在一定历史时期的文学格局中占据主导地位，能够引领文学发展走向和潮流的区域就是我们所说的"文学中心"。

一 "文学"的概念

无论在中国还是在西方，"文学"一词最初都是指以作家作品为主体的文化现象。中文中的"文学"一词最早出现在《论语·先进》中，属孔门四科（德行、言语、政事和文学）之一，"文学：子游、子夏"，为文章博学之意。直至汉代以后，人们以"文"或"文章"来强调其审美意义。但是作为一种深有影响的观念，这种文学观直至清朝仍然广有影响，章炳麟认为："文学者，以有文字著于竹帛，故谓之文；论其法式，谓之文学。"① 在西方世界，古希腊时代尚无"文学"这一概念，而只有史诗歌、颂诗、演讲术、悲剧等。英语中的"文学"一词是14世纪从拉丁语引进的。希腊文的"艺术"，含有"技术"的意味，泛指人类的各种创造活动；而"诗"与"艺术"不同，写诗得之于"灵感"，雕塑则是靠家传的技巧。总之，此时的"诗"与"艺术"的内涵都指向包括众多文化现象的作品。直到文艺复兴前后，"诗"与"艺术"才被统一到"美的艺术"的概念下。即便是这时候，包括文学在内的"美的艺术"仍然同"理智的艺术"一样被作为创作现象在一般的文化意义上被广泛使用。

在作为文化现象的文学观以外，中西文学观念史中都曾有过以作家作品为主体的审美现象的文学观。在汉代，人们以"文"、"文章"等概念强调文学的审美意义，至魏晋时期才有"文学自觉的时代"的到来。曹丕在名作《典论·论文》中首次提出"诗赋欲丽"，"文以气为主"的观念，强调作家的个性与作品的语言形式在创作中的重要性，后来范晔的"情志既动，篇辞为贵"说，萧子显将文学与"情

---

① 章炳麟：《国古论衡·文学总略》，上海古籍出版社2003年版，第49页。

性""神明""气韵""空灵"等相联系，都是注重创作主体和作品的审美属性的文学观念。后来的"缘情"说、"滋味"说，以至"意境"说虽然各有侧重，但是都企图强调文学作为一种以作家作品显现的审美特性。18 世纪前后，西方文学观念中注重作家作品的审美现象的观念确立起来。这个过程是包括众多理论家和作家共同参与完成的。直至 20 世纪，俄国形式主义文论和美国新批评将这一文学观念推向极致，作品的"审美"属性几乎成为唯一值得关注的对象。无论是中国还是西方，从将文学视为文化现象到视为审美现象是一个普遍的趋势。其中，作家作品一直都被视作文学的主体。

与这种以作家作品为主体的文化的、审美的文学观不同的是将文学视为多个主体共同参与的系统活动的文学观念。艾布拉姆斯在《镜与灯》中，曾将宇宙、作家、作品和读者理解为一种艺术品的四个要素。童庆炳等在《文学理论教程》中在吸收这一理论的基础上从"文学作为活动"的基本认识出发，将文学定义为"显现在话语蕴藉中的审美意识形态"① 的新的文学本质观。与艾氏不同的是，童著强调将世界、作家、作品和读者作为文学整体活动的有机组成部分。将文学视为一种整体性活动有利于对文学的多个侧面的详细探究，但是童著在结构上却采用了文学本质论、文学创作论、作品本体论、文学接受论等几个重要部分。这种结构在强调文学的审美性的时候，却忽视了对文学作为一般的社会产品（商品）属性的深度阐发，所以一定程度上忽略了对文学生产与传播过程中非审美性因素的关注。文学社会学家艾斯卡皮关于文学的定义有利于我们把握作为社会活动的文学的复杂性。在艾斯卡皮看来，"凡文学事实都必须有作家、书籍和读者，或者说得更普通些，总有创作者、作品和大众这三个方面。于是，产生了一种交流圈；通过一架极其复杂的，兼有艺术、工艺及商业特点的传送器，把身份明确的（甚至往往是享有盛名的）一些人跟多少有些匿名的（且范围有限的）集体联接在一起"②。与以往的研究者不

---

① 童庆炳主编：《文学理论教程》，高等教育出版社 2004 年版，第 158 页。

② ［法］罗贝尔·埃斯卡皮：《文学社会学》，于沛选编，浙江人民出版社 1987 年版，第 2 页。

同的是，在强调作为文学的社会学意义时，艾斯卡皮首先侧重于从"事实"的角度来看待文学，这样他就把研究首先落在了具体真实的材料上，而不是从自己信仰的某种文学观念来理解这一众说纷纭却没有定论的问题，这样就为其研究奠定了坚实的物质基础。其次，这种理论将创作者、作品和大众置于同等重要的地位，将其看作文学事实中的平等的主体，这就和那种以作家作品为主体的文学观划清了界限，有利于从多个侧面观察文学的复杂性。再次，艾斯卡皮强调文学的"交流"性，特别是文学在生产和传播过程中媒介（传送器）的作用，这样就使得文学成为一种活生生的社会实践，而不仅仅是某种理论形态。

总的来说，这里的"文学"不仅仅指审美意义上的作家作品，而是社会学意义上的包括作家作品、编辑家、出版机构、读者等因素在内的社会活动。在文学活动中，文本的生产、出版、发行、接受的过程是一项联系着包括文学机构、作家、评论家、读者等主体的系统工程。只有在这几个环节的相互配合和协作下，文学作品才得以面世，文学活动才能持续展开。当艾斯卡皮从社会学的角度来对文学进行界说的时候，一种建立在事实而非信仰的基础上的、多元主体参与和建构的、在社会实践中生存和发展的文学观和文学研究的方法论便明晰起来。这种理论方法有助于我们从新的视点厘清文学中的诸多矛盾、发现其中内在的诸多复杂问题。

二 "文学中心"与"文学场"

"文学中心"中的"中心"一词的所指也与一般的地理学意义上的"中心"不同。后者主要指向是其与"边缘"的距离，而前者主要是指社会学意义上的与资源配置紧密相关的一种等级结构。法国社会学家布迪厄关于场以及文学场的理论对我们理解何为"中心"有极大的启发。在《场的逻辑》和《艺术的法则——文学场的生成和结构》等著作中，他将"场"理解为"可以被定义为在各种位置之间存在的客观关系的一个网络（network），一个构型（configuration）。正是在这些位置的存在和它们强加于占据特定位置的行动者或机构之上的特定性因素之中，这些位置得到了客观的界定，根据是这些位置在不同类型的权力（或资本）——占有这些权力就意味着把持了在这一场域中利害攸关的专门利润的得益权——的分配结构中实际的和潜在的处境，以及它们与其他位置之间的客观关系（支配关系、屈从关系、结构上的对应关系，等等）"①。而文学场是指占有不同权力或资本的团体或个体根据自身占据的不同位置而构成的"网络"或"构型"。文学场是不同资本持有者斗争的空间，文学场由许多位置及其相互关系形成，具备不同习性和文学资本的行动者进入文学场，每个参与者都参与某种争夺，以期改善自己在场域中的位置，"强加一种对于他们自身的产物最为有利的等级优化原则。而行动者的策略又取决于他们在场域中的位置，即特定资本的分配"②。而各种行动者的竞争目标在于争取和累积更多的文化资本，从而能维持和发展其在场域中的地位或者争夺位置的占有权。而文学场中积累文学资本最多并夺取主导权的参与者便理所当然地成为"中心"。

因为社会政治、经济、文化发展的不平衡，与文学生产相关的作家、出版物、读者、评论家等优势社会资源的分布呈现出地域差异。所以，不同区域的文学生产也出现了发展的不平衡状态。那些聚集了众多优势的文学生产资源的地域，利用自身的优势推动文学发展，在文学场的等级结构中居于金字塔塔尖位置，便逐渐成为"文学中心"。反之，那些处于塔基位置的则成为"边缘"；在这种等级结构中，距离塔尖位置越远则意味着其地位越低，这种"文学"对"中心"具有极大的依附性。

第二节　北京：文学中心的确立与延续

在 20 世纪 50—70 年代，作为首都的北京一直都是新中国的"文学中心"，这种稳固的中心地位的确立和延续根源于北京在全国的政

---

① ［法］皮埃尔·布迪厄、［美］华康德：《实践与反思——反思社会学导引》，李猛、李康译，中央编译出版社 1998 年版，第 134 页。

② 同上书，第 139 页。

治地位。作为大一统的新中国的政治中心，北京在政权结构中居于金字塔的顶端，对全国各地施行绝对的领导与统摄。在一个政治与文学的关系处于胶着状态的历史时期，北京自然成为这一时段的文学中心，这个道理不言而喻。

一　权威性文学生产机构的确立

在 20 世纪 50—70 年代，北京的"文学中心"的地位首先体现在众多权威文学生产机构的密集出现。在解放前，北京和上海就已经是中国最大的两大出版中心；因为这样的历史传统和新中国成立后将北京作为政治、文化中心的设计，北京理所当然地成为出版的重镇，同时也理所当然地成为当时文学出版的中心所在。

早在 1948 年 8 月，中宣部就决定要建立全国出版工作的统一领导机关。1949 年 10 月 3 日，中宣部在北京召开了全国新华书店出版工作会议，各大行政区、各省新华书店和生活·读书·新知三联书店均派代表出席了会议，实现了出版发行队伍的"会师"。朱德为会议题词——"加强领导，力求进步"，会议通过《关于统一全国新华书店的决定》。会后，在北京成立了新华书店总管理处、设出版、厂务、发行三个部门，对全国的出版事业的发展具有领导和统摄力。从 1951 年起，新华书店解除了出版和印刷的业务，成为专门的发行机构，位于北京的新华书店总管理处改组为新华书店总店，依然是全国发行的心脏所在。在新华书店分工的和改组的同时，1951 年 3 月，中央一级国营专业文学出版机构——人民文学出版社在北京成立，由著名文艺理论家冯雪峰任第一任社长。1952 年，出版总署在对中央一级各出版社进行专业分工时，规定人民文学出版社的任务是：（1）编辑出版现代中国的文学作品；（2）编译出版文艺理论和文学史；（3）编选出版"五四"以来的重要文学作品；（4）编选出版优秀的通俗文学读物和民间文学作品；（5）校勘整理、翻印古典的文学名著；（6）翻译出版苏联、新民主主义国家的重要文学作品；（7）介绍资本主义国家的进步文学作品；（8）译校出版外国的古典文学名著；（9）出版文学期刊。① 人民文学出版社自成立以来，就一直把当代小说特别是长篇小说的出版作为重中之重。据胡德培介绍，除了"文化大革命"期间前五六年空白、后三四年出书较少外，人文社每年出版的当代长篇小说达十部，"这在国内出版行业中是最多的"。② 由于人民文学出版社显赫的地理位置、政治地位和文学地位，无论从出版数量还是质量看，它都主导和影响着当代文学的走向，是当时名副其实的文学出版"中心"；而同样位于北京的中国青年出版社在这一时期出版了《红旗谱》《红日》《红岩》《草原烽火》《烈火金钢》《风雷》《创业史》等"经典之作"，也充分地说明北京作为政治和文化中心对当时的文学的影响力。

除了文学书籍的出版之外，文代会后创刊的对文学界进行思想领导的重要刊物《文艺报》和《人民文学》在一时期也居于文坛的中心地位。它们成为以北京为中心向全国各地宣传党的文艺政策、发起文学运动、发表重要作家作品的主要阵地。第一次文代会之后，在北平成立的中华全国文学艺术界联合会。作为文联的下属协会之一，中华全国文学工作者协会（简称全国文协，1953 年 9 月改名为中国作

① 《出版总署关于中央一级各出版社的专业分工及其领导关系的规定（草案）》，《中华人民共和国出版史料》第 4 卷，中国书籍出版社 1998 年版，第 96—97 页。

② 胡德培：《人民文学出版社三十五年长篇小说创作漫评》，《当代》1986 年第 3 期，第 259 页。在 20 世纪 50 至 70 年代，由人民文学出版社出版了包括杨沫的《青春之歌》，杜鹏程的《保卫延安》，曲波的《林海雪原》，周立波的《山乡巨变》，赵树理的《三里湾》，孔厥、袁静的《新儿女英雄传》，孙犁的《风云初记》，杨朔的《三千里江山》，高云览的《小城春秋》，李六如的《六十年的变迁》，李劼人的《大波》，欧阳山的《三家巷》《苦斗》，周而复的《上海的早晨》，浩然的《艳阳天》等长篇小说皆为该社出版。除了长篇小说之外，徐光耀的《平原烈火》，柳青的《铜墙铁壁》，马烽、西戎的《吕梁英雄传》，李乔的《欢笑的金沙江》，高玉宝的《高玉宝》，秦兆阳的《在田野上，前进!》，雷加的《春天来到了鸭绿江》，玛拉沁夫的《在茫茫的草原上》，郭国甫的《在昂美纳部落里》，李英儒的《野火春风斗古城》，赵树理的《灵泉洞》，张雷的《变天记》，李晓明、韩安庆的《平原枪声》，徐怀中的《我们播种爱情》，刘江的《太行风云》，吴有恒的《山乡风云录》，梁斌的《播火记》，陈立德的《前驱》，张东林的《古城春色》，马识途的《清江壮歌》，黎汝清的《海岛女民兵》等作品，在当年也是名重一时，对当代文学的走势和读者均产生过广泛的影响。

家协会）稍后于 7 月 23 日正式成立，茅盾任主席。《文艺报》和《人民文学》是文协（作协）主办和创办的最重要的两大"机关刊物"。《文艺报》创刊于 1949 年 9 月，最初由全国文联直接主持，后委托中国作协代管直至正式成为作协直属刊物。被称作"文艺《红旗》"的《文艺报》一直都是文艺界的晴雨表。20 世纪 50 至 70 年代间的一系列文艺运动，《文艺报》无不参与其间，并发挥了举足轻重的作用。从《武训传》到反胡风，到批判《红楼梦》、"反右"的《再批判》，到批"中间人物论"，到 1964 年"假整风"批裴多菲俱乐部，一直到林彪委托江青召开的部队文艺工作座谈会的《纪要》，《文艺报》都成为重要批判文章的发表阵地，在意识形态的轮转中不停地变化方向，发挥着联通那个时代政治与文学的桥梁作用。

　　《人民文学》于 1949 年 10 月 25 日创刊，茅盾任主编，艾青任副主编。作为全国文协（作协）的直属机关刊物，中共高度也重视这家刊物的发展和走向。这从其创刊第一期的设计就可以看出。在封面和目录页后的首张内页上刊登了毛泽东的坐姿照片，照片背面是毛泽东专为《人民文学》创刊所写的题词手迹"希望有更多好作品出世"；刊名题字则是经毛泽东提议由全国文联主席郭沫若手书；全国文协主席、《人民文学》主编，茅盾的《发刊词》置于内页的文字页首。①

---

　　① 《人民文学》发刊词：作为全国文协的机关刊物，本刊的编辑方针当然要遵循全国文协章程中所规定的我们的集团的任务。这一任务就是这样的：一、积极参加人民解放斗争和新民主主义国家的建设，通过各种文学形式，反映新中国的成长，表现和赞扬人民大众在革命斗争和生产建设中的伟大业绩，创造富有思想内容和艺术价值，为人民大众所喜闻乐见的人民文学，以发挥其教育人民的伟大效能。二、肃清为帝国主义者、封建阶级、官僚资产阶级服务的反动的文学及其在新文学中的影响，改革在人民中间流行的旧文学，使之为新民主主义国家服务，批判地接受中国的和世界的文学遗产，特别要继承和发展中国人民的优良的文学传统。三、积极帮助并指导全国各地区群众文学活动，使新的文学在工厂、农村、部队中更普遍更深入地开展，并培养群众中新的文学力量。四、开展国内各少数民族的文学运动，使新民主主义的内容与各少数民族的文学形式相结合，各民族间互相交流经验，以促进新中国多方面的发展。五、加强革命理论的学习，组织有关文学问题的研究与讨论，建设科学的文学理论与文学批评。六、加强中国与世界各国人民的文学的交流，发扬革命的爱国主义与国际主义的精神，参加以苏联为首的世界人民争取持久和平与人民民主的运动。

对其办刊宗旨、目标、编辑方针等的规定是对中共领导层文艺观念的再阐释，是对毛泽东的《讲话》及第一次文代会的精神的集中体现。对 20 世纪 50 至 70 年代的其他文学期刊来说，《人民文学》的中心地位与榜样作用成为一种无形的规范，左右着其他文学期刊的办刊面貌和发展方向。在一个文学生产高度组织化和政治化的时代，作为文艺界最高组织"文联"和"作协"必定落足于政治中心北京，而其"机关刊物"《文艺报》和《人民日报》必然成为生产的中心，对外围起着绝对的领导和规范作用。

　　进入 20 世纪 50 年代之后，作为文学生产中的关键环节的大批作家和批评家齐集北京，为首都文学、文化的繁荣和文学"中心"地位的确立奠定了坚实的基础。如前所述，第一次文代会在新中国成立前后，大批著名文人向北平的靠拢为其成为"文学中心"提供了丰厚的作家资源。据统计，1949 年 7 月 2 日至 19 日在北平召开的中华全国文学艺术工作者代表大会中，共有正式代表和邀请代表 824 人，分别组成平津（一、二团）、华北、西北、华中、东北、部队、南方（一、二团）等代表团参加，实现了以往被分割在不同地域的作家和艺术家的胜利"会师"："从老解放区来的与新解放区来的两部分文艺军队的会师，也是新文艺部队的代表与赞成改造的旧文艺的代表的会师，又是在农村中的、在城市中的、在部队中的这三部分文艺军队的会师。"① 这些作家和艺术家中的核心力量大都在新中国成立后留在北京，并在重要的文学机构任要职。光是《文艺报》和《人民文学》的编委即是新中国文学生产的核心力量，现代文学名家齐集，并成为权威报刊文学作品和评论发表过程中的关节，这种"权威裁决"对作家和评论家既意味着一种考验，然而其向心力却毋庸置疑。尽管 20 世纪 50—70 年代作家的地域出身发生了重大转移，许多作家也不是北京人，但是他们中的绝大多数都是经过上述编委的"裁决"实现了文学的发表，并改变了自己的身份和地位。置身于北京的《文艺报》和《人民文学》对他们的吸引力

---

　　① 周恩来：《在中华全国文学艺术工作者代表大会上的政治报告》，见《中华全国文学艺术工作者代表大会纪念文集》，新华书店 1949 年版，第 13 页。

和生命再造的功绩怎么夸大都不过分。

二　北京：文学中心地位的延续

在"文革"结束后的几年间，中国社会的主要任务转向解决历史遗留问题以及探索新的改革路径，由改革政府发动的这场自上而下的"拨乱反正"的历史运动自然是以中共中央所在地北京为中心，而后依照行政等级依次依序展开，并推及全国。1979 年 10 月 30 日至 11 月 16 日，中国文学艺术工作者第四次代表大会在北京召开，来自全国各民族的文艺工作者的代表共 3000 多人参加了会议。这是全国文艺工作者在新的历史时期空前团结的一次盛会。邓小平在会上的《祝词》中重申了党在"新时期"的文艺政策，为文艺领域的发展指明了方向。"我们要继续坚持毛泽东同志提出的文艺为最广大的人民群众、首先是为工农兵服务的方向，坚持百花齐放、推陈出新、洋为中用、古为今用的方针，在艺术创作上提倡不同形式和风格的自由发展，在艺术理论上提倡不同观点和学派的自由讨论。"[1] 在这种时代精神的感召下，一方面，文学的探索和创新重新获得了政治上的尊重和认可，这为文学朝着更为多元方向发展初步扫清了道路；另一方面，文学创新合法性的取得是建立在为高度繁荣社会主义文艺事业和促进"四个现代化"建设而奋斗的整体目标的基础上的，这就为全国文艺工作者规定了共同的努力方向，为今后一段时间内文学与政治的相互纠缠埋下了伏笔。

这一时期的文学"思潮"的更迭与社会思潮保持了高度同步，"平心而论，从 70 年代末到 80 年代初期，《人民文学》作为'潮头'刊物发的小说、报告文学等，的确对国家在各条战线的拨乱反正，起了配合的作用"[2]。从"伤痕"到"反思"到"改革"的小说"思潮"的发展恰好说明了文学观念与社会意识的紧密互动。文学与社会问题和政治问题的这种密切关系决定了这一时期北京在文坛的中心地

---

① 《邓小平文选》第 2 卷，人民出版社 1994 年版，第 207—213 页。

② 徐光群：《五十年文坛亲历记》（下），辽宁教育出版社 2005 年版，第 96 页。

位。从一个因为聚集了来自作协官员、编辑、评论家和普通读者等各方面思想和审美取向，并在全社会拥有广泛影响力的文学评奖——"全国优秀短篇小说奖"和"全国优秀中篇小说奖"，可以看出，北京在文学的发表、批评、评奖方面的权威地位和绝对优势。在这一时期获奖，并为以后的文学史持续"经典化"的作品的绝大多数发表于《人民文学》《十月》《当代》《北京文学》等杂志。① 由此可见，在一个文学与政治互动密切，将文学的主要功能定位于参与社会政治实践的时期，作为政治中心的北京理所当然地成为文学的中心，继续发挥着对全国文学潮流进行规范、导引的作用；大一统的政治体制和计划化的生产方式有力地保证了文学与政治的这种胶着状态。

第三节 上海："传统"优势与"现代"竞争力

随着十一届三中全会的召开，中国逐步走向了改革开放的发展道路。1980 年，国家在深圳设立第一个经济特区，实行优惠的政策；1984 年 4 月，国家进一步开放天津、上海等十四个沿海港口城市，对外开放的步伐进一步加快。1984 年年底，改革的重心从农村转向城市；1985 年 10 月 23 日，邓小平同志在会见美国时代公司组织的美国高级企业代表团时，第一次提出了让一部分人先富起来的问题，他说，"一部分地区、一部分人可以先富起来，带动和帮助其他地区、其他的人，逐步达到共同富裕"。这实际上肯定了经济转轨过程中的不同区域之间的竞争和差别存在的必要性。作为一个在经济和文化传统上占有优势的区域，上海在这一时期的经济和文化上的优势逐步显现出来，在一定程度上充当了引领经济发展和文学走向的重要角色。对外国文学尤其是"现代派"文学的编辑出版，对雅俗两翼——"新潮小说"、通俗文学的推动，对影响当代文学走势的"重写文学史"等重大理论话题的倡导都与这座城市密切互动，上海理所当然地成为

① 据统计，1978 年至 1981 年的"全国优秀短篇小说奖"的获奖作品共计 100 篇，其中有 36 篇发表在《人民文学》上。

当时文学的中心区域。

一　外国文学名著与"探索书系"的出版

作为中国现代文学出版重镇的上海在"新时期"以来就十分注意对不同地区、不同文学流派、不同艺术走向的外国文学作品的推介，这对当时的文学探索和创新直接给予了思想，尤其技术上的支持。1978 年初，一大批外国文学名著解禁，由人民文学出版社、上海译文出版社出版的"外国文学名著丛书"囊括了包括古今中外各民族的文学艺术珍品，并且由卞之琳、戈宝权、叶水夫、冯至、包文棣、田德望、朱光潜、孙家晋、孙绳武、陈占元、杨季康、杨周翰、杨宪益、李健吾、金克木、罗大冈、季羡林、郑效洵、闻家驷、钱钟书、钱学熙、楼适夷、蒯斯曛、蔡仪、巴金、赵家璧、绿原等名家担任编译工作，"多年以来，这个选题几乎成了外国文学出版界的准绳，近 20 年我国各地出版了多种外国名著丛书，极少越出这个选题的范围"①。这批著作的出版在社会上产生了强烈的反响，给当时贫瘠的文坛提供了可资借鉴的文学资源，颇激动了一批读者的心。在这次出版活动中，上海译文出版社与人民文学强强联合，"外国文学名著丛书"选题从原来的 120 种扩充到 200 种，译文社承担的选题也超过了总数的三分之一，发挥了自己的人力和地理优势。20 世纪 80 年代早期由上海译文和外国文学出版社联手推出的"二十世纪外国文学丛书"出版了包括《百年孤独》《喧哗与骚动》《雪国》《康拉德小说选》《菲茨杰拉德小说选》等在内的大批"现代派"作品。由上海译文出版社参与并尽全力打造的这两套外国文学丛书起到了引领中国翻译当代西方文学作品潮流的作用。

1980 年至 1985 年间，上海文艺出版社隆重推出由袁可嘉等选编的四卷本的《外国现代派作品选》，收入包括后期象征主义、表现主义、意识流、未来主义、超现实主义、存在主义、荒诞主义、新小说、垮掉的一代、黑色幽默等广义的"现代派"的作品，为开拓作家

①　张贺：《〈外国文学名著丛书〉：因改革开放而复活》，《人民日报》2008 年 11 月 19 日第 3 版。

的视野和促进文学创新提供了参照和依据。在 1986 年及其后的几年间，上海文艺出版社隆重出版了包括《探索诗集》《探索小说集》《探索戏剧集》《探索电影集》《性格组合论》《艰难的选择》《审美中介论》《艺术创造工程》《十年文学主潮》《心灵的探寻》《文艺社会学》《艺术链》等作品集和现当代文学领域一批新锐的研究著作的"文艺探索书系"，这套书直接标明了其"探索性"特征，可视作对当时文学创作和研究领域中创新、探索之作的集体检阅。作为一个拥有近百年的商业传统，注重模仿、引进西方技术，出版业非常繁荣的"现代"都市，上海的出版社在 20 世纪 80 年代出版的这三套影响巨大的丛书在一定程度上延续了上海的文学出版的"探索性""先锋性"传统。而在一个注重文学创新的时代，上海的这种出版选择则具有引领时代文学潮流的特征，给当时思想和技术资源相对贫瘠的文坛吹来了新风，实际上直接促发了"现代派"文学的论争以及后来的先锋小说的兴起。

二 对"寻根文学"与"先锋文学"的推动

城市改革和文学革新的浪潮，和昔日的文学中心北京鼎足而立，进而争夺中心，已经具备了体制上的可能。1985 年前后，文学与政治的关系不再那样"黏着"，而是出现了松动，文学的"主体性"地位增强，艺术方面的创新和探索加快，支持这种探索的杂志包括当时位于不同地域的《人民文学》《北京文学》《上海文学》《收获》《作家》等文学杂志。

如果说在 1985 年掀起论争波澜的"现代派"文学主要是由北京文坛主导的话，"寻根文学"的兴起则与《上海文学》有重要的联系。1984 年 12 月，由《上海文学》、浙江文艺出版社和《西湖》杂志联合召开了"杭州会议"。① 会议之后不久，韩少功发表了《文学

---

① 李陀、陈建功、郑万隆、阿城、韩少功、李庆西、李杭育、陈村、曹冠龙、黄子平、陈平原、周介人、蔡翔、季红真、鲁枢元、徐俊西、吴亮、程德培、陈思和、许子东、南帆、宋耀良等当时活跃于文坛的作家和批评家在《上海文学》主编李子云主持的讨论会上汇集于上海，在这个庞大的作家、批评家阵容中来自上海的占了很大比重。

的"根"》,随之在全国形成声势浩大的"寻根"文学"思潮"。"寻根文学"是上海在新的历史条件下寻找文学突破的重要事件,它在一定程度上打破了 20 世纪 50 至 70 年代以来由北京绝对领导和发动文学思潮、文学运动的强大惯性,实现了地理上意义上的文学"中心"的位移。在组织召开"杭州会议"之后的 1985 年,《上海文学》的办刊方针发生了重大变化。在 1985 年的第 1 期即表明了新的办刊方向,一向以"文学性　探索性"作为办刊宗旨的《上海文学》自这一期开始大力倡导探索性的作品,对当时的"寻根文学"和"现代派文学"的推举方面做出了巨大的努力,栏目呈现出多变的态势。① 这种在短期内集中推出探索之作的发表原则为"寻根文学"和"先锋小说"的异军突起创造了机会、提供了平台。

　　作为上海作协主办的大型文学刊物,《收获》自创刊以来就一直是上海文学的重镇,在全国文学杂志的格局中也占据重要地位。80 年代初期,许多重要的"伤痕"和"反思"文学作品都是经《收获》发表而后获得全国优秀中短篇小说奖从而被"经典化"的。在经济转型的大潮中,《收获》率先在 1985 年实现了自负盈亏,这使得杂志的办刊难度随之增加,同时,其自主性却不断得以增强。1987 年、1988 年两年,在文学界普遍认为小说处于"低谷"状态之下,《收获》于 1987 年第 5 期在"实验文体"的栏目下集中发表了马原的《上下都很平坦》、洪峰的《极地之侧》、余华的《四月三日事件》、苏童的《1934 年的逃亡》、鲁一玮的《寻找童话》、孙甘露的《信使之函》。在该刊创刊三十周年纪念号——1987 年第 6 期——刊发了余华的《一九八六》和格非的《迷舟》;其后,1988 年第 6 期上再次集

---

　　① 据程光炜教授统计,仅 1985 年到 1987 年,《上海文学》发表了包括郑万隆《老棒子酒馆》,陈村《一个人死了》《初殿(三篇)》《一天》《古井》《捉鬼》《琥珀》《死》《蓝色》,阿城《遍地风流(之一)》,张炜《夏天的原野》,王安忆《我的来历》《海上繁华梦》《小城之恋》《鸠雀一战》,韩少功《女女女》,马原《海的印象》《冈底斯的诱惑》《游神》,刘索拉《蓝天绿海》,张辛欣、桑晔《北京人(七篇)、(十篇)》,孙甘露《访问梦境》,残雪《旷野里》,李锐《厚土》,莫言《猫事荟萃》《罪过》,苏童《飞越我的枫杨树故乡》等三十篇左右的"新潮小说"。程光炜:《如何理解"先锋小说"》,《文学史的兴起》,河南大学出版社 2008 年版,第 185 页。

中刊发了苏童的《罂粟之家》、孙甘露的《请女人猜谜》、马原的《死亡的诗意》、余华的《难逃劫数》、扎西达娃的《悬崖之光》、格非的《青黄》、潘军的《南方的情绪》等后来被命名为"先锋小说"的作品。凭借《收获》的地域优势和在全国文坛的影响力，这一批作家迅速成名，苏童的说法具有代表性："《收获》旗帜下聚集了一批作家，他们能保持那么旺盛的斗志和创作欲望，与《收获》坚定的支持是分不开的。"① 而"先锋专号"中的"先锋小说"也逐步被文坛普遍接纳为文学"经典"。在先锋小说的勃兴过程中，正是富于探索精神的上海以及李小林、程永新等《收获》的"先锋编辑"最终完成了对先锋小说的历史定格。"无论从杂志、批评家还是作为现代大都市标志的生活氛围，上海在推动和培育'先锋小说'的区位优势上，要比其他城市处在更领先的位置。"②

三　"重写文学史"与通俗文学

作为文学的重镇之一，20 世纪 80 年代以来的上海拥有一批在文坛拥有崇高声望的编辑队伍，并依靠其区位优势培养和聚拢了一批先锋批评家。在 80 年代初的几年间，聚集了包括李子云、周介人、茹志鹃等编辑的《上海文学》即已培养了一大批有别于传统文学批评家的"先锋"批评家。③ 虽然《上海文学》的办刊方针遭到了一些人的质疑，被视为"小圈子文学""看不懂"等，但是"最终为上海的文

---

① 苏童、王宏图：《苏童、王宏图对话录》，苏州大学出版社 2003 年版，第 22 页。

② 程光炜：《如何理解"先锋小说"》，《文学史的兴起》，河南大学出版社 2008 年版，第 186 页。

③ 自 1981 年起，《上海文学》的"理论批评版"开始陆续发表了吴亮《变革者面临的新任务》（1981 年第 2 期）、《一种崭新的艺术在崛起吗？》（1981 年第 5 期）、《文学与消费》（1985 年第 2 期）、雷达《"探求者"的新足印》（1981 年第 2 期）、程德培《别是一番滋味在心头——评汪曾祺的短篇近作》（1982 年第 2 期）、《前进路上的问题》（1984 年第 7 期）、蔡翔《高加林和刘巧珍——〈人生〉人物谈》（1983 年第 1 期）、南帆《论小说的情节模式》（1985 年第 10 期）、黄子平《得意莫忘言——关于"文学语言学"的研究笔记之一》（1985 年第 11 期）、李劼《试论文学形式的本体意味》（1987 年第 3 期）等文章。

学批评奠定了厚实的基础"①。但程德培、李劼、蔡翔、周介人、殷国明、许子东、夏中义、王晓明、陈思和、毛时安等人正是通过《上海文学》的"理论批评版"确立了自己的批评风格而成为文坛重要的"先锋"批评家的。1988 年，这批批评新锐中的陈思和、王晓明在《上海文论》开辟"重写文学史"专栏，在现当代文学界引起强烈的反响。② 而这一后来影响深远的文学史话题的发生基本是在上海的文学圈子里：来自上海社科院文学研究所、复旦大学、华东师大的研究者共同参与了这次策划；发起者、主持者和作者或者是师生，或者是校友，或者是朋友关系；有些文章甚至是共同讨论、创作完成。随着这一专栏在现当代文学界的影响逐步扩大，1989 年，南北的学者在镜泊湖召开了讨论文学史观念的会议，"重写文学史"的话题随之形成南北呼应的局面，《中国现代文学研究丛刊》开了一个"名著重读"的专栏，发表了一系列的文章与《上海文论》相呼应。一个最早在北京酝酿的文学话题，却由上海发起并走向全国，后者在传媒、信息发达，观念新锐等方面的区位优势是显而易见的。

随着城市化进程的加快和世俗化浪潮的侵袭，在 20 世纪 50 至 70 年代一度遭受贬抑的通俗文学出现了勃兴的态势，成为城市改革浪潮中代表一个时代精神走向的新的文学潮流，从通俗文学杂志的出版和影响力可以看出，作为商业化都市的上海在这次文学潮流中的举足轻

---

① 陈思和：《珍视城市文化的标志性品牌：谈上海文学期刊和文学批评》，《文汇报》2004 年 8 月 30 日。

② 王晓明谈道："徐俊西是复旦中文系的老师，陈思和是复旦中文系毕业的，所以他就找了陈思和。我跟陈思和是很好的朋友，我们当时都很年轻，都是大学里的青年教师，那个时候很多事情都一块儿做，所以找我们俩一块儿去。我记得有一天下午是在上海社科院《上海文论》编辑部的一个房间里面，我们三个人，毛时安说要我和陈思和两个人来编一个关于文学的栏目，但是要想出一个具体的题目。大家讲啊讲啊讲，想不到好的题目。后来我说了一段话，我的意思是说，我们其实想做的就是要一个重写文学史啊什么什么的，我说了一通，陈思和反应很快：'那就叫"重写文学史"吧'，我说的时候是无心的，是他把这五个字拎了出来。他这么一说，大家都觉得好，就这么定下来了……我记得当时李劼已经有一个很长的文章，是李劼、陈思和、我三个人一起讨论，李劼执笔写的，重新来评价'五四'以来的新文学，有点像'二十世纪中国文学'这样一个东西。"王晓明、杨庆祥：《历史视野中的"重写文学史"》，《南方文坛》2009 年第 3 期。

重的地位。

从杂志的资历看，《故事会》早在 1963 年即由上海文艺出版社编辑出版；而另外一些著名的通俗文学杂志的创刊均落后于它。在"文革"以后，随着 20 世纪 80 年代的社会领域和读者的阅读趣味的变化，《故事会》的发行量逐年增加。20 世纪 80 年代初期，《故事会》逐步与当时的《人民文学》《当代》等畅销杂志的发行量保持齐头并进的态势；1985 年以后，以《故事会》为代表的通俗文学杂志的发行量连年攀升，通俗文学在发行上实际上取代了严肃文学在文坛的优势地位。1984 年，群众出版社的《啄木鸟》杂志，订数达一百八十多万份；河北花山出版社的《神州传奇》订数达四十多万份，而上海的《故事会》竟达数百万份之多。① 作为在"通俗文学热"高潮时期"1984 年到 1986 年"，"连续三年发行量居全国期刊之首"，1985 年第 2 期更是"攀升达到了七百六十万册"。"《故事会》越来越受到群众的喜爱，发行量逐年增长，到 1985 年第 6 期，最高印数竟达 760 万册，创造了中国出版史上文艺书刊发行量的最高纪录。"② 1987 年平均期印数在 40 万册以上的杂志统计，文学、艺术类刊物中纯文学刊物榜上无名；《故事会》以 494.6 万册高居榜首，超过 100 万册的还有《故事大王》（173.7）、《山海经》（109.6）、《今古奇观》（100.0）等三种。③ 1988 年平均期印数在 40 万册以上的杂志统计，文学、艺术类刊物中纯文学刊物榜上无名。《故事会》以 441.1 万册高居榜首，超过 100 万册的还有《故事大王》（150.7）、《大众电影》（165.0）等三种。④《故事会》以及通俗文学在 20 世纪 80 年代中后期创造的这种骄人的成绩使它成为通俗文学杂志中的领军者，而作为滋生通俗文化的上海都市意识正是其成功的背景和舞台。这是因为与其他都市相比，上海是一座更具世俗气息的城市，在推动通俗文学生

① 《中国出版年鉴 1985》，商务印书馆 1985 年版，第 89 页。

② 《我们编〈故事会〉的体会》，载芮德法《中国出版年鉴 1986》，商务印书馆 1986 年版，第 145 页。

③ 《中国出版年鉴 1988》，商务印书馆 1988 年版，第 121 页。

④ 《中国出版年鉴 1989》，商务印书馆 1989 年版，第 60 页。

产和发行方面更具备优势。

第四节　南京：突进与占位的历史契机

随着改革开放的进一步深化和市场经济的展开，江苏南京以独特的地缘优势逐步在经济和文化发展方面占据了重要地位。在文坛急剧分化的过程中实现了历史性突围，在文学场域中占据主导地位的是以《钟山》为核心的南京的文学力量，通过对"新写实小说"的倡导，南京的《钟山》顺利实现了从边缘到中心的身份转换，成功地迈入了一流文学杂志的行列；同时，历来以北京和上海为中心的文坛格局和等级秩序受到了冲击，南京成为此期引领时代潮流的文学"中心"。

一　"新时期"江苏文学的崛起

就文学传统来讲，南京虽然始终未能形成"宁派文学"，但是这一区域的文学力量却始终不可忽视，尤其是在新中国成立以来一直呈现出良好的发展势头。早在民国时期，陈白尘、吴奔星、沈西蒙等作家即已成名；新中国成立以后，以陆文夫、高晓声、艾煊、石言、张弦等为代表的江苏作家在全国文坛崭露头角；而以赵本夫、朱苏进、周梅森、黄蓓佳、范小青、叶兆言、苏童等为代表在新时期崛起的青年作家群更是为江苏文学增添了活力。"1976—1979 年间，江苏省的文学队伍得到了空前迅速的扩大。青年作家不断涌现，数量之多、成熟之快，是 30 年来少有的可喜现象。"① 正如苏童所说的那样，"江苏的作家群是文学领域的劳动模范群，多年来不管世界风云变幻，他们的作品总是像一只打开的蜂箱飞出嘤嘤嗡嗡的声音，从不停歇，这种现象曾令外地的同行瞠目结舌，但我作为江苏作家群的一员，始终觉得一切都是自然而然，迷恋写作是我们许多人的通病，著作等身是我们许多人的生活目标"②。而这种努力也得到了文坛的肯定。在全国性

① http://www.jszjw.com/jsauthor/survey/history/298175.shtml.
② 苏童：《文学和它所处的时代》，《上海文学》1993 年 10 月。

评奖中，江苏作家获奖次数在全国居于前列。优秀作品如：陆文夫的
《献身》《小贩世家》《围墙》《清高》《美食家》，高晓声的《李顺大
造屋》《陈奂生上城》，石言的《漆黑的羽毛》《秋雪湖之恋》，张弦
的《记忆》《被爱情遗忘的角落》，朱苏进的《射天狼》《凝眸》，方
之的《内奸》，赵本夫的《卖驴》，周梅森的《军歌》，叶兆言的《追
月楼》等。

与创作队伍和作品的迅速发展相匹配的是，江苏当代文学批评队
伍的不断壮大。这个批评队伍包括来自作协系统和以南京大学为中心
的高等院校。20世纪80年代以来，南京大学中文系以陈瘦竹、陈白
尘、叶子铭、董健、邹恬、许志英为代表的一批从事中国现当代文学
和文学理论研究的学者"凭借着深厚的理论功底、独到的文学感悟、
精辟的文学史观，对现代文学的历史发展、思潮流变，作家作品，进
行了极具独创性的研究，取得了为海内外学界所瞩目的成就"①。先是
由陈瘦竹、吴调公、吴奔星等老一辈评论家开路，后来范伯群、曾华
鹏、董健等人奠定了文学研究和批评的深厚基础；继之，丁帆、王
干、费振钟、叶公觉、戎东贵、丁柏铨、汪政、晓华等青年批评家迅
速崛起。南京的文学批评力量逐渐在全国产生举足轻重的影响。

南京市从1985年开始在综合体制改革中推行目标管理，1986年
初见成效，1987年进入深化阶段。城市目标管理是在国家大量消减指
令性计划、扩大指导性计划和市场调节范围的情况下进行的。与这种
城市治理相应的是出版系统的改革也在全面推进。早在1984年1月，
中共江苏省委做出决定，将作协从文联机构中分出，按厅局级单位建
制，与文联平行，以发展繁荣社会主义文学事业，开创江苏文学新局
面。近年来，出版系统进行了管理体制改革，在原有的江苏人民出版
社、江苏科学技术出版社的基础上，成立了江苏教育出版社、江苏少
年儿童出版社、江苏美术出版社、江苏古籍出版社和江苏文艺出版
社，并于1985年1月1日起，各出版社实行单独经济核算。据1986
年《中国出版年鉴》记载，"全省出版发行队伍也不断壮大，增添了

---

① http：//xgc. nju. edu. cn/info_ detail. php? id = 1846.

许多新鲜血液，总人数达 6000 余人。我省已拥有一批比较熟练的编辑人才、出版人才、印刷人才和发行人才。出版发行队伍的不断壮大，保证了出版事业的健康发展"。"省内各种类型、性质的期刊，如雨后春笋般地创办出版，现已有《群众》《江海学刊》《译林》《钟山》《青春》《江苏教育》等 190 个之多。"①

1986 年 1 月 28 日至 2 月 1 日，作协江苏分会自成立以来的第一次全体会员大会在南京召开，这是江苏文学史上一次规模空前的盛会。453 位作家、评论家、文学编辑和文学组织工作者欢聚在一起，回顾以往，展望未来。中国作家协会江苏分会主席艾煊总结了近几年江苏的文学创作情况。"这几年来江苏文学事业的繁荣盛况，是历史上任何时期所未曾有过的。""单从获奖作品来看，在全国获奖的有近四十部之多，获省市一级奖的作品就更多了。"② 在对全省以及《钟山》创作和获奖成绩进行乐观估计的基础上，《钟山》杂志的地域意识的猛增、走向全国、走向一流的追求也逐步付诸实践。1986 年 6 月 1 日至 6 日在江苏古城高邮召开了省青年文学评论讨论会，丁帆、丁柏铨、王干、江锡铨、朱持、费振钟、胡汉林、赵宪章等参会。自此以后，在《钟山》和《雨花》的鼎力扶持下，江苏作家和评论家迅速崛起。从 1986 年第 6 期起，《钟山》推出周梅森等"江苏青年作家小说专辑"；1987 年第 1 期钟山论坛推出黄毓璜、丁帆、王干、费振钟、吴炫、许文郁等以江苏评论家为主的评论专辑；1987 年第 2 期，"江苏青年作家小说专辑之二"推出叶兆言等作家的小说，同期"钟山论坛"栏目推出江苏资深文学评论家陈辽、朱持、戎东贵等论江苏文学的批评文章。陈辽在 1987 年第 3 期"钟山论坛"推出的《青松应须升千尺——评江苏青年评论家》一文中全力肯定了王干、费振

---

① 《中国出版年鉴 1986》，商务印书馆 1986 年版，第 125 页。

② 《东风又放花千树　江苏文苑春色浓——中国作家协会江苏分会会员大会盛况空前》，《钟山》1986 年第 3 期。据统计，赵本夫的《卖驴》(《钟山》1981 年第 2 期) 获得 1982 年全国优秀短篇小说奖，1985 年王兆军的处女作《拂晓前的葬礼》(《钟山》1984 年第 5 期) 获得 1983—1984 年全国优秀中篇小说奖，朱晓平的《桑家坪纪实》与周梅森的《军歌》获得 1985—1986 年全国优秀中篇小说奖。

钟、丁帆、叶公觉等江苏青年批评家，并对其寄予厚望。随着文学生产的诸种要素和条件的日益成熟，江苏省的文艺成绩在 1987 年前后再创新高。"仅去年 9 月至今年 9 月一年，组员们就发表出版了相当数量的受到瞩目的作品。周梅森的长篇小说《黑坟》在《中国作家》发表后，又由浙江文艺出版社出书，在全国引起很大反响。继之，他的中篇力作《军歌》《冷血》《孤旅》《国殇》等也陆续发表，同样受到重视。他的第二部长篇小说《乱洪》，最近由百花文艺出版社出版。赵本夫继长篇小说《混沌世界》在《东方纪实》发表后，最近在《钟山》上发表了中篇新作《涸辙》，黄蓓佳这一年来，除了致力于长篇《瓦砾》的写作，同时又在《小说界》《钟山》等杂志发表中篇小说《方生方死》等，受到好评。储福金发表长篇《羊群中的领头狮》后不久，又发表了长篇《奇异的情感》，以及三部中篇小说。此外，赵践、范小青等人这一年中也都有长篇出版，并发表中短篇小说多篇。"① 而与作家作品的高质量、大规模突进同步的是，江苏省在其他的文艺领域内也取得了相当的成绩。1988 年 7 月 4 日，第八届（1987 年度）全国优秀电视剧"飞天奖"揭晓，江苏省名列前茅：《严凤英》获得连续剧一等奖，《秋白之死》获得单本剧一等奖。可以看出，江苏省文学和艺术力量的强大并不是偶然现象，而是在政治、经济、文化等综合因素的推动下的一次必然的突围。

二　"新写实小说"的倡导与文学中心的位移

1988 年国务院批准江苏 9 个市 40 个县为对外开放地区，又在全省全面实行外贸承包经营责任制。南京市积极推行承包经营责任制和发展企业联合、兼并等各项配套改革。"全市市区全民企业承包面达95%，集体企业达 90.7%。承包形式已由企业承包发展到行业承包，集团承包；由企业向国家承包发展到企业内部层层承包；科技、文教、体育、卫生等社会事业也实行企业化管理和承包责任制。适应经济结构调整，企业兼并加快。全市已有 53 家企业兼并了 58 家企业，

---

① 青文：《江苏作家采取多种方式深入生活》，《文艺报》1987 年 7 月 6 日第 4 版。

使陷于困境的企业获得了生机，使产品畅销的企业增添了资金和力量。全市916个科研、卫生、体育、广播等事业单位中，已有511个实行了企业化管理，占56%，其中70%以上的单位经费自给。"① 在这种承包制的浪潮中，《钟山》杂志社抓住历史赋予的机遇，借助于对"新写实小说"的策划和倡导开始了从边缘到中心的自我身份转换的关键时刻。

　　在"治理整顿"期间，因为政治意识形态和市场等因素的强行介入和干预，北京和上海两地的文学探索告一段落。在1989年的政治风波之后，邓小平关于市场经济体制的构想暂时停顿了下来，中国理论界关于计划体制与市场体制的论争进入了白热化状态。最为典型的是两个较大的事件，一是上海以"皇甫平"为笔名的一系列市场化改革的文章与北京的计划回归派的持续论战；二是1989年冬、1990年夏，特别是1991年冬天，中央主要领导召开的有关部委负责人及一批知名经济学家参加的一系列座谈会。在这些座谈会上，计划回归派与市场改革派之间的交锋十分尖锐。1991年，在我国理论界发生了长达半年之久的关于"姓社姓资"的争论。这些文章②分别传达或阐述了邓小平1991年在上海的讲话精神，如："敢冒风险，敢为天下先"，"浦东开放要搞得更好、更快、更大胆"，"资本主义有计划、社会主义有市场"，等等。文章指出，上海在新的一年要解放思想，把改革开放搞得更快更好。这四篇文章发表后，受到社会的普遍赞同。可是没过多久，批评的声浪吸引了人们的视线。喧闹一时的批评终于在经济理论界引起了回音，1991年7月4日，中国社会科学院在刘国光主持下，召开了"当前经济领域若干重要理论问题"座谈会。一直到邓小平南方谈话，这场论争才平息下来。由于北京和上海的政治中心和经济中心的地位，这种关于政治走向和体制改革的争论与抗辩最容易在这两座城市出现并产生重要影响，这种政治形势对文学的探索和文

---

　　① 《中国经济年鉴1989》，经济管理出版社1989年版，第83页。
　　② 这些文章包括《做改革开放的"带头羊"》《改革开放要有新思路》《扩大开放的意识要更强些》《改革开放需要大批德才兼备的干部》。分别发表于2月15日、3月2日、3月22日、4月12日的《解放日报》第一版，署名皇甫平。

学思潮的倡导显然是极为不利的。

当时的政治形势给创作主体带来了精神上的挫败感，导致他们创作中的转型以至停滞；更为直接的是，文学杂志所面临着"精简报刊"危机。一些杂志面临的不仅仅是局部调整栏目，或者整体调整报刊方向和策略；而是暂时停刊整顿以至生死存亡的危机，编辑们的回忆为我们留下了这一时期的部分事实。

《中国作家》由于1989年第5期发了一篇小说《再来回答冰激凌》，后被有关部门指为"内容有色情描写"，责令于次年停刊一期，以致订户误会是停办，印数大降。①

据说是当时的管理机构依照上级的决定压缩精简报刊，各省市地区和各系统均订有指标，但具体压谁减谁则由各系统自行决定。中国作协定的是《小说选刊》和《文学四季》，前者是作协众多报刊中印数最多、盈利最高的；而后者则是办得最晚却前景无限的新生力量。②

还有另外的"小辫子"，例如1989年"夏之卷"的封四上登了邵晶坤的一幅油画《酷暑》，画的是全裸的女性睡姿，这在当时显然属于"异端"。还有一幅画登在1989年"秋之卷"上，是艾轩画的油画，画面上只是孤零零一位藏胞的身影，默对草原苍穹，题为《她走了没说什么》。这个"她"在我心目中是暗示并悼念不久前逝世的胡耀邦同志。我这点"点心"，不知道能否得到人们的会意和共鸣呢？③

随着历史的发展，"1990年代以来，上海的文化艺术其实面临很深的危机"。从作家作品方面看，"文学创作缺乏与国内其他城市和其

---

①　章仲锷：《大型文学期刊与我——我与〈十月〉、〈当代〉、〈文学四季〉和〈中国作家〉》，靳大成主编《生机——新时期著名人文期刊扫描》，中国文联出版社2003年版，第43页。

②　同上书，第38—39页。

③　同上书，第39页。

他地区作家创作的竞争力，可以说在文学和以文学为基础的某些艺术门类方面，上海在中国没有优势可言"①。从文学体制、机制方面来讲，"上海对文学和文化事业的管理行政干预过多过细过死，加上经济的杠杆，别人管不了的事都能管住。正像有些领导常说的那样，钱我有的是，只要你们有本领来拿。也就是说，你们既要拿我的钱，就得按照我的要求去做，受我的管"②。在这种情势下，"那个时候我跟陈思和这样的在当时属于要解放思想的青年学者，肯定就是有一定'问题'啦"。"因为那个时候的大学里面、文学界，有一些思想比较'左'的人，对解放思想很反感，所以他们会写批判文章来攻击我们，一旦出了这样的批判文章，学校里就很难处理的。所以客观来说是这个消息挽救了这个栏目，使这个栏目还能够继续出到1989年的年底。虽然可以靠徐俊西的支持撑一段时间，但是我们已经知道，不可能编多久了。"③ 当红作家余秋雨敏锐感觉到这一时段上海文学界的弊病，"记得1990年代初，那时我还在市委宣传部工作，有一天余秋雨来说起，他要到外地去走动走动，可能会更有所作为。因为"与北京、广州相比，上海的文化生态环境是最差的"④。从文学工作者的种种描述不难看出，当时的上海文坛整体滑向了低谷。

与北京和上海的这种紧张局面形成鲜明对照的是，江苏文学的发展所受的政治意识形态方面的强行干预很少，此地文学与政治的发展保持着相互支持、共同发展的良好势态。历史的来看，"在反右扩大化的狂风暴雨期间，中共江苏省委以'边戴边摘'的方式，使艾煊、方之、叶至诚等同志留在党内，从而使他们在两年后即能从事文学创作，陆文夫也在下放劳动后两年即被重新吸收进创作组。如此庇护作家，这在当时全国各省、市中是少见的。新时期以来，中共江苏省委

① 邹平：《上海文学地图的历史变迁——上海作协理论组座谈纪要》，《文艺争鸣》2004年第1期。

② 同上。

③ 王晓明、杨庆祥：《历史视野中的"重写文学史"》，《南方文坛》2009年第3期。

④ 徐俊西：《上海文学地图的历史变迁——上海作协理论组座谈纪要》，《文艺争鸣》2004年第1期。

和省人民政府一贯坚持四项基本原则，坚持文艺的'二为'方向，反对资产阶级自由化，一贯坚持改革、开放，提倡解放思想，实事求是"①。即便是在面临 1989 年的声势浩大的治理整顿的历史时刻，江苏省政府对文学创作中出现的问题也是给予理解，并支持文学创作的探索和发展。据陈辽回忆，1989 年 7 月间，江苏省一文艺刊物曾出现过一篇以"十周年祭"为题的文章，曾用曲笔否定文艺战线上反资产阶级自由化的斗争，并对宣传马克思主义的主张进行谩骂和攻击。江苏省政府的有关领导还是强调江苏文学的主流是好的，在新时期以来的成绩是前所未有的，并要求作家在"二为"方针的指导下坚持解放思想。

在全国文学刊物普遍陷入困境、危机重重的情况下，江苏省的文学刊物也面临着挑战。据统计，江苏省文学艺术杂志的总印数和总印张自 1986 年以来连年下跌，到 1989 年更是出现了锐减的趋势。其总印数从 1988 年的 788 万册下跌到 1989 年的 373 万册，总印数从 1988 年的 38659 千印张下滑到 1989 年的 22321 千印张。② 作为江苏文学艺术杂志领域中的一员大将，《钟山》在 1988—1989 年的受挫在所难免。危急关头，1988 年 10 月《钟山》联合《文学评论》召开了"现实主义与先锋派文学"的讨论会，会上将"新写实小说"作为一种重要的文学现象提出。1988 年第 6 期的《钟山》封底上刊登了将于 1989 年倡导"新写实小说"的重要启事，宣告一种新的文学思潮将以杂志策划的形式登上历史舞台。1989 年第 3 期的《钟山》"卷首语"可以视作"新写实小说"的宣言。"卷首语"强调了这一思潮已经得到了"首都文艺界"和老作家们的广泛支持，并将通过评奖的方式推动思潮的发展。正如王干后来所澄清的那样，"当时打出旗号的目的，首先是为了让这个在文学中心之外的刊物能引起人们的注意，其次是想对全国文学潮流走向作一些分析和梳理"。有了对这种

---

① 《轨迹、经验、前景——谈江苏文学创作四十年》，《江苏社会科学》1990 年第 1 期。

② 数据来源于《江苏统计年鉴》（中国统计出版社）1988、1989、1990 年的相关统计。

主次区别的理解，再要对"卷首语"中理论界定上的含混不清表示质疑就显得迂腐不堪了。

可以说《钟山》最终是因为"新写实小说"而抱得大名，树立了自己的品牌形象。但是，在倡导这一文学思潮的过程中，《钟山》并没有将这一思潮孤立化、将其当作唯一的栏目，而是有意识地采用了将多个栏目并置的方法，烘云托月式地凸显了"新写实小说"的栏目。1989 年第 3 期的栏目设计非常精彩，出手不凡。本期共设有"新写实小说大联展"、"新潮小说"、"文学对话录"、"杂文作坊"、"报告文学"等五个栏目，其中由朱苏进《绝望中诞生》、赵本夫《走出蓝冰河》、姜滇《造屋运动及其他》、高晓声《触雷》等重要作家作品构成的"新写实小说大联展"排在最前位置，凸显其重要性。其后的几个栏目依次以艺术上的创新精神、名家效应、批判激情、现实关怀而显示其独特风采，甚至和"新写实小说大联展"的吸引力不相上下。这种版面设置正好证明了布迪厄的论断，"一个文本要想成为大众的，就必须有与处于不同语境中的各种读者的相关点，因而它自身必须是多义的，而对于它的每次阅读都是受条件限定的，因为它必须受其阅读的社会条件的支配。相关性要求多义性与相对性，它否定封闭、绝对以及普遍"①。自此至 1991 年第 4 期取消"大联展新写实小说"栏目，《钟山》基本上延续了这种各板块并置并突出"新写实小说"的栏目设计原则。被纳入"新写实"麾下的作家包括方方、池莉、刘恒、刘震云、苏童、叶兆言、皮皮、高晓声、范小青、史铁生、梁晓声、吕新、赵毅衡等，这个作家阵容中绝大多数都是当时的名家，对吸引读者应该极有效果。而为了推动这一文学思潮，《钟山》在 1990 年以后的几期增加了对这一思潮的评论力度。1990 年第 1 期增设"新写实小说笔谈"一栏，刊发了董健、丁帆、费振钟等人对"新写实小说"的"笔谈"；1990 年第 4 期刊出陈思和《自然主义与生存主义》，汪政、晓华《"新写实"的真正意义》，1990 年第 6 期刊

---

① 转引自载陶东风《超越精英主义与悲观主义——论费斯克的大众文化理论》，《学术交流》1998 年第 6 期。

出丁帆《叙述模态的转换》，李洁非《从小说的观点看》等关于"新写实小说"的评论文章；1991 年第 1 期至第 3 期开设"微型作家论"专栏，对包括被《钟山》列入"新写实小说大联展"的朱苏进、王朔、赵本夫、方方、池莉等作家进行点评。以这种著名作家和著名评论家联合推出的办刊策略，"新写实小说"的读者面之广、影响力之大就可想而知了。

然而，《钟山》的目标绝不停留在通过约请名家撰稿和新颖的版面设计吸引读者，借"新写实小说"的倡导提高《钟山》的知名度，进而使杂志迈向全国一流当是其终极目标。这从《钟山》利用各大报纸杂志对"新写实小说"进行大规模的宣传便可看出。自 1989 年第 3 期推出"大联展"后，《人民日报》《文艺报》《文汇报》《文学报》等报刊"曾连续载文报道并评述这一活动"。《钟山》杂志社于 1989 年 10 月 31 日与《文学自由谈》编辑部在南京联合召开"新写实小说"讨论会，南京籍的诸多作家和评论家都参与了研讨，相关讨论在《文学自由谈》1989 年第 6 期刊出。通过各大报刊的宣传与研讨，"新写实小说"的影响逐步扩大，同时在读者、专业评论家、杂志编辑中赢得了声誉，并成为一种"文学事实"。这样，"新写实小说"走出了江苏、走向了全国，逐渐成为继"先锋小说"以后的又一大文学思潮；而《钟山》也借"新写实小说"的东风顺利地进入了为文学界和读者所认定的"中心杂志"的行列。

《钟山》凭借对"新写实小说"的策划和倡导一跃而成为著名刊物，实现了从"边缘"到"中心"的角色转换。通过对体制转型期文学发展方向的把握、生产策略的调整、读者意识的捕捉，凭借南京经济、文化发展的深厚积淀，《钟山》于 20 世纪八九十年代之交成功地改变了自己的边缘处境，一举走进了全国"中心杂志"的行列。历史总是将机会赋予那些有条件、有准备、有实力、有策略的人和事，《钟山》的成功印证了这一点，而分布在它的周围的那些逐渐丧失活力并最终停办的文学刊物也从反面证明了这一点。

第三章

文学杂志与"文学思潮"：
被策划的"新写实小说"

1987 年前后，方方的《风景》、池莉的《烦恼人生》、刘震云的《新兵连》《塔铺》、刘恒的《狗日的粮食》《伏羲伏羲》等作品密集出现，逐步受到文坛的注意，在雷达的评论文章中，它们被作为一种具有相似特征的"新现实主义"文学潮流推出。① 在此前后，包括《上海文学》《中国作家》《钟山》在内的文学杂志都曾倾心于这一文学潮流的倡导和推荐，"到 89、90 年，研究者蜂起，它俨然成为当今小说舞台上的主角了"②。在诸多曾经为此文学"潮流"命名的批评家和报刊中，最终在文学史中留下深刻印迹的却是由《钟山》所提出的"新写实小说"。在不同版本的当代文学史中，《钟山》始终与作为一个文学事件的"新写实小说"的兴起密切相关。这就是说，"新写实小说"并非只是一些作家作品的简单聚合，而是一次由诸多文学杂志参与，在杂志的竞争中获得命名权的一次文学事件。在这个文学实践中，《钟山》最终成功策划并实现了对这一文学"潮流"的命名权。

一个文学事件的产生和兴起必定与其产生的历史语境有深刻关联。在 20 世纪 80 年代末 90 年代初"治理整顿"的历史时期，诸多的经济问题、政治问题、社会问题为"新写实小说"的兴起提供了条件，并从深层影响了对这一文学话题的历史建构。如果说"历史的过程不是单纯事件的过程而是行动的过程，它有一个由思想的过程所构

---

① 雷达：《还原生存本相 展示原生魅力》，《文艺报》1988 年 3 月 26 日第 3 版。

② 雷达：《关于写生存状态的文学》，《小说评论》1990 年第 6 期。

成的内在方面；而历史学家所要寻求的正是这些思想的过程"①。在本章中，我们要追问的是，《钟山》为何在众多的文学选题中选取"新写实小说"作为倡导对象？它是如何策划"新写实小说"的？在诸多杂志共同倡导"新写实小说"的过程中，《钟山》采取了怎样的策略？这种文学策划与当时的社会转型的关联何在？这种文学行为从深层又与哪些历史逻辑相连？

第一节　1988 年的文学生态

既然"新写实小说"不是一个具有一成不变的本质的作家作品的集合，而是由《钟山》杂志于 1988 年至 1991 年间在多元的文学（文学杂志）格局中精心策划的文学潮流。那么，首要的问题便是回到 1988 年的文学现场，考察这一时段的文学生态。当年的文坛上曾经活跃着哪些可称为文学潮流的身影？这些文学潮流文学场中的关系如何？分别占据何种地位？《钟山》为什么会将主要精力投入到对"新写实小说"的策划和倡导之中？

一　"现实主义"与"现代主义"

对于 1987 年的文坛创作情况的估计，鲍昌的关注对象以及思维方式都颇具代表性。"到了 1987 年，不再那么'喧嚣和骚动'。现实主义方法在文坛上仍居主位，而所谓'新潮作品'，也比较扎实地向前发展了。"② 这种从"现实主义"／"现代主义"两分法并按照事物的主要方面／次要方面来对当时的文学创作进行的批评和判断代表了文坛的"共识"。在这种批评方式的烛照下，当时的批评家所发现和肯定的作家大致包括两个大的群体：以余华、苏童、格非、叶兆言等为代表的"新潮"作家群体和以池莉、方方、刘恒、刘震云等为代表的"新现实主义"作家。尽管当时的批评家在作家归属的认定上还存

---

① ［英］柯林武德：《历史的观念》，何兆武、张文杰译，商务印书馆 1997 年版，第 302—303 页。

② 鲍昌：《1987 年中短篇小说的散点透视》，《小说选刊》1988 年第 1 期。

在较大的差异，但是它们认定所依据的标准、话语以及所阐述的对象却是基本相同的。

　　值得注意的是，对"新潮"作家和"新现实主义"作家的创作的肯定固然与他们作品的质量相关；同时，批评家与编辑对小说与现实、艺术与现实的理解，他们对这些作品的归纳和倡导也起到了重要作用。面对20世纪80年代中后期的纷繁现实，向来注重文学对社会现实的干预功能的批评家重新开始了新一轮的"现实主义"倡导。著名美学家高尔泰在1987年12月8日的《人民日报》上发表《当代文学中的现实主义问题》文章指出，现实主义"敢于直面惨淡的人生，敢于正视淋漓的鲜血"的战斗精神，在当代文学中特别需要强化和深化。这种精神应当"植根于我们民族历史和现实深层"，"指向封建专制主义残余及其极'左'思潮"。① 何满子在《现实主义是克服的理论》中认为，"在对照着各种现代主义以偏概全这一点上，作为文学的普遍规律的马克思主义文学观——现实主义，显示了它的无限的生命力"②。查阅这一时期李国文先生主编的《小说选刊》，对"现实主义"创作的重视成为一种惯性的追求，那些立足于"现实"、对"现实"发言的作品往往受到编者的关注和推介。这一年成名的那些"新写实小说"作家均是在关注"现实"的意义上受到了褒扬和嘉奖。1988年3月26日，较早关注"新现实主义"创作的批评家雷达在《文艺报》发文，将池莉、方方、刘恒等人的创作视为"现实主义"的"回归"，并作为一股文学潮流推出。其后关注这一问题的批评家都不约而同地用"现实主义"的标准衡量这一文学"思潮"。直到1988年末召开的"现实主义与现代派文学"研讨会上，当一些批评家质疑"现实主义"的创作规范时，著名批评家曾镇南极力为"现实主义"辩护，他认为，"现实主义"在中国经历了一段坎坷多难的路程，到了新时期，经历了由"呐喊"到"彷徨"，获得极大的进展，

---

① 高尔泰：《当代文学中的现实主义问题》，《人民日报》1987年12月8日第3版。
② 何满子：《现实主义是克服的理论》，《文艺理论研究》1988年第3期。

这是有目共睹的事实。①

在中/西、传统/现代、新/旧、真/伪、现实主义/现代主义这样的认识模式下，文坛在进行"现实主义"的论争的同时，一场关于"伪现代派"的讨论也自然而然地拉开了序幕。《北京文学》1988年第1期发表的黄子平《关于"伪现代派"及其批评》一文直接引发了对这一话题的争论。黄子平认为，"伪现代派"这个术语背后蕴含了一种根深蒂固的观念，即认为存在着一种"正宗"或"正统"、"纯粹"的现代主义文学。他认为，如同现实主义是历史地形成的一套创作成规和接受惯例一样，现代主义也是这样的一套成规和惯例，历史地形成的东西也会历史地发生变动、变形、变质，成规和惯例不等于天经地义。因此，对现代主义问题很难提出所谓"去伪存真"的要求。②稍后，在《文学评论》与《文学自由谈》联合召开的"文学编辑谈文学"座谈会上，郑万隆、丁临一、魏威等人都谈到了"新时期"文学中存在的"伪现代派"问题。这些编辑们普遍认为，严肃的"先锋文学"的探索是值得肯定的，但现在确有一些作者在"强行模仿"、"玩弄技巧"，让人觉得不伦不类、装腔作势，这样下去必然走向庸俗。③无论是褒是贬，"先锋文学"在这种讨论和争鸣中却受到了批评界越来越多的关注，成为一种不可忽视的文学"潮流"。《收获》《北京文学》《上海文学》《钟山》等杂志在这一时期对先锋文学的重点扶持和集中发表见证了这一个时段内文学界对探索性的新潮作品的肯定和推崇。

二 "通俗文学"与"报告文学"

在"现实主义"、"现代主义"的框架内探索"严肃文学"的同时，对通俗文学创作的关注和理论研讨也在跟进。1988年11月5日，首次全国通俗文学座谈会在桂林召开，会上的统计显示，"在目前的

---

① 曾镇南：《旋转的文坛——现实主义与"先锋派"文学研讨会》，《文学评论》1989年第1期。

② 黄子平：《关于"伪现代派"及其批评》，《北京文学》1988年第1期。

③ 《文学编辑谈文学》，《文学自由谈》1988年第3期。

七百种文学期刊中，有 250 余种是通俗刊物，它们的发行量均在 10 万份以上，有的高达四五百万份"①。除期刊之外，通俗文学的出版量也相当惊人，"据粗略统计，一九八八年全国五十多家出版社出版了一百一十多种，约二千万册武侠小说，再加上二百五十多种，发行几亿册的通俗文学期刊上的武侠小说，武侠题材的数量是相当大的，其主要是台港澳的新武侠小说的大量出版，几乎占领通俗文学的主要市场"②。而"新派通俗小说在大陆获得了空前广泛的读者群，他们在社会的各个文化层次中都有迷恋者和喜爱者"③。面对这种市场环境，"严肃文学"的萎缩已成为考验杂志主编们的历史难题，1988 年 8 月 13 日，61 家文学期刊负责人讨论面临的问题与对策，"与会同志认为，通俗文学热一波未平，一波又起，文学期刊应该接受这个挑战，注重文学的娱乐消遣功能，探索社会主义的大众文化新路，以满足读者日益多样的需求。而那些反映关系人民群众切身利益的重大社会问题的作品，也一直广受欢迎，文学应该保持和加强对社会'热点'的关注，为改革的顺利进行贡献力量"④。这一年，包括《人民日报》在内的众多文学报刊开展了通俗文学的讨论，其中《人民文学》开辟了"我看通俗文学"专栏，一些知名学者和作家参与到这一问题的讨论之中，通过对读者和市场的占领，通俗文学以势不可挡的气势改变着文学界的文学观念，其自身开始得到理论上的重视。

在改革大潮中涌现的另一种产生了重大的社会效应的文学"潮流"是"中国潮"报告文学。党的十三大以后，深化改革成为一个响彻全国，并征服了各个领域的口号；而文学领域内改革与文学的衔接成为一种巨大的呼声。作为一种关乎现实的文类，报告文学在反映改革的方面具有先天的优势和动力。1988 年，由百家文学杂志联合发起

① 《文艺报》1988 年 11 月 5 日第 1 版。
② 易扬：《1988 年的通俗文学概览》，《中国图书评论》1989 年第 2 期。
③ 刘纳：《新派通俗小说的吸引力》，《从"五四"走来》，福建教育出版社 2000 年版，第 143 页。
④ 《六十一家文学期刊负责人讨论面临问题与对策》，《文艺报》1988 年 8 月 16 日第 1 版。

的"中国潮"报告文学征文活动对这一年的文学产生了重要的影响。参与的杂志对这一征文活动都给予了高度的重视，《延河》《当代企业家》等杂志出版了征文的专号；《钟山》《当代》等杂志连续出专辑；作为综合杂志的《新观察》甚至辟出一期的篇幅全文刊登了《伐木者，醒来！》。而征文的题材几乎涉及社会改革的各个领域，快速地反映了改革中新的现象、问题和矛盾。无论声势还是内容，"中国潮"在1988年对文坛的冲击是相当有力的，李炳银说："今年以来，小说创作平平，报告文学创作十分突出，而'中国潮'报告文学征文的作用是显而易见的，上半年影响较大的几篇报告文学，都是这次活动的结果。"① 在这次征文活动中应征作品近千篇，经过层层筛选之后，评选出一等奖十篇，二等奖三十篇，三等奖六十篇，仅获奖就达到了一百篇之多。

　　在1988年的文坛所建构和瞩目的"新现实主义"、"现代派"、"通俗文学"、"报告文学"等诸种文学潮流中，后几种已然为大多数文学杂志所普遍接受和倡导，"新现实主义"实为当时最新的文学潮流，它与地处南京的《钟山》杂志是如何结缘的呢？从相遇到倡导到声名大振，《钟山》杂志在期间曾经做出过哪些努力呢？这是我们需要探讨的问题。

第二节　选题策划：《钟山》与
"新写实小说"的相遇

　　早在1978年，江苏文艺出版社即出版了《钟山》，不过刚开始是以书代刊。如同当时众多文学杂志一样，《钟山》便是"轰轰烈烈的社会主义文化建设高潮来到了"的时刻改版的"一朵文艺新花"。它的编委会成员包括陈瘦竹、叶子铭等现代文学名家。作为地处南京的一家省级文学杂志，《钟山》自创刊以来就树立了"立足本省面向全国"的办刊目标，之后又提出了"兼容并蓄宽容大度"和"不趋时

---

① 李炳银：《文艺报》1988年6月25日第3版。

不媚俗"的方针。1984 年底,《钟山》从"编辑人员组成,编辑思路,出版方针,大体仍沿袭着'文革'前惯有的路数"①的江苏人民出版社分离出来,依托改革开放进程中江苏独特的地理优势和文化资源,在体制改革的进程中一路挺进,逐步取得了引人注目的成绩,得到了全国文学界的广泛认可。

一 《钟山》的姿态与自我意识

作为一个文学生产机构,《钟山》杂志社在组织管理工作中形成了民主、开放的作风,培养了一批具有良好的文学素养和高度敬业精神的编辑队伍。作为一位从事了多年革命工作和编辑工作的老编辑,主编刘坪特别注重编辑队伍的培养和建设。《钟山》的编辑以年轻著称,范小天、苏童、沈乔生、王干等由年轻的编辑组成的队伍成为《钟山》杂志的一道风景;这一年轻编辑团队身上无不体现出一种团结、热情和富于创造的精神。王干先生认为这个编辑团队有一种奋斗的干劲。"《钟山》有一个很好地团队,当时我们编辑部年轻人特别多,现在像我这样都很老了,当时我们编辑部平均年龄可能是全国最低的。当时除了刘坪和徐兆淮,刘坪、徐兆淮五十多岁。像我和苏童都是二十几岁。《钟山》编辑部人员的配置都是比较强的。"②对理论与创作的并重是《钟山》的一大特色,围绕在《钟山》周围的编辑们能够很好地分工配合,做到在理论与创作的组稿、编稿中相互配合,共同促进。除此以外,《钟山》注重提高编辑自身的创作水平,并积极为本刊的编辑提供发表的平台。1986 年第 4 期的《钟山》专辟"四人短篇小辑"栏目,集中发表了范小天、沈乔生、苏童、唐炳良的作品,这种编辑策略说明《钟山》在积极地为自己的编辑提供发展的舞台和机会,也是《钟山》杂志民主、自由的环境的体现。

对文学杂志来讲,作家作品是其重要的生产对象,能否发表优秀的作品是杂志发展的重中之重。作为一份怀抱"走向一流"志向的文

---

① 徐兆淮:《我的文学状态写实》,《芳草》2007 年第 5 期。
② 笔者 2010 年 3 月 24 日就本书涉及的问题对王干先生进行了采访,文中所引为采访时王干先生所言。

学杂志,1979 年第四次文代会以后,《钟山》即邀请刘宾雁、邓友梅、林斤澜、刘绍棠、刘真、胡石言、陆文夫、高晓声等作家举办了大规模的"太湖笔会";此后,《钟山》又连续举办了各种类型的笔会。通过连续举办笔会的形式促进了编辑、作家、批评家之间的交流,团结了大批作家。《钟山》开辟的"作家之窗"的栏目,起到了沟通编者与读者的良好作用。笔会之外,《钟山》编辑部在 1985 年曾以高昂的报酬与著名作家签约,并通过推出作家小辑,根据文坛的风向更换栏目设置来联络作家,并壮大自己的实力。

在文学潮流更迭频繁的 20 世纪 80 年代,《钟山》一直在追随和推动着文学潮流的变化,根据文学思潮的变动灵活地安排和调整栏目设置是《钟山》一贯的作风。据徐兆淮回忆,早在 1984 年前后,《钟山》就开始自觉地介入推动全国文学思潮的行列,"观察与捕捉,追踪与引领正在流动的文学思潮,对于一个热衷于文学期刊编辑工作的人,是多么重要,多么及时。大约正因如此,《钟山》创办五年之后,一旦文坛出现了多元化生机之时,我与编辑同仁便立即抓住这一契机,在选择稿件、栏目设置和组织文学活动等方面,力图凸现思潮意识,引领文学思潮,以期办出刊物特色"①。时至 1985 年,《钟山》从整体上对其形象进行了大幅度的调整。从 1985 年第 1 期开始,在封面位置设置"要目简介",对本期发表的重要作家作品予以介绍,以吸引读者。能够进入"要目简介"的作家作品包括那些具有强大的号召力和吸引力的已经成名的老作家,一些在艺术手法上勇于创新的当红作家;还包括能够吸引众多眼球的以公共议题为内容的报告文学和纪实文学,当然也不排除在当年的性大潮中大显身手的某些作品。其次,在栏目设置上,《钟山》自 1985 年起打破以往的较为固定的文类分块法,根据杂志自身的追求和文学的总体发展态势及时推出了一批颇具特色的栏目和板块。1985 年前后兴盛起来的"贴近时代、贴近现实,大力反映改革和开放的火热生活"的报告文学、纪实文学的连续推出是《钟山》栏目调整中引人注目的现象。1985 年之后的两

① 徐兆淮:《我的文学状态写实》,《芳草》2007 年第 5 期。

三年间，中国文坛一时引领风潮的小说潮流当属"寻根文学"和"现代派文学"以及因此而生的新潮批评。《钟山》对这股文学思潮的追踪和重视是及时的。

作为一家地方级文学杂志，在经过了六七年的努力之后，《钟山》虽然与中心杂志相比还有相当的距离，但是慢慢的在全国文学杂志中占据了越来越重要的位置。在 20 世纪 80 年代初、中期，"《收获》《十月》《上海文学》、早期的《中国作家》、还包括《青年文学》，当时《花城》也比南京《钟山》影响大，《钟山》其实是有点省级刊物的味道。《钟山》编辑部的人始终有一个雄心，要把这个刊物办成全国性的刊物，不只是一个地方性的，给当地作家发表作品的地方"①。而随着赵本夫的《卖驴》（《钟山》1981 年第 2 期）获得1982 年全国优秀短篇小说奖，王兆军的《拂晓前的葬礼》（《钟山》1984 年第 5 期）获得 1983—1984 年全国优秀中篇小说奖，朱晓平的《桑家坪纪实》与周梅森的《军歌》获得 1985—1986 年全国优秀中篇小说奖。在对全省以及《钟山》创作和获奖成绩进行乐观估计的基础上，《钟山》杂志的地域意识猛增，走向全国、走向一流的追求也逐步付诸实践。1986 年 6 月 1 日至 6 日，江苏省在古城高邮召开了省青年文学评论讨论会，丁帆、丁柏铨、王干、江锡铨、朱持、费振钟、胡汉林、赵宪章等参会。此后，《钟山》鼎力扶持江苏作家和评论家。从 1986 年第 6 期起，《钟山》推出周梅森等"江苏青年作家小说专辑"；1987 年第 1 期"钟山论坛"推出黄毓璜、丁帆、王干、费振钟、吴炫、许文郁等以江苏评论家为主的评论专辑；1987 年第 2期，"江苏青年作家小说专辑之二"推出叶兆言等作家的小说，与对地域作家和批评家的重视同步的是《钟山》对编辑部的风格和追求的展示。从 1985 年以来的办刊思想和策略来看，在文学创作逐步取得丰硕成果的基础上，进一步改革创新，在文学杂志本身面临危机的情况下实现自救，并储备力量向全国一流文学杂志的行列迈进，当是这一时段《钟山》的主要诉求。

---

① 《还原"新写实小说"的本相——王干先生访谈》，见本书附录 3。

二　王干：在北京和南京之间

依托江苏较快的经济发展速度和开放的文化政策，《钟山》在走向全国的目标的指引下奋斗了八九年的 1988 年前后，"各领风骚三五年"的中国文坛面临着新的分化和重组的契机。各种新的文学观念、主张蜂起，文学进入"低谷"成为普遍的认识；"沮丧情绪弥漫于批评界，前些年那自我感觉特别好的，带着极大理论优越感冲上文坛的青年评论家，一个个都忽然惶惑起来了，觉得没劲"①。商品经济冲击下的作家面临着新的人生选择，"弃文从商"的呼声不断加强；读者的状况也不容乐观，"纯文学"面临新的挑战……历史和现实考验着每一位文学工作者的人生方向和文学选择。在这样的历史情势下，《钟山》紧紧地攫住这一历史赋予的契机，通过倡导"新写实小说"顺利实现了从边缘到中心的身份转换。

《钟山》在 1988 年的改革力度实在令人惊叹。对先锋小说的推举，对"中国潮"报告文学给予的鼎力支持，对先锋评论的推介……种种努力都在向我们展示其迫切要求引领文学潮流的姿态。但是，在发掘文坛最新的作家作品上，较之于上海和北京的老牌文学杂志和报纸，《钟山》的嗅觉显然要逊色得多。早在 1987 年第 7期，周介人就在《上海文学》上头条隆重刊出池莉的《烦恼人生》，在"编者的话"中高度评价这篇小说的"新现实主义"特色；翌年，《小说选刊》转载这篇小说，基本沿用了周介人的评价标准；而《风景》《新兵连》《塔铺》这些小说在转载中被集中到"新现实主义"的名下，北京的许多批评家已经对这一创作全体给予了较普遍的重视，"新现实主义"小说逐渐成为新的文学潮汐。这种强烈的反差说明《钟山》在当时的文坛处于被动的地位，其引导全国文学潮流的优势并不大。但是，它最终却后来居上，成功地倡导了"新写实小说"，那么，这种信息是如何实现从上海、北京文坛到南

① 曾镇南：《一九八八年文坛状况及其发展趋势》，《思考与答问》，陕西人民出版社1990 年版，第 121 页。

京的转移的呢？

应该说，在《钟山》与"新写实小说"相遇的过程中，王干扮演了信息传播者的角色。作为20世纪80年代江苏文学领域的一名年轻的批评家，据王干本人回忆，他与《钟山》的交往始于1985年，而1986年在高邮举办的江苏青年评论家会议之后，他在《钟山》上频频亮相，交往逐步深入。

> 和《钟山》杂志交往应该是在八五年，跟编辑部有一些交往和联系。八六年《钟山》编辑部最早见到的是苏童，徐兆淮早一点。当时我还在高邮工作。因为那个时候高邮有几个人写评论，青年评论家吧。所以当时江苏省作协、《钟山》编辑部把一个江苏青年评论家会放在高邮开。苏童也是刚到《钟山》杂志不久，他作为会务人员打前站。前几天我在上海开苏童作品研讨会的时候还说到这个事。当时上海青年评论家比较厉害，江苏也希望能够有一个青年评论家队伍。当时他们觉得我们几个人不错，那个会就放在高邮开。《钟山》的会在那里开，我帮他们联络，跟《钟山》编辑部有了比较深入的了解和接触。①

王干先生的回忆与《钟山》的另外一个编辑徐兆淮的说法是相吻合的。在意识到江苏的当代文学批评远远落后于北京和上海的形势之后，《钟山》开始有意识地在江苏省内寻找文学批评的新生力量，并着手策划在省内召开一次青年评论家专题会议。而王干即是《钟山》编辑部寻找的新生评论力量之一。

> 于是，那次会后，我随即就发现扬州已有丁帆在《文学评论》发表过当代作家的评论论文，他所带出的高邮的两位青年才俊王干、费振钟也逐渐展露才华，另有如皋的汪政、晓华，还有泰兴的陆晓声均已发表过关于当代文学的评论文章。之后，南京

---

① 《还原"新写实小说"的本相——王干先生访谈》，见本书附录3。

的赵宪章、宋史军、常州的王某等人，又陆续地进入我们关注的视野。为了展示评论新军阵容，提高评论水平，我遂提议并策划、组织了在高邮召开的青年评论家会议，并多次提供显著版面发表这些评论新人的评论文章。①

在王干与《钟山》相遇并结缘之后，《钟山》便多了一名优秀批评家，壮大了其评论版的力量；王干在这一时期确实在《钟山》发表了一系列的批评文章，为江苏新作家群的崛起做了贡献。而《钟山》杂志对王干的意义也非同小可，正是由于《钟山》的主编海笑的推荐，王干迎来了走向文坛的中心——北京——的机遇，并开始在北京和南京之间牵线搭桥，为《钟山》的崛起提供了有益的信息资源。

> 到 1987 年，《文艺报》搞短篇小说评奖，要找一些能吃苦，或者是能干活的人来吧，海笑向《文艺报》推荐我，《文艺报》就要把我借调过去，借调可能也就三四个月吧，那个奖评完以后，他们觉得我还挺能干的，就把我留下来了。在《文艺报》是我又一个学习、长进的很好机会，我那时候有很多新鲜感，从小地方来的，突然看到名家的稿件，那就不是编稿子了，是在学习。1988 年江苏筹办一个评论报纸要我回去，最后是七弄八弄没弄起来。5 月份，《文艺报》这边又跟我说，你愿不愿意再留下来？我说好啊，那当然好啦。这样我又留在了《文艺报》。②

在北京的这一段时期，王干的批评一如既往地表现出良好的"嗅觉"，"有动静了，或者这个作家好像有什么新苗头了，我可能有一定的预见性吧。这个呢，是一个编辑必须具备的能力，你在人家后面跟

---

① 徐兆淮：《我的文学状态写实》，《芳草》2007 年第 5 期。

② 《站在文学思潮的前沿——王干》，http：//www. taizhou. gov. cn/art/2008/7/24/art_ 1492_ 21874. html。

风就没意思了"①。另一方面，他的批评表现出了对文学思潮综合把握的特征，"我可能还是有一点绝活的吧，就是对很多新的现象，能够迅速把握到，并且用一个适当的方式把它给提出来。反正是，一般人觉得很难的事，到了我这里，好像也没费太大的劲就把它做出来了"②。在不断地进行自我调整和更新的同时，我们注意到这次王干借调的单位是中国文坛信息的汇集地和文坛走向的规划者——《文艺报》。于是，对《钟山》编辑具有举足轻重的意义的京宁文学信息桥梁以更为便捷的方式搭建起来，"回家探亲南京是中转站，王干热情地来看望南京的文学兄弟，顺便留宿，顺便喝酒吃饭，顺便也带来北京的大道消息和小道消息"③。在这些"大道消息和小道消息"中，关于"新写实小说"的消息也许是最令《钟山》编辑部兴奋的。

所以《钟山》一下子在全国拿了两个奖，以前都是《人民文学》啊，《收获》啊，《当代》啊，《钟山》能上一篇就不错了。《钟山》就开始思考，朱晓平、周梅森这种写实的、不是现代主义的，也不是形式主义很强的，写生活的原生态、生命的原生态的，这种小说受到了大家的好评。这个也是一个起源。后来我看到刘恒和刘震云的小说，又很喜欢方方的《风景》。后来我在北京，八五年《钟山》在搞现代派，我就和他们说现在不要搞现代派，写实的小说很有意思，有很大空间，有很多的机会。他们也认识到要把写实落实。当时是在北京商量好了。后来他们说八八年十月份在无锡开个会，就是"现代派与现实主义文学"研讨会，这个也是我们当时在北京定下来的。当时要我写一篇文章，我就写了"后现实主义"。④

---

① 《站在文学思潮的前沿——王干》，http：//www. taizhou. gov. cn/art/2008/7/24/art_1492_ 21874. html。

② 同上。

③ 苏童：《王干的转身》，《羊城晚报》2007 年 4 月 6 日第 3 版。

④ 《还原"新写实小说"的本相——王干先生访谈》，见本书附录 3。

在《钟山》杂志发表的小说获得全国小说奖给编辑带来了巨大的鼓舞和启示,于是,编辑部勘测小说思潮走向的和倡导小说新潮的意愿更为强烈;而就在此时,王干关于"新写实小说"在文坛逐步崛起的讯息给《钟山》编辑部重要的启示。此后不久,1988 年 10 月,《钟山》与《文学评论》在无锡太湖举办"现实主义与先锋派文学"研讨会,在这次会议上,"新写实主义"成为热门话题之一。"哪些信息值得我们去传播给周围的人?为什么我们希望将这些信息传播给他人?这些问题也是任何一个日报总编辑每天晚上要向自己提出的问题。"① 于是,《钟山》编辑部"在会议结束时,正式亮出了倡导'新写实小说'的文学旗号"。② 1988 年最后一期的《钟山》郑重向文坛发出了下一年倡导"新写实小说"的文告。于是,《钟山》与"新写实小说"从此结缘,书写了当代文学史中精彩的一章。

第三节 内容策划:在市场占位与 意识形态导向之间

江苏政治、经济、文学力量的渐趋强大和《钟山》实力的壮大自然为"新写实小说"的兴起提供了有力的物质、技术和人才资源的保障,这些当然是《钟山》成功倡导"新写实小说"的重要因素。但同时,它发生于 1988 年至 1991 年这一特殊历史阶段:东欧剧变和中国的政治风波带给社会的冲击和心理震荡在短时间无法消除,意识形态方面的收紧使得文学发展的趋势并不明朗,"治理整顿"直接影响了杂志的生产和文学的发展;而这些因素却为《钟山》提供了难得的历史契机。它采取了一系列措施加入到杂志的竞争行列中,成功地游走于市场与意识形态之间,实现了身份的转换,赢得了"新写实小说"的命名权。因为对《钟山》造成竞争压力的实际上是北京和上海的文学杂志,所以,对这一时段北京和上海文坛的情形进行考察,就

---

① [法]让－诺埃尔·卡普费雷:《谣言——世界最古老的传媒》,郑若麟译,上海人民出版社 2008 年版,第 51 页。

② 徐兆淮:《我的文学状态写实》,《芳草》2007 年第 5 期。

很有必要。在此，笔者以与《钟山》平级的《北京文学》和《上海文学》为聚焦点来分析，说明情况的复杂性。

一 《北京文学》：从"先锋性"到"主旋律"

作为一家老牌文学杂志，《北京文学》编辑方针几经转换。自1985年以来，《北京文学》的编辑理念发生了重大变化，时代性、审美性、探索性、可读性成为其新的编辑指针。① 1986年3月，林斤澜、李陀分别担任《北京文学》的主编和副主编以后，一时间各种先锋、新潮文学纷纷登场。1987年推出了余华的《十八岁出门远行》。时至1988年，《北京文学》的整体面貌发生了重大改变，其先锋趣味和经营性明显增强。从1988年第1期至第12期特开辟"新人新作"专栏，选发其与中国作家协会北京分会联合举办的文学创作函授高级班的学员的小说、诗歌、报告文学和散文作品。第1、2期发表的小说、诗歌是从学员报名时附寄的作品中选出的。第2期设有评论专栏，发表了黄子平《关于"伪现代派"及其批评》、张颐武《小说实验：意义的消解》、曾镇南：《现实一种》及其他。第3期发表了刘恒《伏羲伏羲》、季红真《神话世界的人类学空间——释莫言小说的语义层次》。第4期的评论栏目开始了关于"伪现代派"的讨论，发表了李陀《也谈伪现代派及其批评》和吴方《论"矫情"——兼及现代小说的主要表现与自律》。第5期继续刊发关于"伪现代派"的讨论文章。本年度的《北京文学》的整体形象也发生了较大的变化。扉页印有中国当代文学评论家乐黛云、黄子平、王蒙、刘再复、巴金、陈平原、汪曾祺、海明威、娜塔丽、张承志、冯骥才的文学观点。封

---

① 其一是追求时代性。承担起时代赋予我们的无可推卸的使命，努力去表现时代：我们渴求像《辘护把胡同九号》以及《高山下的花环》那样振聋发聩、扣动人心的反映现实生活的作品。其二是放开眼界寻觅诸如《受戒》那样纯情至美的篇章。其三是提倡探索，这不仅仅是指艺术表现手法而言，《爱，是不能忘记的》此类佳作今后仍将是我们千呼万唤的作品。其四是追求较强的可读性。这可读性是一个启用不久的新概念，有各种理解和追求。我们认为可读性，不等于我们过去一贯追求的艺术性、思想性。然而如若舍去了艺术性和思想性的可读性，必定会变成荒诞。参见《北京文学》1989年第8期。

二、封三一般是中外的名画，第一期封二为丹麦的托尔瓦德森的《青春女神》。1989 年的《北京文学》第 1 期至第 6 期的封一为蒋明设计的具有中国特色美术图片。封二为西方名画，扉页是对封二的"名画欣赏"，封三、封四均是东西方名画，取消了广告。其扉页、栏目设置、选用稿件等均透露出这一时期《北京文学》的先锋趣味。

从 1989 年第 8 期起，《北京文学》面貌大变。这一期取消了评论栏，在第四页的郑重刊发了《认真学习　深刻领会党的十三届四中全会精神——北京作协组织作家集中学习四中全会精神》一文。"为了深刻领会，认真贯彻党的十三届四中全会精神，7 月 13 日至 15 日北京作协组织驻会和合同制作家进行了为期三天的集中学习和讨论。""在学习过程中，大家对资产阶级自由化进行了批判和深刻的反思，分别谈了自己的体会。"① 之后，在第 10 期的评论栏刊载了康凯《打开国门之后——对一些文化现象的思考记零》一文以后，第 11 期和第 12 期又取消了评论栏。显然，这种栏目设置的变化和对文学的意识形态功能的重视密切相关，此时的《北京文学》理所当然地会受到特定时期的影响。

在此时期《北京文学》的负责人有所调整。1990 年第 8 期，浩然出任该刊主编，"浩然同志在讲话中谈了他主办《北京文学》的方针是：坚持'二为'方向、反映社会主义新生活的主旋律、贯彻'双百'方针；《北京文学》要立足北京，面向全国，下大力气在广大爱好文学的青年中发现和培养那些生活在工农间和'四化'岗位上的作者；从内容到风格上努力突出北京的特色"②。这种编辑理念和方针的变化直接导致了《北京文学》的整体刊貌向传统现实主义和主旋律靠拢。1991 年第 1 期开辟了"北京作家小传"专栏，封二加上了作者照片，扉页有作者简介。这些"为了让入门后的文学青年们看到前途、找到出路，得到切实的扶持，在如今'出书难'的状况下，我得到北京市委和十月文艺出版社的支持，成立起一个业余编委会，要选

---

① 《认真学习　深刻领会党的十三届四中全会精神——北京作协组织作家集中学习四中全会精神》，《北京文学》1989 年第 8 期。

② 《浩然出任本刊主编》，《北京文学》1990 年第 8 期。

拔、出版一套'北京泥土文学丛书',专给那些应该出书而没出书,也无力出书的农村作者出版他们的作品专集"①。"倘若把更多的文学青年扶植起来,起码发动起来,肯定就不只是一个'我'了。哪怕有一个比我年轻的朋友跟我志同道合地真真地下定决心'写农民,给农民写',把这面小旗举下去,至死不变心,这,就是对我牺牲的最有价值、最宝贵的补偿。"② 这种办刊方针和理念一致持续到1992年第3期。1992年第4期的《北京文学》将封二的作者照片改为广告,扉页的作者简介也同时取消,并开始重新登载张颐武等人的先锋评论,重新开始了新的办刊历程。

二　《上海文学》:从"探索性"到"当代性"

这一时期的《上海文学》则开始积极地探索以读者为导向的办刊方向,更多地在商品经济的大潮中频繁转身以至呈现出随波逐流的发展态势。

与上海这座颇具先锋性的城市相联系的是,《上海文学》自创刊以来一直对各种文艺风向和新潮颇具敏感性。1984年发起召开的"杭州会议"所引领的文学写作倾向后来发展为"寻根文学"思潮,这些努力为新时期文学开创了新的格局。自1985年第7期起,《上海文学》决定"革新版面,增加篇幅,同时每页扩大字数,使刊物的容量更为充盈"。1985年7月改革后的《上海文学》提出反映当代文学"新潮流"、作家"新探求"的编辑方向。除此之外,还强调发展理论版面的重要性,决定探索新时期文学创作与文学理论中"一系列已知与未知的问题,力争在文学观念与创作方面有所突破"。自此以后,《上海文学》呈现出空前活跃的态势,"文学性、探索性、当代性"成为其新的办刊诉求。

作为一本颇具探索性和先锋性的文学杂志,《上海文学》的激进的改革面孔一直延续到1988年前后。在商品经济大潮和意识形态的

① 浩然:《再往前边奔一程》,《北京文学》1991年第9期。

② 同上。

双重夹击下，《上海文学》却难免遭遇困境和挑战。据知情者称，"《上海文学》在 80 年代后期不要国家一分钱补贴，包下了全体人员的工资、奖金等各项繁重开支，创造了纯文学期刊的神话"①。这种资助方式其实也使得本来就面临困境的《上海文学》雪上加霜。一直以来，《上海文学》就是一份读者意识较强的杂志，"把本刊编辑部构筑成为一座联结广大读者、作者以及编者的一座真正的桥梁，这是我们一贯的追求"②。1987 年，《上海文学》设置"编者的话"与"读者评论"两个栏目，实现了编者与读者之间的对话。"促进了理解，也给编辑部增添了智慧、勇气和力量。在未来的新的一年里，我们将进一步发展这种坦率的艺术对话。"③"本刊将用心发挥文学的亲和力和认同性，力争造就一个比较稳定的、属于自己的读者群。愿作者、编者、读者之间的理解与亲情与日俱增。"④

　　在 1988 年初的时候，《上海文学》还雄心勃勃地要"坚持和发展文学性、当代性、探索性刊貌"。但是，到了 1988 年年末，在强劲的商品经济大潮的冲击下，这种探索的劲头已经为另一种无奈而寂寞的心境所代替。"十多年来，文学界第一次感到了寂寞"，"文学刊物经济窘迫，难以维持正常出版"。⑤"从 1949 到 1989，中国的社会主义文学是否也可说进入了不惑之年？"⑥ 在商品经济大潮中，面临办刊危机的《上海文学》开始了对栏目的大幅度的调整，逐步走向了面向读者和市场办刊的模式。从 1989 年起，《上海文学》进行了革新，在以往收获的基础上改设"诗人自选诗""八方诗坛""上海诗坛"三个栏目。从 1990 年 1 月起，在"编者的话"中提出设立"新加坡华文小说选"等栏目；第 2 期推出"少男少女、青年男女们的生活，反映他（她）们的追求、挫折、苦恼、不安、爱情与欢乐"。因为"现今

---

① 雷达：《活着的介人》，《上海文学》1998 年第 11 期。

② 《编者的话》，《上海文学》1987 年第 5 期。

③ 《编者的话》，《上海文学》1987 年第 12 期。

④ 《编者的话》，《上海文学》1988 年第 1 期。

⑤ 《编者的话》，《上海文学》1988 年第 12 期。

⑥ 《编者的话》，《上海文学》1989 年第 1 期。

文学作品最有潜力的读者群恐怕就存在于十五六岁至廿五六岁的少男少女、青年男女之中，其中特别是女高中生、女大学生。"① 在此年度第 3 期又推出"小中篇"，第 7 期展开个体户文化心理的讨论，第 8 期推出"军营生活"题材的作品。而这些大多是因为读者的喜好。"当我们提笔写下这篇'编者的话'时，亲爱的读者，今年文坛的一个新迹象，是小中篇创作非常活跃，本刊从 1 月号到 4 月号，可连续推出 8 部，每部字数皆在 3 至 5 万字左右，作者大多是各省市文坛上的青年作家。"② "这就是'个体户文化心理'在社会上，特别是在都市文化市场上的蔓延，其影响所及，已使精英文化产生震荡与分化。本期刊物我们推出由陈思和主持的'批评家俱乐部'：《关于"世纪末"的对话》，主要就是讨论这种文化现象。"③ 1990 年 8 月又推出"军营生活"系列，1991 年 1 月对"银发题材"系列小说的编排。无论是"编者的话"中的自我说明还是办刊实践中不断调整栏目、题材、篇幅，这些都昭示出《上海文学》在 1989 年至 1991 年这一时段所受市场冲击的严重性，甚至一度产生疲于应付、迎合读者需要、任其"摆布"的状态，这种主体性的丧失决定了这一时段的《上海文学》无力去倡导新的文学潮流。

三 《钟山》：游走于市场与意识形态之间

在文学杂志普遍陷入危机的 1988 年，《钟山》的发行量也受到了一定的冲击，据王干回忆，总体而言，"《钟山》没有碰到生存的问题。当时《钟山》发行量还可以，我估计当时的发行量应该有三四万"④。就在同行们大多因办刊危机显得有些消极怠工的时候，《钟山》编辑部却依然意气风发，并在 1988 年最后一期的《钟山》上及时刊登了于 1989 年举办"新写实小说大联展"的文讯。

刊登这则文讯的行为有诸多可供分析之处。作为后见之明，刊登

---

① 《编者的话》，《上海文学》1990 年第 2 期。
② 《编者的话》，《上海文学》1989 年第 3 期。
③ 《编者的话》，《上海文学》1989 年第 7 期。
④ 《还原"新写实小说"的本相——王干先生访谈》，见本书附录 3。

文讯的及时性是其中颇耐人寻味的细节。一方面,在与同行竞争过程中策划的速度直接关系到市场占位。"新现实主义"逐渐成为 1988 年文坛的热点话题,但是其代表作品的发表、理论论争却大部分是在北京、上海文坛,《钟山》在搜寻到这一文坛信息之后的反应速度直接决定了它能否在这一文学潮流的发展中居于主导的地位。在发布倡导"新写实小说"的文讯之后,1989 年的第 1 期和第 2 期依然保持着原貌,并未有名之为"新写实小说"的栏目出现,究其原因,王干先生解释说主要是未能及时组到合适的稿子,① 这更说明"文讯"在及时进行市场占位方面的重要作用。另一方面,如果《钟山》不是迅速作出反应,而是延迟至 1989 年,这一文学策划则很可能因为政治形势的变化而无法实施,《钟山》则会因此而失去走向中心的机会。

除了及时发布"文讯"在竞争中获得优先权之外,《钟山》的策划还体现在并不画地为牢,而是力求包罗众多作家、评论家,因为其旨归在于在中国文坛能够出现和形成一个"新写实运动"。市场的冲击是这次文学运动的一个重要原因,1988 年第 6 期的"文讯"中说"在商品经济和某些不健康的俗文学之潮的猛烈冲击下,文学正面临着少有的寂寞和疲软之中。""《钟山》将本着不薄名人爱新人的宗旨,欢迎来自全国的作家,特别是青年作家、文学新人踊跃参加联展。"② 但实际操作过程中,《钟山》还是以热衷于名家作品,对"新人"有些忽视。从《钟山》列出的阵容强大的作家名单③即可看出,"新写实小说"大联展试图最大规模地网罗新老名家的作品。在创作之外,《钟山》编辑部显然意识到评论家在推动这一"运动"中的重要作用。从 1990 年第 1 期开始,《钟山》设置了"新写实小说"笔谈

---

① 《还原"新写实小说"的本相——王干先生访谈》,见本书附录 3。

② 《文讯》,《钟山》1988 年第 6 期。

③ "在构想这一计划时,我们征求了许多作家和评论家的意见,方方、王安忆、王兆军、王蒙、从维熙、邓友梅、冯骥才、刘心武、刘恒、刘震云、史铁生、叶兆言、李国文、李锐、李晓、朱苏进、陆文夫、陈建功、何士光、郑义、赵本夫、周梅森、林斤澜、张洁、张炜、张弦、张一弓、高晓声、铁凝、谌容、贾平凹、韩少功等中青年作家都表示很大的兴趣,愿意参加这一活动。"《"新写实小说大联展"卷首语》,《钟山》1989 年第 3 期。

的栏目，约请包括董健、丁帆、陆建华、费振钟、准准、黄毓璜等江苏评论家集中对这一文学现象进行座谈；组到了包括陈思和、於可训、汪政、晓华、李洁非、贺绍俊、潘凯雄等人关于"新写实小说"的评论文章。

　　除此之外，优厚的稿酬等经济方面的竞争也是《钟山》在策划"新写实小说"的过程中联络作家的一个重要方面。根据1984年文化部下达的《书籍稿酬试行规定》，著作稿每千字6元至20元。① 国家版权局1990年6月15日公布，要求于1990年7月1日起执行的《书籍稿酬暂行规定》著作稿每千字10元至30元。② 这是我国法定的稿酬付费标准。在接受笔者的采访的过程中，王干先生没有透露组稿过程中的一些细节，但是据有关作家对《钟山》杂志组稿历史的回忆，我们可以推断出《钟山》实则是以重金作为作家的酬劳的，商品经济中的运行机制已经介入到《钟山》的运作过程中来。

　　　　1984年的时候《钟山》杂志决定改版，他们在1984、1985年之交，做过一件很有意思的事情。他们要当经纪人，要签一大批作家：你只要和我们签约了，你拿的稿费就比别人高。《钟山》一口气签了四十多个人。我在我们那代作家里算是出头比较晚的，我大概只能算是1985年出头的，我的同辈作家都比我要早一点，他们在1985年以前就已经出名了。《钟山》一下子签了四十三个，没排上我。我没签上的结果就是我损失很大，假如我要是给《钟山》写稿，别的刊物一千字是十元的话，《钟山》就有可能给十五元。我每写一千字我就要损失五元钱。那时候这可是不得了的事。《钟山》一签就是一两年，你想想我们这些人勤快也罢、懒也罢，一年总要写个十万八万字的。我要是写十万字，你想想我要少多少。①

《钟山》的编辑艺术中的这种网罗名家与提高稿酬的做法其实与一般的生产商有相似之处，"生产商早就认识到推荐人的作用，即在某一方面被公认为专家的人所起的作用"②。商品经济中的品牌意识和价格机制正在参与到《钟山》的运行机制中来，而且相当成功。

作为"新写实小说大联展"的平台，《钟山》杂志的整体形象无疑影响着这一"联展"产品的效应。在策划"新写实小说大联展"的过程中，《钟山》杂志几乎完成了"脱胎换骨"似的转换。这首先表现在栏目设置方面。1988 年年初，《钟山》的栏目设置包括："小说世界"、"中国潮报告文学"、"纪实文学"、"报告文学"、"电影文学剧本"（第 2 期）、"文学回忆录"（第 1 至 3 期）、"散文"、"钟山论坛"等；除了"中国潮报告文学"为参与百家文学期刊征文所设外，其他栏目均为《钟山》和其他文学杂志共有的"传统栏目"。而 1989 年第 3 期的《钟山》却出现了包括"新写实小说大联展"、"新潮小说"、"文学对话录"、"杂文作坊"、"报告文学"等栏目；在大规模调整栏目结构的同时，《钟山》将"新写实小说大联展"置于头条的显眼位置，显示了对这一栏目和话题的突出和重视。其次在于它的装帧和设计。自 1989 年第 3 期起，《钟山》的封面、封二、封三和封底均采用了来自沈勤、余启平、李璋等人的美术作品；且封面均经过精心设计。栏目设置和装帧设计的更新都显示出《钟山》在面临市场竞争过程中对自我形象的重新设定和重视，毕竟，凭着倡导"新写实小说"，《钟山》企图赢得最广泛的支持，以实现进入一流行列的梦想；在这种整体包装下，《钟山》的整体形象发生了重大变化，依托这种整体形象推出的"新写实小说大联展"必然因此而获得全新的印象，其价值自然会得以提升。

---

① 马原：《我与先锋文学——在第二届上海大学文学周的演讲》，《上海文学》2007 年第 9 期。

② ［法］让－诺埃尔·卡普费雷：《谣言——世界最古老的传媒》，郑若麟译，上海人民出版社 2008 年版，第 219 页。

通过评奖促进文学创作和壮大声势，并引导和激励作家是《钟山》的一贯策略。早在 1984 年就举办了创办五周年纪念暨首届《钟山》文学奖评奖活动。1988 年年底，《钟山》杂志举办"创刊十周年纪念"及"第二届《钟山》文学奖（丹凤杯）"评奖活动，次年 1 月 20 日，在南京长江路礼堂举行纪念大会及颁奖仪式，当晚在南京五台山体育馆举行大型文艺演出，邀请著名的歌星张明敏演唱流行歌曲。同时，《钟山》邀请了多位文学前辈、著名作家、教授出席；请省内部分企业代表支持赞助，参与颁奖活动；并邀请省委副书记、副省长等讲话。时至 1988 年末，在酝酿倡导"新写实小说"的时候，《钟山》已经有"在适当的时候举行'新写实小说'评奖活动"的初步计划。[1] 在 1989 年第 3 期至 1990 年第 3 期，《钟山》杂志举办为期一年的"新写实小说大联展"之后，在 1990 年第 2 期公布了《走出蓝水河》《绝望中诞生》《顾氏传人》《逍遥颂》《触雷》等五篇作品获奖。"我们做新写实的时候没有冠名，编辑部还能拿一些钱出来。不多，大概 800、还是 500 吧，奖金。"[2] 我们注意到，一年以来，真正在"新写实小说大联展"栏目下刊出的作品仅有十二篇，而其中获奖的却有五篇之多，获奖比重约占百分之五十。作为"新写实小说"系列策划活动中的一环，本次文学评奖对作家给予物质奖励并赋予象征资本之外，更重要的意义在于，它对"新写实小说"的再引导和再激励，它的指向实际是未来。

江苏省政府对文学的支持对"新写实小说"思潮的兴起起到了至关重要的作用。1990 年前后的几期《钟山》取消了"杂文作坊"，应视作治理整顿的政策对《钟山》的影响。笔者曾就《钟山》杂志在这一时期所受到的"冲击"请教王干先生，他指出当时的"治理整顿"中受冲击最大的是新潮小说；同时，也曾提及江苏省委负责文艺的有关领导对"新写实小说"给予的潜在支持。

---

① 《文讯》，《钟山》1988 年第 6 期。

② 此为笔者 2010 年 3 月 24 日采访时王干先生所言。

　　当时可能跟省委的领导有关系。当时省委副书记孙家正，后来当文化部长、全国政协副主席。他是一个懂文学、懂艺术的领导，他对作家、对文学都非常爱护。所以江苏的很多作家、艺术家对他非常尊重，也是心怀感激。他对江苏整个文学艺术界比较宽容，允许艺术探索。这个我觉得现在回头想一想，他是比较懂艺术，能尊重作家的创作，尊重文学的规律的一个领导。

　　他先是宣传部长，后来是省委副书记。现在想我觉得跟他的宽松的、爱护人才，爱护文学的政策有关系。当时我们也不知道，一看其他省都搞得那么紧张，《钟山》还在折腾。有些作家的小说有的刊物不敢发，《钟山》还在发。跟整个小环境、小气候比较宽松有关系。以前我不知道，后来我听说，人家说那么紧张。我们好像没感觉到，感觉不像其他省那么紧张，其他刊物都没法发稿了，这个怕出问题，那个怕出问题。①

　　除了孙家正以外，《钟山》约请的江苏省评论家之中，陆建华系江苏省委宣传部文艺处处长。而据他回忆，分管文化、文艺的副部长陈超也是一名热衷文艺的领导干部，"他利用战斗空隙读书，在行军途中构思文章，尤爱诗词创作。说起他的诗词，那才叫文如其人，没有小桥流水，没有卿卿我我，有的是长江黄河，大漠雄风！"② 而且，在对文艺管理方面，体现出一贯的民主、公正的作风。据陈辽回忆，陈超能够"在新时期抵制直接来自上面的错误压力"。③ 江苏省委领导的这种工作作风显然为《钟山》与"新写实小说"的兴起提供了有力的政治保障。

第四节　舆论支持："众说纷纭"的"公共空间"

　　通过对 1988 年前后文坛的诸种信息的准确把握，《钟山》通过事

---

① 《还原"新写实小说"的本相——王干先生访谈》，见本书附录3。
② 陆建华：《心中不会从简》，《新华日报》2008 年 7 月 22 日第 4 版。
③ 《正气浩然，清风骁然——忆念陈超同志》，《雨花》2008 年第 11 期。

先发布倡导信息占领市场，并通过对杂志内容的精心策划，成功地游走在意识形态和市场之间，成功地倡导了"新写实小说"。但是，作为一个文学话题为批评家和文学史所广泛地接受，依凭的却不仅仅是选题和内容策划的本身；这个话题在特定的历史语境中的传播效应，即舆论的广泛支持，才使得"新写实小说"从发生到众说纷纭到定位一尊，并进入同代人的历史记忆之中。所以，无论是雷达先生对"新写实小说"发明权的强调，①还是《钟山》对自身与这个话题的渊源的固化，都弱化了"历史"中的媒体、批评家和公众的合力作用。而这种成见和盲视成为我们重新出发的一个突破口。

一　1988 年：社会舆论与文学舆论的互动

　　时至 1988 年，"新时期"文学在整个社会改革的大潮中已经经过来十多年的革新和探索，这种革新和探索同时挟带着诸多的社会、历史问题和矛盾。1987 年年底，随着中共十三大的召开和改革开放的深化和加快，整个社会改革领域中问题重重。1988 年年初，《世界经济导报》以邓小平的"中国做世界公民还不够格"为标题发表了记者的述评，列举了中国落后于世界发展水平的重要事实，在思想文化界引发了关于"球籍"问题的讨论；这些讨论以翔实的数据和材料揭示了中国的危机和困境；这一年，官员腐败、通货膨胀、下海从商等现实问题和矛盾集中地爆发了出来。中国社会科学院社会学所《社会指标》课题组和国家统计局社会司介所，从 1988 年 8 月开始对 16 个大中小城市的 1.2 万名职工进行了一次有关政治社会生活态度的问卷抽样调查，问卷为我们形象描绘了这一年的都市"风景"。在回答什么是当前社会安全中最突出的问题时（选两个问题，下例同），认为"国家工作人员贪污、受贿"的占 46.1%，居第一位。在选择什么是政治生活方面最急需解决的问题时，"党风不正"排在首位，占 63%。在回答"你认为法制建设中较为突出的问题"时，认为"某些

---

① 雷达在《关于写生存状态的文学》一文中说："最早有人称它是'新现实主义'，后来一字之易，改为'新写实主义'，似乎更能得到认可。"《小说评论》1990 年第 6 期。

领导干部以权代法"，占 61%。在回答应加强哪方面的法制教育的问题时，占第一位的是认为应加强国家公职人员反渎职受贿教育，占 68%。1988 年各城市物价上涨较猛，是城市职工感受最强烈的问题。在回答社会生活中什么问题最亟须解决时，居第一位的是"物价上涨太快"，占 94%。① 在改革开放政策实施的第 10 年，经济、政治、文化体制种种社会矛盾、问题如此集中地凸显出来，作为自明的圭臬的"现代化"在现实面前暴露出其问题，历史以新的方式考验着每一个领域、每一个人的生存方式。

这一年的中国文学理所当然地成为整个社会的一部分，作为社会人的文学工作者（编辑、作家、批评家等）的心态与整个社会心态的转型基本上保持了同步，那种激情之后的平淡和冷静占据了主导地位，同时伴随着诸多牢骚和不满。早在 1988 年 3 月 1 日，敏感的作家王蒙以阳雨的笔名在《文艺报》上发表了《文学：失却轰动效应以后》一文，言及"失却轰动效应"，文章说：

> 到了八七年，连圈外的热也不大出现了。不论您在小说里写到了某种人人都有的器官或大多数人不知所云的"耗散结构"，不论您的小说是充满了开拓型的救世主意识还是充满了市井小痞子的脏话，不论您写得比洋人还洋或是比"沈从文"还"沈"，您掀不起几个浪头来了。不是么？②

在王蒙先生看来，"社会的安定化及其正常化对读者心态"产生了影响，"人民变得日益务实以后，一个社会日益把注意力集中在经济建设、经济活动上"，而不是集中在意识形态上时，对文学的热度自然会降。王文一出便在文学界引发了广泛的争论。尽管也有人并不同意王文的观点，但是，作为一种社会舆论，这种"失却轰动效应"的言说和判断却不胫而走，成为一种具有高度共识性的观点。当时大

---

① 朱庆芳：《1988 年城市职工心态录》，《瞭望》1989 年第 2 期。

② 《文学：失却轰动效应以后》，《文艺报》1988 年 3 月 1 日第 3 版。

批批评家认为 1987 年至 1988 两年的文学处于"疲软"状态、跌入了"低谷",这种判断与王蒙的判断相差不远。"特别是近几个月,越来越多的文章都在说小说情况如何如何不妙,说小说创作进入了低潮,说文学正处于沉寂,说小说一年不如一年从而形成一种疲软(是谁第一个使用这个词形容文学?令人佩服之至)。总之,大事不好。"①

李普曼在《舆论学》中的第一章"外部世界与我们头脑中的图画"中指出,作为超越我们直接经验认识广阔世界的窗口,新闻媒介决定了我们对这个世界的认知地图。舆论的反应并不是针对环境的,而是针对新闻媒介创造的拟态环境的。这个观点有助于我们理解 1988 年文坛的种种叹息、不平、抱怨。在社会舆论和文学舆论的强大压力下,文学陷入"低谷"更多的不是对文坛的"真实"情形的描述和解释,而更多的是对由《文艺报》等报刊所构建起来的"失去轰动效应论"、"疲软论"、"低谷论"等问题的传播和扩散,继之,这种文学舆论成了共识。

二　议题设置与舆论的形成

在文坛一片叹息和唏嘘声中,《钟山》杂志凭借敏锐的感知力开始倡导"新写实小说",其内容设置方面的精心设置固然为这一文学话题的确立奠定了基础。但是,以《钟山》在当时的文坛格局中的地位和影响,仅仅靠及时而准确的选题和内容更新恐怕不足以引起全国范围内的重视,使得"新写实小说"成为一个公共话题。事实上,在倡导"新写实小说"的过程中,一直非常重视对不同媒介的宣传作用,并根据舆论的走向不断调适自我。《钟山》实则是在与舆论的互动过程中完成对"新写实小说"的策划,舆论对这一话题的成型产生了重要的作用。

在《钟山》的编辑构成中,有一个重要的现象值得重视。即其中的一些编辑身上具备一种经营媒体的突出能力,这些编辑们当年和如今的状态便可得知。王干先是在《文艺报》与《钟山》之间游走、

---

① 李陀:《昔日顽童今何在?》,《文艺报》1988 年 10 月 29 日第 3 版。

后来又到《中华文学选刊》，始终在不断调整自我和刊物。范小天不仅成功参与策划"新写实小说"，后来变身成为电视剧导演之后，拍出了饱受争议但收视率不俗的《春光灿烂猪八戒》。苏童与张艺谋合作，成功地将《妻妾成群》改编为《大红灯笼高高挂》，并将其推向国际市场……这反映出这一编辑群体对传媒的认知和适应的程度。在倡导"新写实小说"过程中，《钟山》从一开始就非常重视媒体和舆论的作用，把新闻媒体的舆论支持作为自己公关工作的重要一环。1988年10月，《钟山》与《文学评论》共同召开了"现实主义与先锋派文学"研讨会，不仅邀请了全国各地的青年评论家，还邀请了包括《文学评论》《文学自由谈》《当代文坛报》《小说评论》等报纸杂志的记者编辑，人数达近四十人，会期从1988年10月12日至16日。而后，"大联展"的卷首语再次声明"首都文艺界、新闻界的许多报刊对此项活动亦表示十分关心"。1989年第4期的《钟山》中，江苏评论家集体出阵，评论"新写实"。徐兆淮还与丁帆、黄毓璜、邵建共同主持了《文论报》以"新写实"为题的讨论文章。而后又与企业联合举办笔会，"参加笔会的有来自省内外的作者、编辑、电视台记者、报社记者供14人：艾奇、陆扬烈、陈椿年、黄蓓佳、范小青、王祥夫、徐兆淮、苏童、傅小红、杨金萍、雷左、马驭、薛力"①。从《钟山》自己的描述中，不难发现其不仅仅将"新写实小说"的倡导局限在文学界，而是不断地向更广阔范围——新闻界——跃进；新闻界、电视台记者、报社记者这些大众媒体的从业人员在此次事件中受到了非同寻常的关注。这是因为：《钟山》通过议题设置形成或影响舆论；这些大众媒体对这一事件的报道和宣传有利于这一信息向大众扩散，赢得更多的关注和重视。"其基本思想是：在特定的一系列问题或论题中，那些得到媒介更多注意的问题或论题，在一段时间内将日益为人们所熟悉，他们的重要性也将日益为人们所感知，而那些得到较少注意的问题或论题在这两方面相应下降。"②

---

①《钟山》，《文讯》1990年第5期。

②［英］丹尼斯·麦奎尔、［瑞典］斯文·温德尔：《大众传播模式论》，祝建华等译，上海译文出版社1990年版，第85—86页。

　　《钟山》自觉的文学传播意识决定了它对大众传媒和学术刊物作用的格外重视；这些报刊所共同面临的危机也使得它们将关注焦点集中在"新写实小说"这一话题上。《钟山》于1989年第3期开始倡导"新写实小说"，几乎与此同时，北京发生了政治风波。之后，作为"治理整顿"政策中的一项，报刊治理成为文化领域内反资产阶级自由化的重要内容。杂志整体面貌由之前的自由探索改为与主流意识相统一。所以，"80年代末至90年代初的几年间，在没有更值得关注和便于关注的文学现象的情况下，'新写实'成为评论热点"①。除了意识形态方面的考量以外，这些报刊和大众媒体所面临的经济困难更使办刊雪上加霜。《当代文坛》《文学自由谈》等杂志在此前后都曾经面临严重的办刊危机，甚至达到难以生存的境地。1988年第1期《文学自由谈》的封二上发出通知，因为经济困难决定改版。这种政治和经济上所面临的双重困难使得报刊编辑们一方面处于灰心失望的状态，另一方面，为了报刊的生存，他们也在寻找新的可供言说的文学话题。

　　　　本期刊物付梓之际，正值《文学自由谈》面临年度经费告急之时，沉重的危机感压迫着我们全体同仁的心。一方面已经借债度日，尚不知何以偿还，不免忧虑千万；一方面还得静下心来，把内容编排得比上期更丰实更衬看，当亲爱的读者一册在手，您会感受到：我们仍怀有一颗献身文学事业的拳拳之心。②

　　所以，当《钟山》于1989年五月、六月正式推出"新写实小说"之后，受到了很多文学报刊和大众媒体的广泛关注。1989年10月，《钟山》与《文学自由谈》召开了研讨会，据王干先生透露，这次研讨会是《文学自由谈》主动联系《钟山》杂志进行的研讨。③ 在其后的短短几个月间，《文学评论》《当代作家评论》《文学自由谈》等报

---

① 《从五四走来——刘纳学术随笔自选集》，福建教育出版社2000年版，第246页。

② 《卷首絮语》，《文学自由谈》1988年第1期。

③ 《还原"新写实小说"的本相——王干先生访谈》，见本书附录3。

刊相继报道或发表文章评析"新写实小说"。这种反响甚至连策划这次文学事件之一的王干先生也没有料到，"这个很怪，前期我们进行了一些。很多刊物、评论家都是。前期我们是关注现实主义回归，当我们真正推出来之后，很多人出来关注。上海大学的丁永强开始做毕业论文，当时他就开始做新写实的毕业论文"①。各大媒体对这一文学话题的进行关注和评论的文章的数量之密集、强度之大都超出了策划者的想象，而舆论的数量大、强度高则有利于这个文学话题迅速升温，"新闻媒介设置了公众议程。在公众中建立这种显要性，将某个议题或话题置于公众议程，使之成为公众关注、思考甚至采取行动的重点，这些是舆论形成的初始阶段"②。

　　各大文学报刊和大众传媒的广泛关注和报道使得"新写实小说"逐渐成为一个公共话题，而这股势头强劲的文学舆论又促使《钟山》对"新写实小说"的倡导策略进行了调整。在倡导"新写实小说"之初，《钟山》编辑部预定的"新写实小说大联展"的举办时限是一年，但是随着舆论四起，重大杂志参与，《钟山》编辑部决定延长大联展的时间，王干先生说，"评完奖，没想到有那么多的延伸、拓展能力"③。随着《钟山》对"大联展"的时间的延长，文学报刊、大众传媒的评论和报道也随之跟进，而且大规模、高规格的评论和研讨会越来越多。1991 年 3 月 30 日，《文学评论》编辑部和中国社会科学院文学研究所当代文学研究室召开座谈会。《文艺报》举办了笔谈和访谈。我们看到，从《钟山》于 1988 年刊出倡导"新写实小说"的文讯，到 1989 年第 3 期开始倡导"新写实小说"，到 1990 年第 4 期刊出评奖结果，这一时段关于"新写实小说"的舆论逐步形成。而随着"新写实小说大联展"的延续，文学报刊和媒体对这一问题的讨论逐步深化，显示出高度的韧性。虽然"轰轰烈烈的新写实主义是一

---

① 《还原"新写实小说"的本相——王干先生访谈》，见本书附录 3。

② ［美］马克斯韦尔·麦库姆斯：《议程设置：大众媒介与舆论》，郭镇子、徐培喜译，北京大学出版社 2010 年版，第 2 页。

③ 《还原"新写实小说"的本相——王干先生访谈》，见本书附录 3。

种虚假的繁荣，它缺乏大量厚实的作品的支撑"①，但是，因为策划得当、时机绝佳，并进行了强势报道，《钟山》对"新写实小说"的倡导成为社会舆论的中心议题，对公众态度产生了强大影响，逐步引起关注以至达成共识，赢得了广泛的舆论支持，使得一个在1988年的文坛破土而出的文学幼苗在声势浩大的舆论支持下最终赢得了文学史地位。

三　在传媒之间：从"众说纷纭"到"定位一尊"

哈贝马斯在《公共领域的结构转型》中提出"公共空间"（或称"公共领域"）的概念，这个概念是指17世纪后期的英国和18世纪法国出现的"资产阶级公共领域"，它介于国家与私人领域之间，为人们提供了公开进行自由而理性地探讨其共同关注的问题和共同利益的空间。在哈贝马斯的笔下，当时英国、法国、德国等西方国家的公共空间——如文学沙龙、政治俱乐部、咖啡馆与酒吧、报纸、政治刊物等，是资产阶级公共领域的体现。有了它们，"个人和群体有史以来第一次能够塑造公共意见/舆论，在影响政治实践的同时直接表达其需要和关注"②。这个概念对我们理解"新写实小说"在诸种传媒所搭建的"公共领域"的成形有重要启示。

《钟山》辟出版面倡导"新写实小说"，并在"评论"栏目中集中地刊出批评文章对此进行呼应，当代文学界的诸多杂志、批评家都参与了讨论，全面肯定的舆论占据优势地位，"新写实小说"在此后逐渐成为一个"众说纷纭"的公共话题。在这些讨论中，"新写实小说"被不同的批评家命名为"后现实主义"（王干）、"新现实主义"（丁帆、徐兆淮）、"寻根后小说"（季红真）、"现实主义自然化"（陈思和）、"现代现实主义"（陈骏涛）等。虽然不同的批评家从不同的角度对这批小说进行了阐发和命名，但是，由于这些批评的共有预设是将新中国成立后十七年文学中的"现实主义"视为他者和怪

---

① 王丽丽：《现代情结：揭示生存本相》，《北京大学学报》1992年第4期。

② ［德］哈贝马斯：《公共领域的结构转型》，曹卫东等译，学林出版社1999年版，第7页。

胎,以开放的心态包容西方文学(包括西方现代派文学)的同时呼唤中国文学中的真正的"现实主义",所以这些论文不约而同地形成了关于"新写实小说"的"共识":否认生活的本质属性、还原生活本相、回避主观判断。如果对这种"共识"做简单的词义分析的话,不难看出它是对马克思主义关于"现实主义"的经典论述——除细节真实外,还要真实地再现典型环境中的典型人物——的反向修正,这些理论话语都可以被概括为"非典型环境中的非典型人物"。而在当时的历史语境中,这种"背离"必然引发批判和反驳。

雍文华、王光东、李万武等批评家都曾对上述的"新写实小说"的"典型特征"提出了不同意见。在《仍然需要提倡革命现实主义》①一文中,雍文华认为,过去的文学在反映生活本质与规律方面犯了错误,但不能因此而否认生活存在本质属性,否认文学要反映社会的本质和规律;而要反映生活的本质就必须用典型化手段,要十分警惕对典型化的轻视与否定。王光东则对"新写实小说"的情感特征和采取"局外人"的叙述提出疑问,而认为这种"消解自我"的倾向容易造成作家艺术个性淡化和作品感人力量的削弱。在这些质疑的声音中,李万武的系列文章《评"新写实主义"的理论鼓吹》②《"新写实主义"的意识形态选择》③《文艺的意识形态策略和力量》④是"新写实小说"理论争鸣中最具杀伐气质的代表。在《不诚实的"还原生活"——对一种小说新观念的质疑》一文中,李文紧紧抓住"新写实小说"理论概括中的"还原生活"和"情感零度介入"这两个"核心"观念进行批驳,指出"新写实小说"是一种"负面文学"。"真的有一些小说家,热衷于这种'负面文学'。他们哼着'还原生活'的悠扬小曲,脚步却顺着弗洛伊德的指引,躲开了社会生活的大潮,而把人拉到暗僻之处……"⑤而后,作者对"新写实小说"进行

---

① 《文艺报》1991 年 5 月 11 日第 3 版。

② 《文艺理论与批评》1991 年第 6 期。

③ 《文艺理论与批评》1992 年第 2 期。

④ 《文艺报》1993 年 7 月 31 日第 3 版。

⑤ 《文艺报》1991 年 4 月 13 日第 2 版。

了全面的否定。它的"内容特征"是毫不诚实、毫不负责地在"还原"着生活和人性中的丑恶和龌龊、畸怪和恣肆;它展现的是"极端个人主义者们所向往的那种'怎么痛快怎么来'的新人生哲学,所以不能不到处充溢着对文明、理性、道德的叛逆倾向"①;这种文学实际是想模仿西方后工业社会里那些失去了理想、信仰、失去了历史和道德支撑的知识分子们的一种高级"自我表现";通过对"新写实小说"的这种理论征讨,作者认为它"不仅不合时宜,而且还会有遭受到尖锐批判和谴责的可能。于是,作为一种'佯装'和'策略','以零度情感介入'就这样应运而生了"②。这种批判将"新写实小说"的作品和理论批评一概否定,认为二者狼狈为奸,而后者更为"阴险",竟然成为一种掩护前者的"佯装"和"策略"。

其后,李万武对前述的观点进行了深入发挥,并揭示了"新写实小说"创作及其理论批评的"反动性"。"如果谁以社会主义文艺的眼光,想在这类作品中去感受什么时代的旋律、四化建设的宏伟历史脉动、想看到使读者为这振奋的不愧为民族脊梁的崇高刚毅的人物性格,简直是不可能的事情。"③ 所以,"新写实主义""就有可能成为我们这块社会主义国土上扩散反现实倾向的文学"。李文还将新写实小说家分为三类,细加讨伐,总的结论是他们是"继新潮小说之后,向正在进行着群体拼搏,以改变伟大祖国面貌的中国大众,起劲地宣泄以资产阶级个人主义的价值内核的现代主义、后现代主义'矫情'的"。④ 李文进一步果决地指出"新写实小说"所体现的价值观与社会主义价值观的较量"不仅是两个意识形态之间的最根本、最深层、最宏观而且是最隐蔽的较量"。作者说,如果让"新写实主义""文学大旗真的在我们社会主义文坛上呼啦呼啦地'飘扬'起来,还不愁把社会主义中国的社会现实生活写得天昏地暗,而把光明和希望'围

---

① 《文艺报》1991年4月13日第2版。

② 同上。

③ 《评"新写实主义"的理论鼓吹》《文艺理论与批评》1991年第6期。

④ 《"新写实主义"的意识形态选择》,《文艺理论与批评》1992年第2期。

剿'得无影无踪吗？"① 这种将文艺批评变为政治批判、无限上纲上线的批判文章出现在 20 世纪 90 年代初的历史语境中有其必然性，它是 20 世纪 50 年代以来中国文艺批评中的一支；但还是有些"不合时宜"，在经历了十多年的改革开放和观念更新之后，李文所使用的话语和逻辑即便是在意识形态收紧的 20 世纪 90 年代初也很难再赢得广泛的认同。但如果剔除李文中的政治批判的一面，文章对"新写实小说"的创作和理论批评的批判也不是完全乏善可陈，因为"新写实小说"的创作和理论批评确实都是对"社会主义现实主义"的有意偏离和反动。

在这种批评氛围中，与意识形态工作联系紧密的文学机构和批评家们的意见对文坛的引导和规范功能必然适时加强。"为总结近期小说创作的经验教训，推动小说创作的繁荣与发展"，1991 年 4 月 16 日至 17 日，《人民日报》文艺部和中国作协创作研究部联合邀请在京的文学评论方面的专家、学者及有代表性的文学期刊、出版社的负责人，在北京举行小说创作研讨会。② 在这次由中国作协、《人民日报》、中国文联、中宣部文艺局的负责同志马烽、邵华泽、郑梦熊、梁光弟、玛拉沁夫、李准等到会发言，由丁振海、雍文华、雷达、缪俊杰轮流主持的会议中，虽然与会者对"新写实小说"的价值判断上尚有异议，但是，批评家们在新潮迭起/沉稳扎实、形式/内容、模仿西方/现实主义这一系列二元对立的思维模式中肯定了后者，而贬抑

---

① 《评"新写实主义"的理论鼓吹》，《文艺理论与批评》1991 年第 6 期。

② 与会同志认为，新时期十三年来文学创作取得了巨大成绩。前几年资产阶级自由化思潮严重泛滥，小说创作出现了滑坡。党的十三届四中全会以来，小说创作在对前一阶段成就与不足、探索与偏误反思的基础上，已进入一个相对沉静、稳定的发展期。

……

与会同志就当前"新写实"小说潮流展开争鸣。一种意见认为，新写实小说吸收了 20 世纪 80 年代中期以来"寻根"文学、"先锋小说"的某些有益的艺术养分，又对前者有意疏远时代生活，后者一味夸张主观变形的感觉等缺陷，作了适当的补救。它脱胎于现实主义的客观描写，又不能简单归入传统现实主义的范畴，另一种意见认为，"新写实"创作在对以往革命现实主义所忽略的风俗生活、普通人心态、人的基本日常需求等一些空白点上确有开拓，但它又是表现社会转型期旧的价值观念动摇、打碎后的困惑。

前者，最终将结论自然而然地引向了"现实主义仍显示出强大的生命力"。而"新写实小说"也自然在"现实主义"的脉络中得到了肯定，从而获得了其合法的地位。这样，在变动不居的社会和历史条件下，经过各大报刊、机构的协商和整合，起初在各大文学传媒之间众说纷纭的"新写实小说"最终被收编为"现实主义"链条上的一环，并成为与当时的意识形态相符而非相左的文学事件，从而完成了历史的定格。

与这次研讨会一样可能对文坛形成规约和引导的另一种声音来自于社科院当代文学研究室。在这次由当代文学所所长、《文学评论》副主编张炯主持的座谈会上，张炯指出，"新写实小说""范围的大小"评论界意见还不一致，但他重点提及的作家、作品包括方方的《风景》、池莉的《烦恼人生》、刘恒的《伏羲伏羲》、刘震云的《新兵连》《单位》、叶兆言的《枣树的故事》《状元镜》等。在研讨会上，除陈晓明有限定地将"一度作为'先锋派'"、现在"转向讲述历史故事"的苏童、格非（仅限《风琴》《敌人》等作品），叶兆言、余华（仅限《鲜血梅花》），北村（限于《披甲者说》等作品）作为"新写实主义"的一支进行考察之外，其余的批评家所列举的作家、作品与张炯相差不大。在作总结发言时，张炯虽然肯定了"新写实小说"的"真实感人的魅力"，但是，张炯还是为这批作家作品未能表现"时代的主旋律"和"四化建设和改革开放的宏伟历史脉搏"，未能看到"使读者的心灵为之燃烧、为之升华的、不愧为民族脊梁的崇高、刚强的人物性格"而"感到惋惜"。他所期待的是一种"对生活更宏观、更综合的把握，寻求对历史、对人生更为积极的态度"① 的文学。张炯所呼唤的显然是那种属于马克思主义经典意义上的"现实主义"文学，在这一点上，这次研讨会和上次研讨会的观点是一致的。至此，经过各大媒体与机构间的协商，"新写实小说"已然成为一种在"现实主义"的链条上为主流批评家和机构所认可，成为一个文学片段进入了历史。

————————

① 《新写实小说座谈会辑录》，《文学评论》1991 年第 3 期。

　　在《钟山》杂志策划"新写实小说"的过程中，诸多社会—历史因素对这一文学现象的兴起以及定型都产生了极其重要的影响。"治理整顿"期间的社会舆论、文学舆论、文坛格局等自不待言；而抢购风潮等经济和政治问题也强有力地介入到这一文学事件的生产过程中，并通过对文学杂志生产策略、作家稿酬支付、读者购买力的影响构成了这一文学事件生产的内在的层面，而不仅仅是作为宏观的背景。所以，在这种复杂的纠葛中，作为文学事件的口号与结果的"新写实小说"自然也就成为那个年代的文学典型，成为聚集了颇多历史能量的储藏库。所以，通过这一文学事件我们可以开掘出诸多的已被隐蔽的历史资源；同时，只有理解了那一段历史，才能理解这一文学现象。因为，从始至终，文学与历史都处于相互缠绕的复杂纠葛中。

第四章

报刊之争与"新写实小说"
作家的身份建构

在中国当代文学史中，兴起于 20 世纪八九十年代之交的"新写实小说"是一种重要的文学"思潮"，文学史已经形成了对"新写实小说"的"共识"。① 时至今日，这种整体化的叙事已经成为一种自明的文学史常识，"新写实小说"已经从它产生的历史语境中脱轨而成为一个具有抽象本质的审美存在，围绕在它产生过程中的诸多社会的、政治的、经济的因素已经被剔除，文本之间的诸多差异被共有的本质所遮蔽。正如伊格尔顿所说的那样，"但美学的作用就是掩盖这些历史差异，艺术从一直缠着它的物质实践、社会关系和意识形态意义之网中挣脱，从而升为一个孤独的崇拜偶像。"② 所以，在当下的语境中重新激活"新写实小说"的一个基本的、同时也是相当有效的途径便是重回现场，将其置于产生的语境中，历史地描绘这些作家作品被生产、聚合、经典化的过程，审视参与这种历史构造的诸多力量。

本章试图以被批评家和文学史家公认的"新写实"的代表作家、作品为聚焦点来重绘"新写实小说"作家经典化的轨迹。我们要追问的是，这些本身具有较大差异性的文本是在怎样的历史情势下、出于

---

① 如绪论中所述及的那样，这种共识可以概括为：它是指发生于 20 世纪八九十年代之交，以池莉、方方、刘震云、刘恒等为代表作家；以《烦恼人生》《不谈爱情》《太阳出世》（池莉）、《塔铺》《新兵连》《单位》《一地鸡毛》（刘震云）、《风景》（方方）、《狗日的粮食》《伏羲伏羲》（刘恒）等为代表作品；以"还原生活本相"（描写"纯态事实"）、"零度写作"等为其审美特征的文学现象。

② ［英］特雷·伊格尔顿：《二十世纪西方文学理论》，伍晓明译，陕西师范大学出版社 1987 年版，第 24 页。

何种理由而被聚集为一个群落的？它们的"共同特征"是如何被发现的？围绕在这些文本周围的杂志、批评家、批评机构、舆论等发挥了怎样的作用？哪些文本最终被选择，哪些文本最终被剔除？在选择与剔除之间，哪些历史因素介入到这种取舍机制当中？这些机制与历史演变、社会意识形态之间的关系究竟是什么？

第一节　"编者的话"：分裂的文本世界

一　《烦恼人生》的出世与命名

"比较起来，《烦恼人生》在当时确实是有些另类的，它选择了另一种写作方向。"① 因为"另类"，《烦恼人生》的发表过程并非一帆风顺。池莉回忆说，"在当时，我的小说与整个文坛的文学气氛很不协调，是一种孤立的另外的从芸芸众生中发出的声音，看似写实，其实是用显微镜放大伤疤，许多人本能地护疼：难道我活得这么卑贱和平庸吗？"② 可想而知，小说在投稿之后遭到了编辑的退稿或者质疑，"编辑希望我大动干戈改一改"。值得注意的是编辑的修改理由："有人认为这哪像工人阶级呢？里头的爱情部分哪儿像爱情呢？"③ 当时发表文学作品的"普遍"原则从此略见一斑：主流文坛对工人、爱情等有一种本质化的想象和既定的叙述成规，任何越出规范的叙述都被认为是"非法"的。所以，"另类"的《烦恼人生》"理所当然"地被排除在发表行列之外。但是，池莉并没有接受编辑的修改意见。"我没改。我就是要撕裂。我把小说稿拿了回来，自己读，让我丈夫读，然后扔进抽屉。然后与丈夫在大街上来来回回散步，议论传统的文学

---

① 汪政：《捍卫日常生活——池莉小说谈片》，《池莉：请柳师娘》，江苏文艺出版社2006年版，第355页。

② 程永新：《只为你燃烧：庙堂之下的统一上帝——与池莉对话录》，《一个人的文学史》，天津人民出版社2007年版，第235页。

③ 池莉：《写作的意义》，《文学评论》1994年第5期。

观点何以如此坚固。"① 历史地来看,《烦恼人生》在当时确实有些"另类",而"传统的文学观点"也相当顽固地在保持着历史惯性,从而构成一种排斥机制。但是,应该指出的是,池莉之所以能够坚持自己文学观点和《烦恼人生》的"创新",除了个人的文学信念之外,自"新时期"以来尤其是1985年以后不断要求艺术创新和文学超越的历史趋向也是对这种坚守的重要支持。

在对自己的文学观念和小说艺术的坚守中,历史将一个偶然的机遇赐予了池莉和她的《烦恼人生》。她和她的作品在这一次的邂逅对象是《上海文学》。"忽然有一天,《上海文学》的编辑,被朋友带到了我们家里。不过,编辑并不是来向我约稿的,她只是偶然地发现了我的小说手稿。那时候编辑很主动很慈悲,主动带走我的小说以示同情和鼓励。那部小说手稿就是我的中篇小说《烦恼人生》。"② 而正是在这一年,以"当代性、探索性、文学性"为其办刊宗旨的《上海文学》开始了新一轮的办刊改革,《编者的话》表明了这一年的努力方向。在"新的一年中愿就小说文体、小说意态、小说技巧诸方面继续作多向度探索的构想"。③ 正是因为这种有异于"传统的文学观点"、主张文学探索和创新的办刊思路和文学观念,《烦恼人生》最终被《上海文学》接纳,并在1987年第8期作为头条刊出。"编辑回上海没有几天,就给我发来了电报。……是由于我的小说震动了《上海文学》编辑部。他们决定将它头条发表,还决定配发我的照片,主编还决定写一个前言,在前言里,主编将郑重宣布他的新发现,这个新发现就是:中国出现了新写实主义。"④ 至此,"另类"的《烦恼人生》终于得到了主张文学探索的"另类"的《上海文学》这个伯乐的赏识,得以完成了一次蜕变,完成了进入历史的华丽转身。

---

① 池莉:《写作的意义》,《文学评论》1994年第5期。

② 池莉:《我与〈上海文学〉》,《熬至滴水成珠》,作家出版社2006年版,第164页。

③ 《编者的话》,《上海文学》1987年第1期。

④ 池莉:《我与〈上海文学〉》,《熬至滴水成珠》,作家出版社2006年版,第167页。

毫无疑问,《上海文学》的主编在"编者的话"中对《烦恼人生》的推荐语是对这篇小说的第一篇评论。[①] 它一方面是对《上海文学》发表《烦恼人生》的机制的说明,另一方面也成为后来对《烦恼人生》以至"新写实小说"进行理论阐发的重要原点,它的致思路径和阐释模式始终深深地影响和规范着后来的"新写实小说"的建构者和批评家。这则评论不仅是对《上海文学》接纳并发表《烦恼人生》这样的"另类"小说的原因的说明,更是一种具有"先锋"性的评论眼光和评论文体的尝试:叙事方法、故事模式、结构形态等小说"形式"方面的探索和革新成为首要的关注点,小说在艺术创新方面的成绩得到了激赏和肯定。同时,这则"评论"并不忽视小说"内容"方面的现实主义力量:"大变革时代"的"现实生活"被理解为"烦恼人生"的主要成因。值得注意的是,这则"评论"已经将印加厚的特殊身份——工人——有意无意地忽略掉,而是在抽象的"个人"的意义上将他理解为一个"普通公民""中年人";在这种意义上,他与《人到中年》中的知识分子陆文婷的生活烦恼具有了可比

---

① 它那完全生活化的、尾随人物行踪的叙事方法。它那既有故事,又没有故事模式,让主人公面对实际生活中大量存在的机缘、偶遇、巧合自由行动,因而就像植物的生长与发育那样,不是预先定型而是逐渐定型的结构形态;它那接近提供生活的"纯态事实"的原生美;它那希望由读者自己面对作品去思索,去作判断的意愿。自《人到中年》问世以来,我们已很久没有读到这一类坚持从普通公民日复一日、月复一月、平凡且又显得琐碎的家庭生活、班组生活、社交生活中去发现"问题"与"诗意"的现实主义力作了。我们生活在一个大变革的时代,现实生活的不能尽如人愿,既限制人们的眼界,又常常促发人们去超越这种限制。于是,在物质与精神之间的摇摆、选择构成了人的日常烦恼的主要内容。我们看到,在《人到中年》中,女主人公陆文婷常常用理想主义的精神漫游来解脱实在生活的烦恼;《烦恼人生》的主人公印家厚却缺少这种气质。作为一个普通的操作工,人到中年之后,他更多地被"现世"所拖累,或者说,他更多地被自己在一天中不断变换着的"社会角色"所拖累。他一会儿是父亲,一会儿是丈夫,一会儿是情人,一会儿是儿子,一会儿是女婿,一会儿是工人,一会儿是师傅,一会儿是乘客,一会儿是邻居,一会儿是拆迁户……他心灵中集居着众多的社会角色,复杂的自我表象,繁密的传统责任与社会义务,再加上外在的不能尽如人意的物质生活条件,竟使他"真希望自己也是一个孩子,能有一个负责的父亲回答他的所有问题"。我们的印家厚太累,能不能使印家厚一类人到中年的普通公民生活得轻松些呢?作者与主人公、与读者一样,寄希望于改革。《编者的话》,《上海文学》1987 年第 8 期。

性。在两相对比中,"评论"在小说"反映"现实生活的层面勾勒了"中年的普通公民"从"理想主义精神"到"为'现实'所累"的精神轨迹,并发出"寄希望于改革"的呼唤。在竭力凸显《烦恼人生》的"形式"创新的同时,并不忽视其"现实性";"改革"和无差别的"个人"成为"现实性"的主要聚焦点;这是《上海文学》对《烦恼人生》以至"新写实小说"的最初构想。

二　《风景》等后设"新写实小说"的差异性

在发表之时,"另类"的《烦恼人生》实则已被主张文学探索的《上海文学》作为"新写实主义"小说的典范进行推介。而另外一些后来被命名为"新写实小说"的文本与《烦恼人生》的发表时间相仿,却是在另外的意义上获得了不同等级的文学杂志的认可。《狗日的粮食》最初发表在由丁玲、牛汉主编的颇具"先锋性"的《中国》上;《风景》最初发表在武汉的地方级刊物、年仅一岁的《当代作家》;《新兵连》则发表在有广泛影响力的《青年文学》上。在编发《狗日的粮食》《塔铺》《新兵连》《风景》等文本时,编辑们的发表原则和对文本的理解各不相同,他们一点也没有意识到这些文本的"新写实"特征。当年最初发表其中部分小说时的"编者的话"为我们留下了历史的"蛛丝马迹",从中可以窥见这些文学杂志的发表原则,也可以视作对这些作品的最早的"评论"。

　　而《狗日的粮食》《原》则以现代目光注入沉滞着民族古老情境的荒僻山野,浓缩出一幅幅具有启迪心灵力量的远村景物。①
　　我们的初步印象是,《风景》的问世,显示这位生活底子比较厚实、艺术手法日趋成熟的作家,不囿于过去的老套子,而把敏感的观察力锲入到社会的底层,以便勾勒全景式的人相与世态。一个有九个儿女的家庭所出现的悲喜剧,可以理解是社会

---

① 牛汉、吴滨:《编者的话》,《中国》1986 年第 9 期。

"风景"的一个浓缩点。作品的概括面似比她以往的作品深广
一些。①

　　七十年代初，一群刚从农村入伍的新兵来到戈壁滩的某营地
集训。这是通往人生美丽前程的狭关隘口，他们全身心地表现着
进步。然而，读者和他们自己都不会料到，在短短的三个月中，
演出的竟是种种令人悚然惊战的人生悲剧：有的忧烦，有的痛
苦，有的锒铛成了囚犯，有的自戕于美好人间……没有生动曲折
的故事，但是只要读起它你就不会放下手来，你就不可能不被它
征服并产生经久的回味。②

　　如果将这些上述来自《中国》《当代作家》《青年文学》的"编
者的话"与1987年第8期的《上海文学》的"编者的话"相对照的
话，不难发现，以当年的编辑的眼光看，《烦恼人生》与《狗日的粮
食》《风景》《新兵连》等小说似乎没有什么可比性；而后三篇小说
也是各具特色，其间的差异性很大。单从上述的视角出发，如果说这
些文本之间存在相似之处的话，只能说在最抽象的形象性、情感性等
一般的文学意义存在共性，它们很难被划归为一个具有相似特征的作
家、作品群落。而且，这些文本发表在不同地区、不同等级的文学杂
志上，即便是那些视野极其开阔、掌握文学信息量极大的批评家恐怕
也难以遍读上述杂志，并从中"发现"其中的"共性"吧。那么，
我们的问题是，这些诞生地点、思想内涵和审美品格相差甚远的作品
最终是如何聚合在一起的呢？而那些为后来的批评家和文学史所抽象
出来的"还原生活"、"零度写作"等审美共性又是如何产生的呢？

第二节　《小说选刊》：研讨、转载与聚合

　　作为一种文学选刊，《小说选刊》在当代文学界中的地位和影响

---

① 《卷首语》，《当代作家》1987年第5期。
② 《编者的话》，《青年文学》1988年第1期。

力不仅与其文学主张和职业精神相关，同时也作为主办方——中国作协——在国家权力机构中的位置及其发挥的意识形态功能紧密相关。自 1980 年创刊以来，《小说选刊》就在当代文学界产生了广泛的影响力。1984 年之后，全国中、短篇小说奖开始由《人民日报》和《小说选刊》联合评选，这对推出优秀作家作品和推动文学流派的生成起到了举足轻重的作用，《小说选刊》的影响力进一步增强。正如傅活所说的那样：“无论是作家、各地刊物，还是读者，都认为中国作协应该有这样一个选刊，大家欢迎和支持它。”① 而且在办刊策略上，《小说选刊》体现出较强的灵活性和开放性。“我们在刊物上，既注意推荐作家和作品，也注意显扬原发刊物和责任编辑。我们还经常与一些刊社联合举办作家作品或刊物工作的研讨会，有时也组织一些较大规模的刊社联谊活动。”② 正是《小说选刊》在文学杂志、文学编辑、作家、批评家之间发挥的这种桥梁和纽带作用，使得池莉、方方、刘恒、刘震云等作家顺利地通过了筛选、研讨、获奖等文学机制，最终被聚合为一个作家群落。

一　转载和聚合

1984 年前后，随着中国改革的重心从农村向城市的转移，文学领域中都市题材的创作相应的逐渐增多，并受到了文学编辑和评论家的广泛关注。刘索拉《你别无选择》、徐星《无主题变奏》、刘西鸿《你别无选择》等都市题材的作品曾一度获得全国中、短篇小说奖，这种创作潮流越来越受到杂志和批评家的重视。“为顺应时代的发展趋势，促进都市文学创作的发展与繁荣”③，《芳草》杂志社于 1987 年 9 月 25 日—26 日召开了“都市生活小说创作对话会”。我们注意到，参加这次研讨会的成员大致来自北京、广东、武汉等三个区域的文学圈子：《小说选刊》副主编肖德生、编辑部主任傅活，文学评论家曾镇南、广东青年作家刘西鸿以及武汉地区的评论

---

① 傅活：《〈小说选刊〉创刊始末》，《传媒》2001 年第 4 期。
② 同上。
③ 朱璞：《本刊召开都市生活小说创作对话会》，《芳草》1987 年第 6 期。

家、作家王先霈、陈美兰、汪洋、方方、於可训、王又平等近50
人。在这次研讨会上，以《"大篷车"上》赢得全国短篇小说奖并
获得文学界广泛关注的方方的作品成为会议的讨论对象，几乎与
《烦恼人生》同时问世的《白雾》（发表于《人民文学》1987年第
8期）受到了著名评论家曾镇南的称赞，"在一种辛辣、恣肆的笔调
中，撤开了城市青年心态的种种观念的帷幕，把处于急剧变革中的
各种青年的真实生活和复杂的内心揭示出来，显示了她对白雾般混
沌的生活现象的冷静、幽默的观照，读来也是很引人入胜的"①。池
莉时任《芳草》杂志社编辑，按理是应该参加了此次会议的，而在
参会名单中却未出现池莉的名字。其中有两种可能：一是她可能因
故没参加会议；二是池莉虽是武汉的一名小有名气的作家，但是尚
未引起全国的注意，她很可能是"近50人"中之一。在这次讨论
会上，一个多月之前发表于《上海文学》第8期的《烦恼人生》尚
未成为讨论会的议题，可见这篇小说在当时尚未引起广泛的关注。
而后来被视为方方"写得最好的作品"的《风景》（《当代作家》
1987年第5期）此时刚刚诞生。作为培养武汉本地作家的文学刊
物，《芳草》是池莉、方方的文学摇篮，又逢两位作家刚刚完成了
重要作品，从推进当地作家走向的全国的角度讲，《芳草》的编辑
向《小说选刊》推荐本地的优秀作家作品当属理所当然。而以选粹
为特点的《小说选刊》在武汉寻找新秀也是刊物的义务。从这个意
义上讲，刚刚问世的《烦恼人生》和《风景》当然可能在被推荐和
被征询的行列之内。不管这种"合理的推想"是否存在，一个既定
的事实便是，在会后不久，《小说选刊》分别于1987年第11期转
载了《烦恼人生》，于1988年第1期转载了《风景》；同时，《狗日
的粮食》《新兵连》也分别在1988年第2期、第3期荣登该刊。而
且，这几篇小说都成为附加"编后"予以重点推荐的作品。

　　为了尽量详细地廓清重要的理论批评的运行轨迹，考虑到《小
说选刊》杂志及其"编后"的重要影响，以及那些"后设新写实小

---

① 《本刊召开都市生活小说创作对话会》，《芳草》1987年第6期。

说"从《上海文学》《当代作家》《青年文学》的"编者的话"到《小说选刊》"编后"的批评话语的重要转变,对这些"编后"进行细读是必要的。在"编后"的评论中,《小说选刊》对这几篇作品初发表时的"编者的话"进行了继承和"修改"。与《上海文学》"编者的话"对《烦恼人生》的阐释不同的是,《小说选刊》显然更看重小说的"现实主义"精神。它首先关注的并不是小说的"艺术技巧",而是小说中人物的"身份":"这是一位中国中年人的一天。他是一个普普通通的工人。他活得很累,几乎被生活拖垮。作者独具匠心地向我们展示了他的一天。随着空间的不断转换,他变换着他的多重身份。"而后是其生活特征,"他完全陷入折磨人的琐事之中。他需要为自己应得的一切苦苦抗争,相对贫乏的物质条件、繁复的社会义务,致使他活得极为紧张与沉重"。最后才是小说在形式方面的探索,"作者巧妙地运用近乎'生活流'的叙述结构,来展示这烦恼、压抑的一天。作者善于从日常生活中捕捉艺术形象、艺术情感,从一闪即逝的平凡琐事中发现'小说'"[①]。这种从"思想内容"到"艺术特色",而更看重文本在"思想内容"方面的"真实性"和"细节描写"的阐释模式是当时主倡"现实主义"的《小说选刊》的特有话语。

与对《烦恼人生》的重释相应的是,《小说选刊》在"城市文学"的意义上继承了《当代作家》"编者的话"对《风景》的解读。"城市文学并不是一个新题目,不过近来更被人关切而已。在改革浪潮中,城市的变化,必将是文学烛照的重要区域。不久前,我们读到过池莉的《烦恼人生》,无独有偶,一篇以武汉三镇为背景的,描写市民底层文化心理和尘世沧桑的小说《风景》,又呈现在读者面前。"而在中共十三大之后"深化改革"的语境中,"编后"又致力于"发掘"这篇小说中的"改革因素"和"现实"("真实"性)。"如果说《烦恼人生》证明着人们在呼唤改革,迎接改革;那么,方方的《风景》则无疑义地使人们明白了改革的必要性和迫切性。"正是在"城

---

① 《小说选刊》1987 年第 11 期。

市文学"和"改革"的视野中最早将这两篇作品相提并论,开辟了对《烦恼人生》和《风景》的"比较研究"。而对《风景》的艺术特色的描述却与《烦恼人生》大相径庭,"文中忧愤之情,爱恨之心,溢于言表。严苛的鞭挞,温抚的同情,沉重的感喟,淋漓酣畅的市井信息,不大的篇幅中所容纳下众多鲜活凸现的人物……构成了这篇小说的艺术特色"①。这显然与后来描述"新写实小说"的常用术语"零度情感"构成了巨大的差异。

如果说"编后"在评论《烦恼人生》和《风景》的时候还在"现实主义"的框架之内的话,在重释《新兵连》的价值时,编者则以"新潮"小说作为参照系来论述它的价值。"文学进程中新潮迭起,自是好事,但若无脚踏实地的作品,全是空对空导弹,在九霄云上打来打去,热闹好看是有的,但距离尘世现实太远,便有不解近渴之虑。"正是在这种褒贬明显的对照中,确立了《新兵连》的"细微处见功夫"和"现实手法"的价值。"这些最普通的人在最普通的生活中所发生的最普通的事,由于亲切,容易引起共鸣。""于细微处见功夫,大概要比不食人间烟火的作家们写镜花水月费力气得多。俗称画鬼容易画人难,即此之谓也。""《新兵连》不追求波澜起伏的戏剧效果,不玩弄诡异奇巧的文学技巧而以清新的现实手法,剖析时代一个小小侧面,见微知著。"② 经过转载和"编后"的推介,这些作品的"现实主义"精神得到了突出和强调。《小说选刊》"编后"的这种"现实主义"的评论方向对后来的《烦恼人生》《风景》《新兵连》等小说的评论产生了极为重要的影响。后来论析这几篇小说的重要批评文章③都是把关注重心放在小说的"现实性"上,在"城市"和"改革"的层面分析这两篇小说的。值得注意的是,邹平在《女性视野里的〈烦恼人生〉——阅读

---

① 《小说选刊》1988 年第 1 期。

② 《小说选刊》1988 年第 3 期。

③ 如何镇邦的《寄希望于改革——读中篇小说〈烦恼人生〉》、洁泯的《〈风景〉——城市意识的消长》以及《沸腾中的城市意识——谈中篇小说〈烦恼人生〉和〈风景〉》等。

反应批评》一文中，已经明确地用"零度写作""生活流""尽可能地保留现实生活的原生状态，不显露出作家虚构之痕迹"① 等来解读《烦恼人生》。这种细节描述和提法很可能给后来的批评家造成了启示或者说"影响"。

　　"《小说选刊》对于推动中国当代小说的发展起到了相当重要的作用。……自选刊创刊以来，重要的中、短篇小说作家，几乎没有人没在《小说选刊》上被刊选过作品。甚至一些名不见经传的青年作家，也因《小说选刊》的推介而一举成名，从而成为中、短篇小说创作的主流力量。"② 应该说，这样的叙述至少对于池莉、方方、刘震云、刘恒等作家来说是完全适用的。在发表《烦恼人生》之前，池莉的小说《月儿好》曾被《小说选刊》转载并产生一定反响，但是池莉仍是一个地方作家，尚未真正地走向全国。而在《烦恼人生》为《小说选刊》转载之后的一段时间内，《当代作家评论》《小说评论》《文艺报》《人民日报》等重要报刊相继发表了关于《烦恼人生》的批评文章，池莉一度声名鹊起。方方的《风景》原本发表在地方级刊物《当代作家》上，不为人注意，"人们发现这篇小说的价值是通过一年后转载这篇小说的《小说选刊》"③。置身北京文学圈子里的刘震云和刘恒的异军突起当然也与《小说选刊》的推举分不开，主编李国文在总结 1988 年的中短篇小说创作时，就认为二刘的作品是文学"小年"中的重要收获。④ 所以说，《小说选刊》转载这些作品的首要意义在于将这几篇作品推向全国，这在很大程度上增加了这些作家作品的知名度。在后来的几次由《小说选刊》主办的重要评奖中，这几位作家

---

　　① 邹平：《女性视野里的〈烦恼人生〉——阅读反应批评》，《当代作家评论》1987年第 6 期。

　　② 孟繁华：《这个时代的小说隐痛——2004〈小说选刊〉季评（之一）》，《小说选刊》2004 年第 4 期。

　　③ 於可训：《方方的文学风景》，《祖父在父亲心中》，江苏文艺出版社 2003 年版，第364 页。

　　④ 李国文：《今年是小年》，《文艺报》1988 年 12 月 31 日第 1 版。

均榜上有名，这更加说明《小说选刊》对这批作家的成名功不可没。①

二　被研讨的"新现实主义"

历史总是充满着偶然与巧合。在《烦恼人生》《风景》等作品被转载的同一时段，刘恒的《狗日的粮食》《杀》等作品也同时被《小说选刊》转载，并引起广泛的关注。就在《芳草》联合《小说选刊》等刊物举办"都市生活小说创作对话会"的同一天（1987 年 9 月 25日），北京市文联研究部召开了刘恒农村题材作品讨论会。出席会议并发言的有作家林斤澜、李陀、陈建功，评论工作者罗强烈、吴方、陈晋、林大中、李以建、杨世伟、吴秉杰、牛玉秋、齐大卫、刘锡庆、郗瑢、张丽妮、刘友宾、孟亚辉、岳建一、高玉琨。与《狗日的粮食》最初发表时《中国》的"编者的话"中最为关注的"现代眼光"不同，这次研讨会对刘恒小说的共识和基本定位是"新的角度"的"现实主义"。"与会者普遍认为，刘恒作品的走向是贴近生活的，是现实主义的，但他的写实有一种新的角度。""《狗日的粮食》通过写人对粮食疯狂追求的不自觉，揭示出人对生存的一种盲目和不自觉意识。小说在文体上也有独到之处，表现在作者打破了习惯性的小说描写方式。把丑陋的、荒诞的意象引入作品，从而捕捉到一种非常复

---

① 《小说选刊》1987 年"黎明铝窗杯"优秀短篇小说评奖和"沈努西杯"优秀中篇小说评奖近日揭晓。

《小说选刊》主编李国文主持了发奖仪式。朱春雨的《配乐》、陆文夫的《清高》、陈世旭的《马车》、谢友鄞的《马嘶·秋诉》、林和平的《腊月》、王蒙的《来劲》、郑万隆的《古道》、刘震云的《塔铺》、杨永鸣的《甜的铁、腥的铁》、雁宁的《牛贩子山道》获短篇奖；方方的《风景》、池莉的《烦恼人生》、何士光的《苦寒行》、谌容的《献上一束夜来香》、洪峰的《瀚海》获中篇奖。唐达成、鲍昌、葛洛、谢永旺、从维熙、王愿坚、肖德生、梁坤奇、孙汉生、王畏三等评委赞扬这些获奖作品代表了去年中短篇小说创作的较高成就。1989 年第 7 期的《小说选刊》发布了"关于举办一九八七至一九八八年优秀中短篇小说评奖的启事"："为了检阅我国小说创作成果，推荐小说佳作，中国作家协会举办过多次优秀中短篇小说评奖。为保持这项评奖的连续性，经与中国作家协会议定，此项活动将由《人民日报》文艺部和《小说选刊》杂志社联合部分著名企业承担。为此，我们将在近期内举办一九八七至一九八八年全国优秀中短篇小说奖。"1989 年第 10 期的《小说选刊》公布了获奖名单，《烦恼人生》和《风景》榜上有名。

杂的痛苦反讽的文学基调。"而人的"生存"、"冷色"的观照、"审丑"等"个性"也在"现实主义"的整体视野中被凸显出来。① 不难发现，虽然《烦恼人生》《风景》均属"城市文学"，而刘恒的研讨会则关注的是农村题材的作品，但是，在有特色的"现实主义"的这一点上并不是没有相似之处和共同点。

如果说《芳草》主办的"都市生活小说创作对话会"侧重于理论探讨和倡导，北京文联主办的刘恒农村题材作品讨论会更多对具体作家作品的研讨的话，由《青年文学》与《小说选刊》编辑部于1988年3月22日联合举办的刘震云小说作品研讨会的视野和趋向则发生了重大变化。在这次由雷达、曾镇南、李陀、罗强烈、何志云、张志忠、吴国光、应雄、朱向前、王必胜、潘凯雄、吴方、王长安、赵日升、黄宾堂、张曰凯等近三十人参加的研讨会上，与会者认为"他的小说《新兵连》一反着力渲染创作主体本身的心情意绪的做法，从容、平易地透视人的生存场景，复现了一个时期人的基本的生存状态，并以此与今天的生活产生了粘密的对应联系"。把刘震云的创作置于"当前青年文学的创作态势"与"现阶段文学发展"的视野中予以考察。

有的同志进一步分析到，刘震云同李锐、刘恒、朱晓平等作者一起，在向我们今天的创作提供了一种可能（他们也正在完善这种可能）：我们可以较为冷静、从容地面对我们的生存，而无论是个体还是群体。文学在这一可能中显示了自己的优势和潜力。这是从"伪现实主义"中剥离出来的一种新的架势，值得读者和批评者注意并进行必要的理论阐述和追踪。

还有的同志提出了自己的一些疑问：这种对生活的原生状态的描写，同我们所说的"现实主义"到底是什么关系；另外，这些作品同"先锋文学"作品有什么区别和联系。②

---

① 京妍：《刘恒作品讨论会综述》，《北京文学》1987年第12期。

② 《小说选刊》1988年第6期。

1988 年前后，评论界对当代文学逐步形成某种源自"印象"的"共识"。"印象，纯粹是印象：仿佛新潮迭起的 1985 年和喧嚣热闹的 1986 年过去之后，到来了一个相对沉静、平实的 1987 年。"① 而1988 年的文学则已进入了"失去轰动效应之后"的"疲软"、"危机"状态。在举办刘震云小说研讨会的历史语境中，来自中国作协主办的《小说选刊》和北京各重要文学机构、报刊的批评家自然而然地开始重新寻找新的文学增长点的努力，并开始了新一轮的文坛规划。在这样的寻找与规划当中，《新兵连》叙事上的"从容、平易"、内容上与时代的"对应"以及对读者的"启悟"被"发现"。也正是在这种意义上，他得以与前次获得全国中篇小说奖的李锐、朱晓平一起"向我们今天的创作提供了一种可能"：在将"伪现实主义"和"先锋文学"作为他者的基础上，建构另一种"冷静、从容地面对我们的生存"的文学可能。"而只要稍加思考，我们就可以发现，这些理论与特定时代中特定集团的特殊利益相联并且加强它们。"② 这种文学发展的可能与其说是刘震云等作家的作品所提供的，不如说是在新的历史语境中为批评家所有意"发现"和"引导"的。

在经过《小说选刊》的转载，"编后"的集中和"引导"，由《小说选刊》、中国社科院文学研究所、北京市文联、《人民日报》《文艺报》《文艺研究》等北京主要文学机构的成员参与的数次研讨会的协商之后，北京文坛对上述作家作品的差异性认识逐步减少，"共识"逐步形成。在新的历史语境中，这些发表于不同时期、不同刊物、各具特色的作品被聚合为一个具有整体性的作家、作品群落已经具有了可能。这种聚合最早可以追溯到在刘震云作品研讨会之后的第四天发表于《文艺报》的《探究生存本相　展示原色魅力——论近期一些小说审美意识的新变》一文。在这篇文章中，雷达将包括《风景》（方方）、《曲里拐弯》（邓刚）、《烦恼人生》（池莉）、《狗日的粮食》《杀》《白涡》（刘恒）、《塔铺》（刘震云）、《黑砂》（肖克

① 鲍昌：《1987 年中短篇小说的散点透视》，《小说选刊》1988 年第 1 期。

② ［英］特雷·伊格尔顿：《二十世纪西方文学理论》，伍晓明译，陕西师范大学出版社 1987 年版，第 214 页。

凡)、《红橄榄》（肖亦农）在内的一批小说作为一个整体进行考察，认为它们在取材和格调上"当然并不统一"，"但是，在把握现实的内在精神上，在以肉体直搏民族的生存状态和生存本相上，在正视'恶'、'丑'并将其提升到审美层次上，以及在对美的价值判断上""却不无某种不约而同的潮流性变化"。① 在"小小回顾"中，他将"新时期文学"的审美意识描述为"现实主义传统""恢复"——"裂变"——"回归"（再探索）的过程，认为这批小说实现了"从'主观'向'客观'的过渡"，并具有"视点下沉"和"正视'恶'和超越'恶'"等特征。无论从所建立的两个参照系："现实主义"和"现代主义"，还是从具体描述中凸显的审美意识的"新变"来看，这篇文章都可以看作对刘震云小说研讨会以至刘恒农村题材小说研讨会和《芳草》主办的"都市文学创作研讨会"的继承、总结和提升。当然，这么说并不是否认这篇文章的"原创性"，而是说20世纪80年代批评家对同时代文学具有高度的共识性，他们的共同的文学想象本身也是构筑文学"思潮"的重要因素。至此，《烦恼人生》等小说在"现实主义"的"回归式探索"的命名中得以聚集为一个小说群落。但是，这个小说群落最终的文学史名称却是"新写实小说"，在理论旅行的过程中，又有哪些力量参与到对这个小说群落的建构当中？他们对这个小说群落进行了哪些重构？这些重构又是出于何种理由？

第三节　《钟山》及其周边：重构中的"混乱"

在"新写实小说"兴起的过程中，《钟山》杂志发挥了举足轻重的作用。在1988年10月由《文学评论》和《钟山》主办的"现实主义与先锋派文学"研讨会上，与会同志对"新写实主义"作品"表现出极大的热情和兴趣，并予以较高的评价"。

---

① 雷达：《探究生存本相　展示原色魅力》，《文艺报》1988年3月26日第3版。

　　然而，耐人寻味的是，在对这批"新写实主义"作品的一片肯定赞扬声中，却可以听出两种大相径庭的调门：有的同志认为，这是现实主义的回归和复兴，是现实主义强大力量的又一次胜利；有的同志则宣称，这是对以往现实主义的反动和叛逆，中国直到今天才开始有真正意义上的现实主义。①

　　但是，如果仔细考察"回归说"（陈骏涛、李星）与"反动说"（王干、徐兆淮、丁帆），不难发现二者的结论看似截然相反，但是思维逻辑和语义所指却大致相同：都是将"新写实主义"小说置于"现实主义"与"先锋派"的二元框架中，阐发这批小说既不同于前者，也不同于后者的审美特征。只是持"回归说"和"反动说"的批评家对"现实主义"的理解及态度不同，所以前者更愿意"回归"而"后者"更愿意宣布其已经死亡。值得注意的是，在这种"既对现实主义进行反动又对现代主义采取逃避"的思维模式中，"新写实主义"的出现时间以及代表作品也发生了重大改变。王干在用"后现实主义"命名这批小说的时候，将小说的边界扩展至《小鲍庄》《河边的错误》《伏羲伏羲》等作品，将其特征概括为：还原生活本相，从情感的零度开始写作，作家读者共同参与创作。② 这样的阐发进一步将作品与其语境去历史化，在预先设置的框架中寻找到了更多合乎"条件"的作品，实现了代表作家、作品的扩充。

一　《钟山》"文讯"和"宣言"中的"新写实"作家

　　在《钟山》1988 年第 6 期倡导"新写实小说"的"文讯"中，王干、徐兆淮、丁帆等持"反动说"的批评家的批评意见和阐释模式得到了进一步的整合和提升。

　　在商品经济和某些不健康的俗文学之潮的猛烈冲击下，文学

---

　　① 李兆忠：《旋转的文坛——"现实主义与先锋派文学"研讨会纪要》，《文学评论》1989 年第 1 期。

　　② 同上。

正面临着少有的寂寞和疲软之中。当此之际，人们不能不关注不思考：文学如何从目前的低谷中走出来？根据我国当前社会的发展进程，和文学的发展趋势，本刊将从1989年第1期起举办"新写实小说大联展"，努力倡导具有开放性、包容性，具有当代意识、历史意识和哲学意识，又贴近生活关注现实的新写实小说。这一活动计划已受到首都文艺界的普遍重视，一些著名老中青作家已应邀参加这一活动。《钟山》将本着不薄名人爱新人的宗旨，欢迎来自全国的作家，特别是青年作家、文学新人踊跃参加联展。《钟山》还将在适当的时候举行"新写实小说"评奖活动。①

在这则带有广告性质的"文讯"中，"新写实小说"的历史坐标悄悄地发生了又一次位移。虽然早在雷达等人初步归纳这一小说"思潮"的时候，即有在"文学普遍温吞"的状态下重新规划文坛走向的意图，但是，这种规划基本上是一种文学"内部"的观照，而到了1988年末，"商品经济"对文学的冲击已经成为文学界的一种普遍焦虑。于是，在文学／社会的参照系中，"新写实小说"的文学"个性"被减弱，它成为几乎无所不包的、"具有开放性、包容性，具有当代意识、历史意识和哲学意识，又贴近生活关注现实"的小说的代名词，同时具有了拯救文学的功能。在1989年第3期《钟山》的"新写实小说大联展""卷首语"对上述的"文讯"内容进行了进一步的细化和收缩，对作家的队伍的期待也趋于明朗化。

所谓新写实小说，简单地说，就是不同于历史上已有的现实主义，也不同于现代主义"先锋派"文学，而是近几年小说创作低谷中出现的一种新的文学倾向。这些新写实小说的创作方法仍以写实为主要特征，但特别注重现实生活原生态的还原，真诚直面现实，直面人生。虽然从总体的文学精神来看，新写实小说仍

———————————

① 《钟山》1988年第6期。

划归为现实主义的大范畴，但无疑具有了一种新的开放性和包容性，善于吸收、借鉴现代主义各种流派在艺术上的长处。新写实小说在观察生活和把握世界的另一个特点就是不仅具有鲜明的当代意识，还分明渗透着强烈的历史意识和哲学意识。但它减褪了过去伪现实主义那种直露、急功近利的政治性色彩，而追求一种更为丰厚更博大的文学境界。

……

在构想这一计划时，我们征求了许多作家和评论家的意见，方方、王安忆、王兆军、王蒙、从维熙、邓友梅、冯骥才、刘心武、刘恒、刘震云、史铁生、叶兆言、李国文、李锐、李晓、朱苏进、陆文夫、陈建功、何士光、郑义、赵本夫、周梅森、林斤澜、张洁、张炜、张弦、张一弓、高晓声、铁凝、谌容、贾平凹、韩少功等中青年作家都表示很大的兴趣，愿意参加这一活动；首都文艺界、新闻界的许多报刊对此项活动亦表示十分关心。

……

我们希望通过大展，推动新现实主义创作的发展，并能够团结和聚集更多的作家。因此，我们欢迎更多的老中青作家惠赐力作来参加这次大联展。①

通过"大联展"中的这三段话，我们不难发现，无论从"文体"角度还是内容方面看，"卷首语"对"新写实小说"的描述和期待已经发生了重大变化。但从前面第一段对"新写实小说"的"简单"界定就"很不简单"。它显然没有清晰的"内涵"和"外延"，几乎所有的小说都可以被包括在这种"定义"中。这种"包罗万象"的气概在它对作家的包容性中也可以看出：显然，"大联展"是想将所有知名的和不知名的作家纳入其中，老、中、青作家个个来者不拒，其目标是"团结和聚集更多的作家"。这就使得"新写实小说"几乎

---

① 《新写实小说大联展卷首语》，《钟山》1989 年第 3 期。

成为可以包容所有类型的作家和作品的"小说"。从这个意义上讲，"卷首语"与其说在倡导和支持某类小说，不如说它在借倡导壮大声威、发展自身。正如布迪厄所强调的那样，"一种文化生产所特有的表达方式，总是取决于它供货的市场有什么法则"。① 从这样的角度看，"卷首语"中的逻辑不清的地方便可以得到很好的解释，它对"新写实小说"的"无所不包"的理解方式也便得到了澄清。从最初发表时的"编者的话"到《小说选刊》的"编后"，再到"大联展"卷首语，同是文学杂志对于作家作品的评点，但因为时代与诉求的不同，对"新写实小说"的理解和阐发已经发生了重大的变异。

二　"大联展"中的"新写实"作家

《钟山》杂志从 1989 年第 3 期至 1991 年第 3 期的两年时间里连续举办了"新写实小说大联展"，与其预期不同的是，"大联展"中展出的"新写实小说"的作家、作品与"卷首语"中的预期也存在重大差异，现将出现在各期"大联展"中的作家、作品详细列出。

"新写实小说大联展"篇目辑录

期数	作家	作品
1989 年第 3 期	朱苏进	绝望中诞生（中篇）
	赵本夫	走出蓝冰河（中篇）
	姜滇	触雷　（短篇）
	高晓声	造屋运动及其他（中篇）
1989 年第 4 期	王朔	千万别把我当人（长篇）
	范小青	顾氏传人（中篇）
	蔡测海	灾年（中篇）
1989 年第 5 期	刘恒	逍遥颂（长篇）
	王朔	千万别把我当人（长篇）

---

① ［美］玛格丽特·雅各布等：《历史的真相》，刘北成、薛绚译，中央编译出版社 1999 年版，第 201 页。

续表

期数	作家	作品
1990 年第 1 期	梁晓声	龙年一九八八（长篇）
	程乃珊	供春变色壶（中篇）
	张廷竹	六十年旷野（中篇）
1990 年第 3 期	周梅森	日祭（中篇）
	史铁生	钟声（短篇）
	唐炳良	渐入胜境（短篇）
	吕新	雨季之瓮（短篇）
1991 年第 1 期	刘震云	故乡天下黄花（长篇）
	叶兆言	采红菱（中篇）
	高晓声	陈奂生战术（短篇）
	苏童	狂奔（短篇）
1991 年第 2 期	刘震云	故乡天下黄花（长篇）
	林谦	爱情故事（中篇）
	许谋清	鬼街（中篇）
	皮皮	危险的日常生活（中篇）
	王立	四姑（短篇）
	赵毅衡	芜城（短篇）
1991 年第 3 期	苏童	米（长篇小说）
	高晓声	种田大户（短篇）

如果说"大联展"卷首语是一种有效地整合了批评家和编辑的意见的杂志策划宣言的话，那么，在《钟山》"大联展"中展出的上述"新写实小说"作家作品则完全是编辑操作的结果。我们不难发现这个作家、作品群落的混杂状态：既有为前述的批评家共同接纳的刘震云、刘恒，又有后来归入"先锋"阵营的苏童、皮皮，有"传统现实主义"作家高晓声，刊出作品的这种混杂的状态甚至与企图"无所不包"的卷首语都发生了矛盾和抵牾：这一则是因为壮大作者的队伍和提高刊物的影响，二是因为编辑之间的认识也很难统一。《钟山》的编辑吴秀坤都说："究竟什么样的作品算是新写实小说……在理论上

一时也很难说清，比较朦胧"，①"作为编辑部来说，新写实小说的框子还是宽泛一点为好。我们搞这个大联展，不提新写实主义，而提新写实小说，就是并没有什么定论，未作理论界定，是个大笼统，目的是让有志此的作家们集中在我们《钟山》上来发，将来写成什么样子，还要看评论家与读者，还要让实践来说话。总之，有别于传统现实主义，有别于新潮小说，我们就容纳进来"②。与《钟山》一样面临办刊困境的编辑一针见血，汪宗元说："新写实小说需要理论的研讨与探索。……我希望《钟山》抓住这个契机，多发一点这方面的理论文章，打出自己的旗帜。"③ 在以办好刊物为主要诉求的编辑的说明凸显的是"无所不包"的卷首语和展出的"新写实小说"的最初的定位：不以某种既定的理论"约束"作家、作品，所谓的"理论倡导"在实施过程中实则变成了一个抽象的能指，其所指何物变得越来越模糊。当然，在编辑那里，这个问题一向都没有像在批评家那里那么重要。

第四节　剥离与定型："经典"的诞生

在"新写实小说"兴起的过程中，由于诸多杂志、批评家、文学机构、社会舆论的广泛参与，批评对"新写实小说"的代表作家与作品、理论内涵的认定上既保持着共识，又产生了诸多分歧。在雷达等最初的评论中，所涉及的作家作品基本上属于"新现实主义"的范畴，而《钟山》"新写实小说大联展"中展出了内容、形式各异的作品，给"新写实小说"带来了"混乱"；而后，一些批评家在文章中将包括雷文中涉及的作家作品，《钟山》"新写实小说大联展"中的作家作品，余华、苏童、格非等先锋作家视为一个整体，纳入"新写实小说"的范畴中进行研究。这种"混乱"早在产生的同时就有批评家对其进行了批评和剥离，对这种批评和剥离与对"新写实小说"的

---

① 吴秀坤：《新写实小说漫谈》，《文学自由谈》1990 年第 1 期。

② 同上。

③ 同上。

历史建构是同步运行的，因为批评和剥离本身就是一种理论建构；而对其历史的沉淀和定型则是在"新写实小说"的热潮已然远去之后，历史的发展似乎已经将某些问题"自动"澄清并提出了新的时代话题，而不需要在这些"不成问题"的问题上继续纠缠；但是这些问题却并没有得到彻底的反思和清理，于是保留在大部分文学史中的"新写实小说"依然是对批评的直接挪用。

一　文学批评对"新写实小说"作家的剥离

首先是对以写实为特色的"新写实小说"与形式创新为特征的新潮小说的剥离。"现实主义"在中国当代文学中一向被尊为主流和正统，而随着"新时期"的小说实验尤其是 1985 年前后的"现代派"小说的出现，这种正宗地位实际上受到了动摇。1988 年，现实主义重新成为文坛争论的焦点之一，其中颇为流行的"回归说"正是"独尊一家的思维定式在文学新态势下的延续"。雷达正是在"现实主义回归"的向度上将方方、池莉、刘震云、刘恒、朱晓平等作家相提并论，视为一个创作"潮流"。最初的"潮流"描述是以"伪现实主义"和新潮小说为参照系建构的，不同特质的群落间的区别当然是清晰的。时至 1988 年年末，在具有总结和回顾性质的《1988 年中短篇小说创作六人谈》① 中，雷达将 1988 年的中短篇小说分为"新现实主义风度出现"、新潮小说的变异、批判传统文化等三类。张韧和吴秉杰对所列举的作家有差异，但是"现实主义"和"新潮"的区分也是很明确的。前者将池莉、方方、刘恒、刘震云等人的小说归入"追求生活原汁形态的纪实美学思潮"，并认为他们"吮吸了新感觉派的现代主义某些特征"；而近年出现的"先锋新潮小说""却与 1985 年前后的那一代现代主义作品大为不同"，苏童、余华、格非等人的作品"在强化主体感觉的同时，注重了情节、细节的客观写实；探究深层心理和非理性的时候，加强了生活逼近感和小说故事性"，从而"借用现实主义某些成分以营养自我"。吴秉杰也明确地将刘恒、刘震

---

① 雷达：《1988 年中短篇小说创作六人谈》，《文艺报》1988 年 12 月 31 日第 3 版。

云、李锐、李晓等归入"坚持了现实主义精神、直面人生的一脉创作",将马原、洪峰、孙甘露、格非归入"有故事"而"无寄托"的"后期先锋派"行列。在这些坚持"现实主义"的批评家的眼中,"现实主义"与"先锋派"的区别是一目了然的。

其次是对《钟山》"新写实小说大联展"名目下的小说与"新写实小说"的质疑与剥离。如前所述,《钟山》"新写实小说大联展"栏目下所发表的作品几乎无所不包,编辑、批评家、作家都曾对这种"混乱"状态表示质疑。作为一种编辑策略,试图容纳更多的名家名作也在情理之中。即便如此,《钟山》的编辑在将哪些归入"大联展"之下仍有不同意见。范小天说:"宽泛到什么程度,的确是很难把握的,比如第六期有三位作家的作品算不算新写实主义,严一点的话,是不能算的,算的话那么基本上写实的作家都算进去了。"① 吴秀坤也说:"新写实小说是一种新的创作现象,对其概括与理解我们自己也不是很有把握,也可能有不同的意见。"② 如果说编辑之间的这种分歧凸显的是编辑策略与理论倡导之间的分歧,而批评家更在意的是理论倡导与文本间的裂隙。赵宪章发问:"《钟山》倡导的新写实小说,与实际上发的是不是一回事?"③ 丁帆也说:"不能宽泛到无边的现实主义,把高晓声也框了进来。"④ 潘凯雄:"现在归在新写实名下的作品相当芜杂,简直成了无边的新写实,其基本命题也越来越模糊,这种现象的出现,理论界有一定的责任。我们现在需要的是以科学的态度来认真地进行探讨,分析作品,而不能只凭直觉。"⑤ 费振钟:"新写实是一个完整的概念,不能把它割裂开,如分成'新写'或'新实',新写是相对于现实主义而言,新实是相对于现代主义而论,……但这个概念现在还不能完全确定,得到一个精确的含义。"⑥

---

① 见《新写实小说漫谈》,《文学自由谈》1990 年第 1 期。

② 同上。

③ 同上。

④ 同上。

⑤ 《新写实作家、评论家谈新写实》,《小说评论》1991 年第 3 期。

⑥ 同上。

在这种质疑声中，於可训的声音很独特，他主张从实践的、发展的层面理解这个问题，而不忙于做硬性的规定："虽然新写实的提法有可争议的地方，但过于纠缠概念则无意义，如果我们主要从创作实践考虑，提倡新写实是很有意义的，使得现实主义在创作上有显著的进步。"① 而那些被纳入"新写实小说大联展"的作家对自己的归属也表示了不同的意见。叶兆言说："新写实是评论家和读者的事，作者要站稳立场，不能被这些热闹的景象所迷惑。"② 赵本夫："我的作品总是力图把人的生存危机说得更重一点，更清醒一点。这就是我当前的创作意识，也许比较符合新写实小说倡导者的想法。"③ 在"新写实小说"的建构过程中，不同身份的参与者之间的这种分歧实则是一种对混杂的作家作品的区分和剥离，这种剥离的出发点和归宿各不相同，对这种剥离的整合还需要更为强大的历史力量。

在开办"新写实小说大联展"两年之后，《钟山》于1991年第3期取消了该栏目，这在一定程度上表征了文坛对这一文学话题的降温。1992年之后，随着市场化的全面推进和意识形态领域中"冷战"思维的逐渐淡化，批评家已经可以在较远的距离之外以更为开放的心态重新审视这一文学现象。南帆、白烨、陈晓明等批评家都意识到余华、苏童、叶兆言和刘震云、刘恒、池莉、方方的不同，并主张严格将二者进行区分。南帆说："新写实——'无边的现实主义'所造成的混淆开始重演。目前为止，新写实主义已经成了一张过分廉价的入场券，许多个性迥异的作家轻而易举地得到了这张入场券。"④ 他认为，将刘震云和余华、格非或者王朔共同合并于新写实之下难以令人信服。白烨将"后新时期"小说分为新写实小说、新市井小说、新历史小说和新改革小说四类。他认为"新写实小说"的代表作家包括湖北的"二女"（方方、池莉）和北京的"三刘"（刘震云、刘恒、刘

---

① 《新写实作家、评论家谈新写实》，《小说评论》1991年第3期。

② 同上。

③ 同上。

④ 南帆：《新写实主义：叙事的幻觉》，《文艺争鸣》1992年第5期。

庆邦），他们的作品与"同一个时期的社会思潮不无联系"。① 如果说
南帆、白烨的剥离侧重于对作家作品与批评间的关系的处理的话，汪
政、晓华则对"新写实小说"兴起过程中的批评行为本身进行了反
思，"在这之前，我们的小说格局大抵是传统现实主义和先锋派的两
阵对垒，而批评的兴趣则大部分被先锋派所吸引。和任何时候一样，
批评界的本能反应是企图用各自的体系和概念范畴去吃掉对方，于是
刘震云、朱晓平被说成是现实主义的重新崛起，而叶兆言、杨争光和
刘恒则被纳入到先锋的阵营中"。② 然而，在新的历史语境中，"现实
主义"与"先锋派""吃掉对方"的企图与意愿逐渐被新一轮的多元
格局所代替，历史已将这一二元对峙的问题自动消解，使它逐渐淡出
批评家的关注视野，而变为一个历史话题。

二　文学史的权力：定型和经典化

在与批评同时出现的是文学史著作中，对"新写实小说"的剥离
与定位同样是重要的内容。在金汉、冯青云、李新宇主编的《中国当
代文学发展史》（杭州大学出版社 1992 年版）中，作者将"刘恒、
刘震云等的'新写实小说'"（第三节）置于"西方现代文艺思潮的
引进与借鉴（中）"进行考察，该著将"新时期"对西方文艺思潮的
引进与借鉴划分为两个时段：70 年代末 80 年代初和 80 年代中后期。
后一时段则形成了"体现出两种创作倾向"的"先锋派青年作家
群"，以刘索拉、徐星、马原、莫言为代表的群体"完全接受西方现
代文艺思潮"，而包括韩少功、阿城、张承志、邓刚、刘恒、刘震云、
刘心武、张辛欣、孙犁、贾平凹等人的一脉则"侧重以现代意识观照
中国的现实和历史，但在表现内容、形式或方法上更接近中国文学传
统"。在这种中国/西方、内容/形式、影响/接受等一系列二元对立的
框架中，"新写实小说"作家被视为借鉴西方文艺思潮的后一派，即
文学意识上的现代性和"内容、形式或方法上更接近中国文学传统"

---

① 白烨：《"后新时期小说"走向刍议》，《文艺争鸣》1992 年第 6 期。

② 汪政、晓华：《"新写实"的真正意义》，《钟山》1990 年第 4 期。

的一派。"新写实小说"是"80年代中期以后""崛起于文坛"的"先锋派青年作家群"的一种"创作倾向"。认为刘恒、刘震云、方方、池莉、李晓是代表作家,代表作品有刘恒《狗日的粮食》《伏羲伏羲》,刘震云《塔铺》《新兵连》《单位》,方方《风景》,池莉《烦恼人生》《不谈爱情》。该著在写作时"新写实小说"尚未完成历史定格,当年的批评家甚至将"先锋"阵营中的诸多作家纳于"新写实小说"麾下,金本对两者的区分和剥离是难能可贵的。

经过杂志的策划、批评的建构和剥离之后,"新写实小说"成为当代文学史中的一个重要的文学史"片段",成了"经典"。当年的批评家对"新写实小说"的代表作家、作品的指认和对其审美特征的共识和分歧一直延续到文学史著作中。洪子诚《中国当代文学史》(北京大学出版社1999年版),孟繁华、程光炜《中国当代文学发展史》(人民文学出版社2004年版),吴秀明主编《当代文学五十年》(浙江文艺出版社2004年版),董健、丁帆、王彬彬主编《中国当代文学史新稿》(人民文学出版社2005年版)等当代文学史著作中列出的代表作家相同:刘震云、池莉、方方、刘恒。洪本、吴本列出的代表作品都是《塔铺》《新兵连》《单位》《一地鸡毛》(刘震云)、《烦恼人生》《不谈爱情》《太阳出世》《冷也好热也好活着就好》(池莉)、《风景》(方方)、《狗日的粮食》《伏羲伏羲》(刘恒)。孟本则增加了池莉的《你是一条河》、方方的《落日》《祖父在父亲心中》《桃花灿烂》、刘恒的《教育诗》《苍河白日梦》等作品。虽然这四本文学史对代表作品的取舍有差异,但是,正如上述的那样,他们对这一创作潮流的总体的判断标准是基本一致的。需要说明的是,董本的代表作品列为刘恒《狗日的粮食》《伏羲伏羲》、刘震云《单位》《一地鸡毛》、方方《风景》,却不见池莉《烦恼人生》《不谈爱情》《太阳出世》被列入,这也许与作者一贯坚持的启蒙立场有关,因为在有的批评家那里,池莉被封为"小市民"作家,这种"封号"给池莉的声誉带来很大影响,但是如果文学史因此而否认《烦恼人生》的文学史价值,无疑会带来另一种盲视。

关于"新写实小说"代表作家作品还是存在着一定的差异。陈思

和主编《中国当代文学史教程》（复旦大学出版社 1999 年版）、王庆
生主编《中国当代文学》（华中师范大学出版社 1999 年版）将刘恒、
方方、刘震云、池莉、叶兆言列为代表作家，前者将《单位》《一地
鸡毛》（刘震云）、《烦恼人生》（池莉）、《风景》（方方）、《狗日的
粮食》《伏羲伏羲》（刘恒）、《艳歌》（叶兆言）等列为代表作品；
后者未列出"新写实小说"的代表作品，但是对这些作家的几乎所有
作品进行了一一介绍。不难发现，池莉、方方、刘震云、刘恒四位作
家以及《塔铺》《新兵连》《单位》《一地鸡毛》（刘震云）、《烦恼人
生》《不谈爱情》《太阳出世》（池莉）、《风景》（方方）、《狗日的粮
食》《伏羲伏羲》是所有著作公认的代表作家、作品，而对叶兆言、
李晓的归属上存在一定的分歧。总的来说，文学史对"新写实小说"
的代表作家、作品的认识上共识大于分歧，这说明"新写实小说"在
文学史中已经获得了较为稳固的地位，它的代表作家作品已经"经典
化"。

第五章

想象读者的方式：
被文学杂志生产的读者

　　作为一个"文学事件"的"新写实小说"的兴起自然与作家的广泛参与、杂志之间的竞争与文坛的占位、广泛宣传与舆论效应、意识形态导向等诸多因素紧密相关。而如果我们注意到1989年至1991年之间《钟山》的整体形象和栏目设置等方面的巨大变化，注意到这一时段政治、经济、文化领域的变化对文学读者的分化作用，注意到文学杂志对读者的普遍重视的历史现实的话；无论如何我们都不能信服王干先生对读者与"新写实小说"兴起的关系的否定。① 因为，在"新写实小说大联展"的"宣言"，杂志的栏目、定价、插图、内容简介，以及王干先生及时撰写的关于"新写实小说"的批评文章和"报道"中，都明白无误地表明《钟山》杂志在策划"新写实小说"的过程中自觉而清醒的读者意识。"文字中的历史"远比当今的"口述"和回忆令人信服。本章要解决的主要问题便是，通过对倡导"新写实小说"时段的《钟山》的详细考察，说明读者在"新写实小说"兴起过程中的重要作用，从而进一步说明《钟山》在生产和传播方式上的巨大变化，以读者、市场为导向的生产策略在"新写实小说"的生产过程正在形成，并在"新写实小说"的兴起过程中发挥了巨大的作用。

---

　　① 在接受笔者的访谈的过程中，王干先生否认了在《钟山》编辑过程中曾经考虑到"读者因素"，而且补充说在杂志出版后，客观上读者的数量也没有增加。《还原"新写实小说"的本相——王干先生访谈》，见本书附录3。

第一节 《钟山》读者意识的自觉

在"文化大革命"结束之后至 20 世纪 80 年代中期，文学杂志经历了前所未有的辉煌历程。从生产和流通方面来看，由出版社和作协主办的文学杂志施行计划化生产，生产、发行过程中的物质、技术条件有充分的保障，这个问题在第一章中已经有比较详细的论述；作为创作主力军的作家大多是"国家干部"，依靠工资维持生活；在这种生产体制的保障下，在文学生产中起着关键作用的编辑和作家的读者意识尚不明朗，文学作品本身的思想性和艺术性成为这些文学生产者最为关注的部分。

一 "新时期"文学与读者关系的演变

与这种物质和体制保障相匹配的是，作为文学杂志的读者在这一时段具有极高的阅读热情，他们几乎是饥不择食地争相阅读任何可以得到的文学作品，这在客观上为杂志的消费和接受提供了保障。当年的一些调查报告为我们留住了历史中的那些如饥似渴的身影，同时为我们描绘了那个时代的阅读状况。1981 年，西北师院中文系当代文艺调查组以兰州地区为重点，进行了比较广泛的调查。调查直观地显示了粉碎"四人帮"以后青年中出现的"文艺热"。作为一个公共空间的图书馆的期刊阅读情况就是这种热潮的明证。

> 据西北师范学院图书馆统计，馆内共订文艺刊物七十九种，文学刊物二百四十五种，在一九八零年四月的六天内，两种刊物共出借一千四百二十六种，占馆内借阅率的 53.2%，其中理科学生三百七十四人次，占 26.2%，文科学生一千二百二十人次，占 85.5%。①

---

① 党鸿枢执笔：《新时期文艺与青年——文艺思潮社会调查》，《当代文艺思潮》1982年第 3 期。

　　除了大学生以外，工人也成为重要的阅读群体。兰州化学工业公司图书馆订了 50 多种文艺期刊，"下班后或节假日，青年们蜂拥而至，将图书馆挤得满满的，像《收获》《当代》《十月》《花城》《清明》《钟山》《人民文学》这几种刊物，常因争相传看而破旧不堪，即使这样，也还是有人追着要借，按号等着借。发展到后来，发表新时期名篇的刊物有的不翼而飞，有的给大卸八块"①。馆里人员反映："真是盛况空前。"这种大学校园和企业图书馆的文学期刊的订阅量、借阅率以及阅读状况为文学杂志办刊的高度自主性提供了基础。

　　这种狂热的阅读行为甚至延伸至农村青年，在对陕西省安康县的刚刚从农村步入师专的青年学生和农村青年两个群体的调查过程中，"我们高兴地看到，当代文学在这部分青年中享有崇高的声誉"②。把当代文学作为"生活的教科书"的，在学生中有 35 人，在农民中有41 人。想从当代文学中汲取精神力量，获得美感享受的，在学生中有35 人，在农民中有 27 人。想从当代文学中学习、借鉴写作技巧的，在学生中有 31 人，在农民中有 18 人。当代文学在这部分读者中超常地发挥着其精神能量，它甚至成为这一群体人生必需品，文学与读者的这种关系实在令人惊异。这些读者在调查表的附言更是让人感到了阅读个体与当代文学的无比亲密的关系。有的说，当代文学"是我生活中最好的营养，教我对生活要有信心"。有的说当代文学"给我观察社会，认识生活，辨别真伪的能力，培养和陶冶我认真思考，正确对待社会、生活、人生的独立见解，从中摄取知识，激发对美的追求和对新生活向往的力量"。也有的说，当代文学"使我明晰了生活道路，懂得了人生的价值，给了我追求和进取的力量。像一株生长在贫瘠旷野的弱苗，垂危中陡然获得了温暖和甘露。觉得阴暗在隐退，丑恶在消融。他是我精神王国的珍宝，生活的益师"。还有一位青年农民在附言中写道："当代文学使我更加清楚地认识到，生活的目标不

---

　　① 党鸿枢执笔：《新时期文艺与青年——文艺思潮社会调查》，《当代文艺思潮》1982年第 3 期。

　　② 谢林：《当代文艺在农村青年中——陕西省安康县的调查》，《当代文艺思潮》1982年第 3 期。

单是银行的储蓄所，清闲的工作，虽然我们的社会也存在某些疵点，但对我们的眼睛，不是缺少美，而是缺少发现。"① 在这些青年的心目中，当代文学几乎是一切知识和美的源泉，发挥着超常的作用，成为这些青年人生的必需营养。

　　文学杂志与读者的关系的转变发生在 1985 年前后。随着改革的重心向城市的转移，报刊体制的改革也被提上了日程。1984 年 12 月，国务院发布了《关于对期刊出版实行自负盈亏的通知》指出，中央及省市区的部分期刊继续试行补贴，但要实行经济核算（人员、行政开支均应计入成本），积极改善经营管理，精打细算，杜绝浪费，逐步减少亏损，争取尽早实现自负盈亏。这种改革方向势必从意识上影响着杂志编辑的编辑策略，杂志经营管理和资助方式的变化从深层影响了杂志的经营理念和办刊思路。北京、上海等城市的文学杂志的变化最为迅速，1985 年，《北京文学》推崇新潮小说，《上海文学》刊登广告、举办"上海文学奖"等一系列变化中都可以瞥见杂志读者意识的萌动。更有甚者，有些杂志已经彻底"下海"，走上了完全商业化的道路。具有轰动效应的是《六月》的主编通过种种社交手段，完成了从文学编辑到成功商人的顺利转变，同时使得《六月》完全面向读者和市场，完成了在新的时代的蜕变。

　　与文学杂志的革新几乎同步的是，读者对文学杂志的热情在逐渐降低。文学杂志在 1985 年保持了惯性增长之后，在 1986 年出现了较大幅度的下跌。读者的文学态度的变化是下跌的重要原因。我们还是将问题拉回到当年的一组调查报告，通过具体的实证性的材料来说明问题。

　　　　近年来，一些作家热衷于赶"时髦"，其作品的艰深险涩，使人望而生畏，过目即忘；其空洞乏味，使人昏昏欲睡，难以卒读。这样的文学作品怎么能满足读者的精神需求？在这种情况

_____

① 谢林：《当代文艺在农村青年中——陕西省安康县的调查》，《当代文艺思潮》1982 年第 3 期。

下，他们只好不去读这类所谓的"严肃文学"，而去抱"三大件"：武侠、侦探、言情。①

　　复旦大学中文系1984级学生在对华东师大、同济大学、上海大学文学院等高校的几百名大学生的抽样调查中发现，对新时期文学表示关注的只占3%；表示满意的占18%；表示极为不满的占10%左右；认为一般的占69%。被调查者反映，新时期文学作品受到大学生的冷遇，很大程度是缺乏具有深远影响的真正反映时代风貌的好作品，同时，部分人对某些新的文学表现手法感到不适应，不理解。②

　　北京大学中文系学生今年四月至七月对北京各界读者的欣赏意向所作的广泛调查表明，在所有的文学样式中，报告文学、纪实性小说等纪实文学备受读者青睐，其发展势头正方兴未艾。在两千多名接受调查的不同年龄、职业的读者中，有近千人对报告文学投了赞成票。究其原因，八百多位读者认为报告文学能密切联系现实生活，九百多位读者认为报告文学敢于触及社会弊病。调查还表明，喜爱纪实小说的读者几乎相当于淡化小说、诗意小说、情节强化小说、"寻根"小说和实验性小说读者的总和，占绝大多数。③

　　无论是图书馆借阅率、读者对当代文学的种种指责都明白无误地说明了读者与当代文学、当代文学杂志的关系在发生重大的变化。"如何看待近年文坛的相对冷寂？""对此，较多的同志指出，目前文学受冷落，主要在于没有理顺与读者的关系，不能多层次多功能地满足读者的需求。文学不能脱离读者而存在，无读者便无文学。许多'纯文学'刊物读者日渐减少的严峻现象警醒我们，不考虑同读者的

---

① 《文艺报》1986年第13期第3版。
② 《文摘报》1986年9月21日第4版。
③ 《文艺报》1986年第13期第4版。

关系是不行了。"① 在这一时段，由于体制性因素和在读者中遭遇的问题，文学杂志读者意识逐步觉醒，以致一部分文学杂志逐步转向面向读者生产就成为历史的必然。

二 《钟山》读者意识的自觉

物质、体制的力量对个体具有无所不在的规训能力，尤其是对那些本来处于边缘和弱势的个体。作为处身于南京的省级文学杂志，《钟山》在改革大潮的裹挟中前进，20世纪80年代早期与读者的关系与同类杂志基本保持同步。最直接地显现出《钟山》试图沟通编读的尝试始于1980年。这一年第4期的《钟山》发出了一份"为提高刊物质量征求意见表"的调查表，读者积极参与调查，编辑部收到了数百封热情洋溢的来信。1981年的第1期《钟山》刊出了带有"刊物有特色，越办越好"；"一、四期好，二、三期差"；"质量较好，尚须努力"；"内容实在，反映了人民的心声"；"刊物质量属上乘"；"对贵刊持赞许态度"；"多反映时代的人间喜剧"；"多反映普通工人、农民的生活"；"心有余悸的毛病仍在"；"装帧设计再美一些"；"加强对青年的写作指导"；"插图质量不高"；"希望百尺竿头，更进一步"；"《网》的讨论应该继续下去"；"多反映一些国外文艺动态"② 等内容的读者来信。诸多从形式到内容的意见、从封面设计、栏目设置到办刊策略的意见反映了读者对《钟山》的信赖和期盼，《钟山》根据读者的意见在之后也加强了编辑意识。但是，在20世纪80年代早期的计划生产主导的情况下，读者的意见至多不过是《钟山》自我改良的一点参考。

与出版体制改革同步的是，1985年《钟山》的读者意识明显增强。首先进入我们视野的是，从1985年第1期开始，《钟山》在封面位置设置"要目简介"，对本期发表的重要作家作品予以介绍，以吸引读者。荣登"要目简介"的作家作品包括那些具有强大的号召力和

---

　　① 《文学要正视自身社会效应　进一步理顺与读者的关系》，《文艺报》1988年3月5日第2版。

　　② 《钟山》1981年第1期。

吸引力的名家，一些在艺术手法上勇于创新的当红作家，还包括能够
吸引众多眼球的以公共议题为内容的报告文学和纪实文学，当然也不
排除在当年的性大潮中大显身手的某些作品。其次，在栏目设置上，
《钟山》自 1985 年起打破以往的较为固定的文类分块法，而是根据杂
志自身的追求和文学的总体发展态势及时推出了一批颇具特色的栏目
和板块。感应时代和文学潮流，以醒目的位置和相当的篇幅将 1985
年前后兴盛起来的"贴近时代、贴近现实，大力反映改革和开放的火
热生活"的报告文学、纪实文学连续推出是《钟山》栏目调整中引人
注目的现象。1985 年第 1 期以头条的位置推出了以中国女排的战绩为
主要内容的报告文学《"三连冠"主帅交响曲——记原中国女排主教
练袁伟民》，这种切近时代又能激发爱国情绪的作品显然是很有卖点
的；紧接着第 2 期则推出当红女作家王安忆及其母茹志鹃的旅美日
记，这显然能够满足国门开放之后大多数没有条件出国的读者的美国
想象以及"窥视"名人生活的愿望，这一招也是出手不凡。而同期刊
出的张辛欣、桑晔的《北京人》是注重改革中的"现实"和婚姻问
题的力作，也是当时公众关注的热点现象。1988 年，《钟山》参与了
全国百家文学期刊发起"中国潮"报告文学征文，更是以较快的速度
于 1988 年第 1 期发表了以描写"敏感"人群为题材的张晓林、张德
明的《中国大学生——来自复旦大学的报告》、庞瑞垠的《沉沦女——
七个变形女性及其他》，两篇报告文学均赢得了文学界和读者的广泛
关注。其中前者还在通过报刊和座谈会的形式进一步扩大其影响力。
在《文艺报》中曾刊登了这样的"广告"："《钟山》将推出长篇报告
文学《中国大学生》"，"作品具有强烈的当代性和社会性"。"据悉，
刊物出版后该刊编辑部还将在宁、沪、京邀请高教界、文学界等各界
人士召开座谈会，以期引起更多的人关注发生在复旦校园却牵动着千
家万户的教改事业。"① 此外，对"寻根文学"和"先锋文学"的推
举等，均可见出《钟山》力图在多变的文坛中寻找更多的读者群体。
　　经过多年的酝酿与探索，在倡导"新写实小说"的时候，《钟山》

---

① 《文艺报》1988 年 1 月 16 日第 1 版。

的读者意识已经达到了自觉的状态，无须当事人过多地说明，体制的革新和市场的形成早已将其网罗进历史的大网，其编辑逻辑背后分明渗透着鲜明的读者意识和市场观念。

第二节　栏目设置与读者预想

从 1989 年第 3 期开始，《钟山》从整体上更新了自我形象。从版面结构来看，这一期开始一改此前的"小说世界""报告文学""钟山论坛""散文""中国潮报告文学"等基本从文类角度设立的固定栏目，而是设立了包括"新写实小说大联展""新潮小说""文学对话录""杂文作坊""报告文学"等栏目。版面结构的这种大换血不仅仅意味着《钟山》形式上的创新，更是包含了《钟山》对潜在的读者的想象；通过对潜在读者的预想，举办"新写实小说大联展"时《钟山》将读者放在十分重要的位置，读者的喜欢和口味甚至代替了此前以"文学性"为中心的办刊模式，以读者为中心的办刊模式正在探索中悄然兴起。

一　《钟山》读者面向的历史条件

时至 1988 年，由于改革开放的进度明显加快，社会各个领域都受到了前所未有的影响，文学出版和发行的各个环节都被裹挟进这场改革大潮中。首先是国家出版政策方面的调整。正如我们在第一章中所述及的那样，中央宣传部、新闻出版署自 1988 年以来对出版、发行事业的政策做出了密集调整。新闻出版署、国家工商行政管理局于 1988 年 3 月 16 日联合签发《关于报社、期刊社、出版社开展有偿服务和经营活动的暂行办法》的通知。通知说，为加强管理，引导新闻、出版事业单位健康开展有偿服务和经营活动，使报社、期刊社、出版社在办好报刊、出好图书的前提下，增强经济活力，从 4 月 1 日起开始施行。1988 年 5 月 10 日，中央宣传部、新闻出版署《关于当前出版社改革的若干意见》指出，出版社要坚持为人民服务、为社会主义服务的方针，要由生产型向生产经验型转变，使出版社既是图书的生产者，又是图书的经营者，做到自主经营、自负盈亏。1988 年 8 月 4 日，经物价局同意，新闻出版署实行新的定价制度，除教材课本外，各类书刊均按保本微利原则，实际上是按保本加合理利润原则，由出版单位自行定价。这种政策的调整给予出版社更多的独立自主权，并将企业经营中的竞争机制和利润机制引入到文学生产和发行的过程中来。在出版体制、机制大转型的历史时刻，各大报刊所受的冲击是前所未有的。各大文学杂志在市场经济的大潮中几乎都丧失了元气，在生产和经营方面纷纷作出了调整，而重中之重便是通过栏目和内容的调整为杂志赢得更多的读者和市场。

在商品经济的大潮中，作家们对自我、作品与读者之间的想象在发生重大转变。在"新时期"之初，作家们大都以历史见证人和精神导师的姿态为国家、民族、社会、政治写作；在 1985 年之后，随着新潮小说的兴起，为个体和自我写作被提上了议事日程，文学发生了"向内转"的趋势；而"先锋小说"的作家们几乎是以拒绝普通读者为前提，将为自我写作发挥到了极致。这些漠视甚至背对读者的写作在 1988 年前后逐渐被瓦解了。王朔直言，"我希望我的作品有影响，有读者来看，我不希望由我来发现某种东西。有人觉得不需要读者，这当然无所谓。但是对我来讲，我需要"①。不仅如此，王朔对读者的定位非常清楚，"我的小说有些就是冲着某类读者去的。……《顽主》这一类就冲着跟我趣味一样的城市青年去了，男的为主。《永失我爱》，《过把瘾就死》，这是奔着大一大二女生的……"② 几乎与王朔同时成名的池莉也不讳言自己作品中的读者意识。池莉甚至直接将读者视作自己的"上帝"，认为读者对其作品的认可是作品价值的最高体现。"80 年代，对我震撼最大的是读者对我的接受和认可，……它对于我生命力和创造力的激活毫无疑问地超过了所有的文学奖、专家评语和所谓的历史评价。所以，我得老实地承认，中国文学界的任何一次热潮倒是激动不了我的。作为人类的一员，我觉得自己的劳动创

---

① 王朔：《我的小说》，《人民文学》1989 年第 3 期。

② 王朔：《我是王朔》，国际文化出版公司 1992 年版，第 54 页。

造能够激励和支持另一个人的生命，这便是我个人生命价值的最高体
现，也是我作品价值的最高体现。"① 王朔和池莉的这种创作观，将读
者的接受和喜爱作为写作的重要出发点和归宿，这种迥异于前辈们的
读者意识既是作家自我的选择，更是历史和社会的产物。

与这种面向读者的写作观念紧密相关的是，作家们不再仅仅将写
作视为一种纯粹的精神劳作，而是开始将写作视为一种社会"职业"，
一种谋生手段。这使得作家们开始注重作品的酬劳，并按照商品经济
中的原则出售作品。1989 年 1 月，王朔、魏人、刘毅然、莫言、苏
雷、朱晓平、刘恒等 12 位作家成立中国第一个民间作家组织——
"海马影视创作中心"（海马影视创作中心正式登记是在 1992 年），
它的宗旨是将商品经济规律引入文艺创作中，保护作家权益，按质论
价，争取合理报酬。"海马宣言"宣称"保证质量，讲究信誉是我们
这个文化团体所遵循的信条"。② 而"海马"的行为实则受到了一大
批作家的认同，方方说，"职业作家以写作谋生，你要我为你写稿，
我要你付我酬劳，这都是极其正当的交易。我写好稿，你出异价，这
也完全合理合情"③。创作中的这种经济意识的觉醒和转变是在特定的
历史条件下发生的，金钱同时成了创作的诱惑和压力。"我在 1988 年
以后的创作几乎无一不受到影视的影响。从某一天起，我的多数朋友
都是导演或演员，他们一天到晚给我讲故事，用金钱诱惑我把这些故
事写下来以便他们拍摄。"④ "你的收入决定了你不得不去设法买廉价
商品，不得不放弃你想要的书籍，不得不为几毛钱同小贩争来吵去，
不得不在评职称上吵闹得头破血流，也不得不在静夜里扪心自问：我
是不是该改个行当了？"⑤ 对王朔们面对新的历史阶段的选择，张抗抗
评价道："王朔最大的贡献在于他把'文字'的价格炒了上去。'买'
'卖'双方商讨稿价。文人不再受制于统一的稿酬标准，'死要面子'

① 池莉：《创作，从生命中来》，《小说评论》2003 年第 1 期。
② 殷金娣：《海马的一伙"爷们儿"》，《北京青年报》1993 年 4 月 23 日第 3 版。
③ 方方：《文边闲话》，《北京文学》1994 年第 3 期。
④ 王朔：《王朔文集·自序》，华艺出版社 1992 年版，第 3 页。
⑤ 方方：《一切都是真事》，《中篇小说选刊》1992 年第 7 期。

到公开议价，理顺供求关系变得名正言顺无可非议，王朔确实功不可没。"①

　　报刊体制政策的转换，作家读者意识的转变、经济意识的觉醒等等因素都将文学杂志有力地推向了市场；而 1988 年文学杂志所面临的市场环境并不乐观。该年的通货膨胀导致了全国性的疯狂购物，但是文学杂志显然不在囤积的范围之内；而其他传媒对读者的争夺也使得文学杂志在媒介场中处于被动。"每百人拥有电视机在 1978 年仅 0.3 台，1985 年即增到 6.6 台，1988 年增至 12.9 台，1990 年增至 16.2 台，而 1988 年世界平均水平是 14.8 台。""每百人每天拥有报纸数 1978 年为 3.7 份，1990 年为 3.9 份。每人每年拥有图书杂志量 1978 年为 4.7 册，1990 年为 6.5 册。"② 作协副主席陈荒煤说："现在全国个体书摊据说已达三万多个，是一个很大的发行渠道，而大量的畅销通俗小说就是通过这个渠道到达读者手中的。"③

二　雅俗共赏：栏目设置中的读者预想

　　《钟山》主办"新写实小说大联展"的时候，正值"在商品经济和某些不健康的俗文学的猛烈冲击下""文学正面临着少有的寂寞和疲软之中"。在这种文学情势下，1989 年第 3 期的《钟山》开始辟专版倡导并刊登"新写实小说"，自这一期始，《钟山》的版面结构以及整体形象大变。现将 1989 年第 3 期至 1991 年第 3 期倡导"新写实小说"时期的《钟山》的版面结构详细列出。

1989 年第 3 期	新写实小说大联展	新潮小说	文学对话录	杂文作坊	报告文学	
1989 年第 4 期	新写实小说大联展	新潮小说	散文	杂文作坊	"中国潮"报告文学	评论
1989 年第 5 期	新写实小说大联展	新潮小说	评论	"中国潮"报告文学		

---

　　①　张抗抗：《玩的不是文学》，《文学自由谈》1993 年第 2 期。

　　②　《光明日报》1993 年 6 月 26 日第 3 版。

　　③　陈荒煤：《中国作协创联部召开"商品经济与文学"座谈会》，《文艺报》1988 年 6 月 17 日第 1 版。

续表

期					
1989 年第 3 期	新写实小说大联展	新潮小说	文学对话录	杂文作坊	报告文学
1989 年第 6 期	小说世界	电影文学剧本	散文	评论	"中国潮"报告文学
1990 年第 1 期	专稿	小说世界"（新写实小说大联展、其他）	电视剧本	评论	散文	文讯
1990 年第 2 期	电视剧	小说世界	散文			
1990 年第 3 期	小说世界（"新写实小说大联展、其他）	评论	散文	"中国潮"报告文学	会讯	
1990 年第 4 期	小说世界	散文	评论	"中国潮"报告文学		
1990 年第 5 期	中篇小说	短篇小说	散文	专稿	"中国潮"报告文学	
1990 年第 6 期	小说世界	散文	评论	"中国潮"报告文学		
1991 年第 1 期	新写实小说大联展	散文	评论	微型作家论	"中国潮"报告文学	
1991 年第 2 期	新写实小说大联展	新人小辑	散文	评论	微型作家论	"中国潮"报告文学
1991 年第 3 期	新写实小说大联展	新人小辑	散文	评论	文讯	"中国潮"报告文学

　　自 1989 年第 3 期起，《钟山》打破既定的以"小说"、"散文"、"报告文学"、"评论"等栏目构成的版块，设立"文学对话录"、"新潮小说"、"新写实小说"、"杂文作坊"、"报告文学"、"电影剧本"、"电视剧本"等栏目。究其原因，编辑对读者的想象是其中的一个至关重要的因素。因为"消费者的社会等级对应于社会所认可的艺术等级，也对应于各种艺术内部的文类、学派、时期的等级。它所预设的便是各种趣味（taste）发挥着'阶级'（class）的诸种标志的功能"①。而正是

---

① ［法］皮埃尔·布迪厄：《〈区隔：趣味判断的社会批判〉引言》，朱国华译，范静哗校，陶东风、金元浦、高丙中主编，《文化研究》第 4 辑，中央编译出版社 2003 年版，第 9 页。

成功地预测了读者的阅读心理，对杂志进行了准确的市场定位，并能根据读者和市场的情况不断调整版面内容，《钟山》及其这一时段所倡导的"新写实小说"才得以对文坛形成强有力的冲击。那么，倡导"新写实小说"时期的《钟山》是面向哪些读者群的呢？其中的栏目设置、作家作品与读者之间建立了何种关联呢？

在倡导"新写实小说"之前，虽然《钟山》的实力和影响力逐步增强，但是，其作为地方刊物的形象并没有彻底改变。而对于文学媒介来说，"一个是'理论上存在的读者大众'，正是以这种读者的名义并从他的利益着想，挑选工作才得以进行；另一个前提是'作家的样本'，这个样本被认为体现了上述读者的需要。出版商所指挥的整个文学活动就在这两个预先就确定了的群体之间以封闭的形式展开着"①。于是，雄心勃勃的《钟山》编辑部在发起这一文学运动的时候，首先想到的必然是批评家和报刊编辑，并且是那些在文坛具有较大的影响力的批评家和报刊编辑。在"卷首语"中，我们看到《钟山》在"构想这一计划时"，不仅征求了许多作家的意见，而且也征求了许多"评论家"的意见。与一般读者的阅读习惯不同的是，职业的批评家和报刊编辑对文学的关注更多地聚焦于文学在思想、艺术方面的探索性和创新性，是否能为文学提供新的有价值的向度。于是，在通俗文学浪潮的冲击中，深谙此理的《钟山》在栏目设置中将"新写实小说大联展"置于头条位置，因为当时这一文学思潮在文坛已经引起了不小的反响，"是近几年小说创作低谷中出现的一种新的文学倾向"。除此之外，在"先锋小说"趋于没落的时候，在"大联展"之后鼎力推出"新潮小说"栏目，这不仅仅是《钟山》此前的编辑方案的延续，也可以视作一种悲壮的挑战，毕竟，"新潮小说"容易获得那些诸种"文学性"的批评家的关注。无论是"新写实小说"还是"新潮小说"，都是以"新"作为其显著特征，都可算作"纯文学"。也就是说，试图借助对"新写实小说"的倡导走向一流行列的

---

① ［法］罗贝尔·埃斯卡皮：《文学社会学》，于沛选编，浙江人民出版社1987年版，第45页。

《钟山》正是通过优化杂志的选题，通过对"文学性"和"探索性"的坚守将这些杂志的栏目推向批评家和文学报刊编辑的怀抱。这种形式上的对"俗文学"的反抗和"雅文学"的坚守实际上为赢得专业读者的青睐打好了基础。

　　如果说栏目设置的调整在间接地展示自己主张的文学趋向和趣味的话，素来重视评论栏目的建设的《钟山》约请批评家撰稿对"新潮小说"和"新写实小说"进行批评和讨论就是直接地与批评家互动。我们注意到，"新潮小说"栏目自 1989 年第 3 期开始至 1989 年第 5 期结束，在前两期推出的苏童、余华、海男等人作品的同时，还在同一栏目下同时刊出了费振钟的《非寓意小说》、朱伟的《关于余华》、汕苹的《诗话的衍生：死亡意象的重奏》等评论文章，这种作品与批评相捆绑的编辑方式不仅仅是为了对作家作品的注释和解读，也是获取意见、赢得争鸣和文坛瞩目的重要方式。作为一种发生于文本与批评、作家与批评家之间的有效互动模式，这种捆绑式的编辑方式还进一步延伸到对"新写实小说"的编辑策略中来。自 1990 年第 1 期开始，《钟山》的评论栏目发表了一系列的"新写实小说"评论文章。首先发表了由江苏评论家集体上阵讨论"新写实小说"的笔谈；同期还刊出了陈骏涛的《写实小说：从传统到现代的转化》和王蒙的《红楼梦二题》。后来于 1990 年第 4 期刊出陈思和的《自然主义与生存意识》，汪政、晓华的《"新写实"的真正意义》，於可训论池莉的《人生的礼仪》；同年第 6 期刊出丁帆的《叙述模态的转换》，李洁非的《从小说的观点看》，于果的《落日短评》。1991 年第 1 期又刊出一批"微型作家论"，包括王干、木弓、蒋原伦等批评家论述朱苏进、张承志、格非、王朔、王安忆等的批评文章。1991 年第 2 期刊出月斧、费振钟、贺绍俊、潘凯雄、周梅森等人关于赵本夫、余华、贾平凹、阿城、方方、池莉、李贯通的批评文章。1991 年第 3 期发表了陈晓明、朱伟、费振钟、丁帆等人论述阿城、储福金、何立伟、李杭育、韩少功等的文章。这些批评文章中的大多数聚焦于"新写实小说大联展"和"新潮小说"中刊出的作家作品，通过这种直接地约请著名批评家对"新写实小说"进行批评和发表他们的批评文章，《钟山》直接将这些来自于全国不同地域、不同机构的批评家变成了现实的读者；同时，作为一个领域的行家，这些批评家对"新写实小说"的关注以及他们的批评意见必然左右着一般读者的阅读选择。

《钟山》除了满足批评家和报刊编辑等专业读者的趣味、争取专业读者和批评界的重视外，还十分重视普通读者对"新写实小说"以及这一时期的《钟山》的态度，在选题和栏目优化方面还设计了一些与普通读者的阅读取向相符的栏目，如杂文作坊、"中国潮"报告文学、电视剧本、电影剧本。这些栏目或者具有较强的社会批判性，或者直面现实人生、贴近百姓生活，对大众所具有的吸引力不言而喻。因为"文学阅读行为既有利于和社会融为一体，又无法适应社会生活。它临时割断了读者个人与周围世界的联系，但又使读者与作品中的宇宙建立起新的关系。所以，阅读的动机不外乎是读者对社会环境的不满，或是两者之间的不平衡……总一句话，阅读文学作品是摆脱荒谬的人类生存条件的一种办法"①。更何况，在选择稿件时，杂文作坊约请杂文名家撰稿，1989 年第 3 期和第 4 期陆续发表的舒展、蓝翎、邵燕翔的《大战和发行大战》《直呼姓名好》《杂文作坊》《会外路议》《罗织经及其他》等文章直陈时弊、犀利泼辣、畅快淋漓，具有鲜明的批判风格。杂文作坊在成功举办两期之后被撤销，应该与政治风波之后报刊的治理整顿有关。如果说选择杂文是致力于对"浮躁"时代弊端的揭露，从而引起广泛的共鸣的话，1989 年第 6 期刊出的电影剧本《早春一吻》和 1990 年第 1、2 期连载《不灭的军魂——罗瑞卿与郭兴福》则既有对这种文类所具有的通俗性的考虑，同时也非常注重故事、题材本身的吸引力。前者关于童真、爱情的书写给惶惑中的读者以精神的安慰。而后者的主人公罗瑞卿是中国人民解放军十大将领之一，新中国成立后曾是人民解放军总参谋长、国防部副部长、共和国的副总理；郭兴福在"文革"中曾与妻子相约杀死自己的孩子后自杀。无论是人物特殊的身份，还是故事本身所具有的

①　［法］罗贝尔·埃斯卡皮：《文学社会学》，于沛选编，浙江人民出版社 1987 年版，第 91 页。

传奇性都足以吸引读者的注意。在 1990 年前后，电视剧所具有的感召力和收视率是相当可观的，而这个故事又分明是当时正在兴起的领袖题材热中的一例，所以，剧本的读者面向是十分明显的。

与刊发杂文作坊、电视剧本、电影剧本策略不同的是，《钟山》在这一时段发表的"中国潮"报告文学的读者面向呈现出较为复杂的态势。现将 1989 年第 3 期至 1991 年第 3 期所发表的篇目辑录如下。

发表时间	题目	笔者备注
1989 年第 3 期	1988："球籍"的忧思 ——兼记中国大学教授们	
	天地悠悠独怆然 ——电影《乡下人》上不了银幕的镜头	
	她！大潮中崛起的企业	
	通天	
1989 年第 4 期	一枕黄金梦——温州第二次金融大爆炸	
	倾斜的大地	
	正在崛起的中山大厦	
	明星从钢材市场崛起	
1989 年第 5 期	流动的海	
	拓荒者	
1989 年第 6 期	远虑	
	强烈的柔情	
	回城记	
	黑色的微笑	
	风雨十年路	
	东方实业家	
1990 年第 3 期	艰难的复苏——书画现场的扫描	
	陈华之路	
	一位美国作家笔下的画作	
	国家民族，在他心中——记国家一级企业 无锡协新毛纺织染厂金振民厂长	
1990 年第 4 期	走向腾飞之路的兰翔人	常州小辑
	合纤风景线	
	为了大地的丰收	
	绿野里走出来的"化妆师"	
	希望从这里升起	

续表

发表时间	题目	笔者备注
1990 年第 5 期	满园春色关不住	
	耕耘在希望的田野上	
	黄土地上的星星	
	源头活水	
	情满海滩	
1990 年第 6 期	圣火中的橄榄色旋律	
	镜头，向罗溪扫描	
	川港掌舵人	
	金像奖获得者的风采	
1991 年第 1 期	苏南之光	
	挥舞魔杖的人	
	风雨人生图	
	企业魂	
	南方一条龙	
	凸凹不平之路	
1991 年第 2 期	他不会被人们忘记	
	摩天之梦	
	侠胆神针	
1991 年第 3 期	卫士魂	征文
	不拘一格降人才	征文
	石浦有"神灯"	
	心系农民	征文

　　与杂文相互辉映的是，此时发表的一系列报告文学作品也具有强烈的批判意识。首先是商品经济冲击下的各色各样、光怪陆离的社会问题。《1988："球籍"的忧思——兼记中国大学教授们》聚焦于20世纪80年代以来精英知识分子的生活现状，通过实地调查将大学教授们的生活窘境暴露在读者面前，活生生地再现了商品经济大潮中脑体倒挂的社会现实。《天地悠悠独怆然——电影〈乡下人〉上不了银幕的镜头》一文中的于运河因为不满电影《人生》对高加林命运的安排，他以农民身份倾全力投资80万元，拍出电影《乡下人》。这一文

化事件，成为中国电影史上的破冰之旅。因为它是中国第一部由农民编剧、农民集资、农民监制、农民领衔主演的电影，这种电影生产方式前无古人，在中国电影史上书写了一笔。《一枕黄金梦——温州第二次金融大爆炸》则详尽地描绘了温州的崛起以及引发的社会问题。其次是在商品经济大潮中英雄式地崛起的企业和个人，其中包括对江苏本地著名企业和企业家的介绍和赞颂。比如《正在崛起的中山大厦》将80年代末江苏农垦在南京建立的第一个企业中山大厦作为关注对象。1990年第4期还刊发了《常州小辑》将改革开放中的常州风貌勾勒出来。总的来看，这些报告文学，尤其是发表在前三四期的报告文学在选材上聚焦社会热点、焦点问题，在描述上个案式的深入调查与整体思考相结合，力图将中国的现实挪移到纸面上。这些生动和敏锐的观察与其说再现了当时的真实情境，不如说它们建构了时代的喧哗与骚动；而描述这些喧嚣的视点、立场与当年的读者的体味保持了一致，这些报告文学实际上是将社会的共鸣集中推向读者。"杂志一直把兴趣主要放在我们称为'因果关系'——解释社会及其各部分，预测发展趋势，并把零碎的事实联系起来，阐明新闻的意义。换言之，杂志是伟大的注释家。"①

在简要地分析了杂文、电视剧本、电影剧本以及"中国潮"报告文学的读者面向之后，让我们将视野移至《钟山》这一时段全力打造的"新写实小说"栏目。如前所述，"新写实小说"的设置一方面倾向于对新的文学潮流的追随，满足了专家的阅读需求；另一方面，对普通读者的兴趣追随和满足也是显而易见的。这首先表现在对作家作品的选择方面。在这一问题上，《钟山》虽然也接受了一些自然来稿，但大体采用了以名家为轴心的策略。这个名作家群包括池莉、方方、刘恒、王朔、刘震云等"新写实小说"作家，也包括余华、苏童、海男、格非等"新潮小说"作家，同时还有王蒙、高晓声、梁晓声等较为年长的名家。值得注意的是，这些名家中的大多数不仅仅是专业领

---

① ［美］梅尔文·L. 德费勒等：《大众传播学通论》，顾建军译，华夏出版社1989年版，第150页。

域的行家里手，而且大都是在社会上具有广泛影响力的名人。他们或者身居要职，如王蒙时任文化部部长；或者与影视结缘，苏童的《妻妾成群》、刘恒的《黑的雪》、刘震云的《一地鸡毛》等作品在这一时期被改编为电影或电视剧；或者因为20世纪80年代初期已经家喻户晓，高晓声的农民形象系列、梁晓声的知青系列都已经广为人知。这些作家之外的身份使得这批作家早已成为公众视野中的名人，而不是一般意义上的著名作家。所以，即便是对文学的兴趣有限的读者都有可能慕名而来。这种作家选择正好说明了编辑们的深谋远虑，"如果一位作者的效能是众所周知的话，那末，出版商可以不冒太大风险地要求他继续根据经过考验的模式创作作品"①。

再来看《钟山》这一时段刊发的"新写实小说"作品及其策略。"一期杂志，都应该包括几篇通过宣传它们就可以达到宣传整本杂志目的的文章。这几篇文章的标题刻意印在封面上。"②查看这一时段的《钟山》，它有意识地在封面位置将本期所刊发的重要的"新写实小说"置于封面位置，并在首页上的"内容提要"中予以重点推介，这些被重点推介的小说包括朱苏进的《绝望中诞生》、赵本夫的《走出蓝冰河》、刘恒的《逍遥颂》、王朔的《千万别把我当人》等篇目，而这推介所使用的语言及其叙述策略是值得分析的。在推介《绝望中诞生》时，编辑强调这篇小说的主旨是对"造成生命形态的关键"——"自由"问题的探索；并指出小说在问题上的模糊性，"这是准小说，还是准科学？抑或是小说与科学的奇特结合？"③而《走出蓝冰河》的特点在于题材的另类性给我们"无穷的回味和沉重"："他，一个野蛮村落的无赖在要饭女身上播下的种子，几经见过世面和来自文明的教化，终于混沌初开，走出了古老蒙昧的蓝冰河，步入了崭新旷阔的大千世界，然而，多少年后，他又疲倦地重返故里，拾

① ［法］罗贝尔·埃斯卡皮：《文学社会学》，于沛选编，浙江人民出版社1987年版，第43页。

② ［美］B.R·帕特森、K.E.P·帕特森：《期刊编辑》，崔人元译，河北教育出版社2004年版，第80页。

③ 《钟山》1989年第3期。

取生活的梦幻,捡起人生的困惑。"①《逍遥颂》在"文革动乱的大背景"中"写几位少年在一幢空寂的教学楼中的几日。既有疯狂年代投向少年心灵上的阴影,又有自私、贪婪……人性欲念的横流"②。而《千万别把我当人》"不再是擅长描绘的'嬉皮士',而是一个荒诞绝伦的故事。用极度夸张的市井语言,嘲讽鞭笞了传统文化的糟粕与当今社会的种种丑恶"③。无论是对生命的本质的思索,底层传奇经历的再现,历史时光的回溯,还是现实社会的批判,"要目简介"都用极富感染力和诱导性的语言首先"关注"故事的曲折动人、致力于"发掘"这些文本在题材方面的传奇性与异质性,而对这一时段的文坛上共识极高的语言、形象、结构、文体等"文学"要素则较少涉及。这种叙述策略分明是要突出这些作品可读性,将其推向以普通读者为主的文学市场,试图吸引雅俗两方面的读者。

《钟山》在卷首语中声明"新写实小说""善于吸收、借鉴现代主义各种流派在艺术上的长处",但事实上,《钟山》在"新写实小说大联展"的栏目下推出的大批小说实际上更注重"现实性"与"当代性"。在这些小说中,无论是《绝望中诞生》《走出蓝冰河》《造屋运动及其他》《千万别把我当人》《龙年:一九八八》等现实题材的作品,还是《顾氏传人》《逍遥颂》《故乡天下黄花》《米》等历史题材的作品,都告别了居高临下的视角,而是倾向于以平视的角度讲述凡俗生活。无论是军人的心理冲突、孩子的离奇身世、都市青年的左奔右突,还是惊心动魄的政治运动、个人命运的起伏不定、家族历史的荣辱兴衰;诸如此类的问题都在世俗之眼的观照下显示出其平民化的特征。这种题材和视角上的通俗性特征无疑打通了作品与读者之间的障碍,拉近了与读者之间的距离,以致使读者在阅读中发现自我在作品中的存在。

读者与杂志的关系从来就是双向互动的,当《钟山》将经过整体包装的"新写实小说"及其他栏目的作品献给读者之后,作品就进入

---

① 《钟山》1989 年第 3 期。

② 同上。

③ 同上。

了接收的阶段。当良好的接收情况反馈到编辑部的时候，则必然会引起编辑部编辑策略的调整。如前所述，《钟山》经过出色的选题、内容、营销的策划，"新写实小说"在推出之后赢得了强烈的反响。在专业读者那里，经过文学界及周边重要媒体的报道、重要文学机构和重要批评家的广泛关注，终于形成了热烈的讨论氛围；在普通读者这里，"新写实小说"的反响同样热烈。在倡导"新写实小说"一周年之际，《钟山》刊出的由王干撰写的《众说纷纭"新写实"》一文道出了编辑部由衷的喜悦之情。"与会者认为，在小说创作多样化的今天，《钟山》杂志社以'大联展'的方式接连发表了《绝望中诞生》《走出蓝冰河》《顾氏传人》《逍遥颂》等新写实小说，受到了读者的喜爱和评论界的注意，是难能可贵的，这对于强化读者与文学的联系有着重要作用。"① 其中，"读者的喜爱"分明成为这种"喜悦之情"的重要组成部分。

　　读者的这种反应为《钟山》的再生产提供了动力和方向。"出版商对作者的创作的挑选也限制着书商的挑选，而书商自己又限制读者的挑选；读者的选择，一方面由书商发印给商业部门，另一方面，又让批评界表述出来并加以评论；随后，读者的选择再由审查委员会加以表达和扩大，反过来限制出版商此后的选择方向。"② 王干先生曾提及《钟山》原打算只举办一年时间的"新写实小说大联展"，但是后来由于没有预料的良好反响，所以继续了下去，一直维持到 1991 年第 3 期。③ 此时，这个话题已经没有什么吸引力和市场了，所以于这一期取消了"新写实小说大联展"的栏目，开始其他的尝试。所以，读者因素贯穿于《钟山》倡导"新写实小说"的始终，它不仅是倡

---

① 王十一：《众说纷纭"新写实"》，《钟山》1990 年第 3 期。

② ［法］罗贝尔·埃斯卡皮：《文学社会学》，于沛选编，浙江人民出版社 1987 年版，第 61 页。

③ "评完奖，这个事就告一段落了。后来大家说影响那么大，重新拿着做吧。本来就想做一年，一个是当时没有很好的作品，一个是评完奖就告一段落了，没想到在文学潮流、文学史上有那么多的延伸、拓展能力。后来一看，我们继续做吧。"见《还原"新写实小说"的本相——王干先生访谈》，本书附录 3。

导活动的起因之一，同时也是编辑过程中文本的重要面向，同时也是其走向终结的主要原因。"生产不仅直接是消费，消费也不仅直接是生产；而且生产不仅是消费的手段，消费不仅是生产的目的——就是说，每一方都为对方提供对象……所以，消费不仅是使产品成为产品的最后行为，而且也是使生产者成为生产者的最后行为。"①

第三节　定价、装帧设计中的读者定位

《钟山》倡导"新写实小说"的过程是一个统筹安排、整体协调的过程。所以，除了在倡导宣言、版面设置、组稿策略等方面的大力革新，以引起不同类型的读者的瞩目外；合理的定价和装帧设计则是这个整体策划的延伸和重要组成部分。即便是杂志的这些细微的环节，也分明显示出这一时期的《钟山》的读者意识和清醒的市场定位。

一　杂志定价中的读者定位

杂志的定价成为联系杂志生产者和消费者的桥梁：对读者而言，杂志的定价理所当然地是购买时进行选择的重要参考；而对编者而言，在核算成本的基础上既保持杂志的盈利又能与读者的消费水平相协调、保持最大的发行量同样是编辑们要考虑的重要问题。在我国，对报刊出版的商品性质的认定经历了一个较长的历史时期。在计划经济体制下，报刊由国家统一定价，其生产和发行成本与杂志社几乎没有关系，这种生产模式在我国维持了较长的时期。从 1956 年 2 月 18 日开始，我国统一规定全国书刊定价，出版社按照政府规定的分类分档的每个印张的定价标准执行。以后虽多次调整，但基本规定未变。而随着国家在意识形态层面对市场经济的接受和认可，杂志社在杂志生产和发行方面的能动性随之增强。1987 年 12 月 31 日，经新闻出版署批准，开始实行部分科技图书参照成本定价。1988 年 8 月 4 日，经

---

① 《马克思恩格斯全集》第 46 卷，人民出版社 1972 年版，第 743 页。

物价局同意，新闻出版署实行新的定价制度，除教材课本外，各类书刊均按保本微利原则，实际上是按保本加合理利润原则，由出版单位自行定价。在获得了定价自主权之后，作为生产者，杂志生产过程中需要支付的费用包括纸张、印刷所需费用、作者稿费、邮政资费等项目。

在国家从整体上对报刊体制进行改革和调整的时期，文学杂志自然面临着价格调整的问题。因为"我国期刊出版单位经营收入的构成可分为三个方面：一是期刊发行的销售额；二是广告收入；三是多种经营的收入"①。而在《钟山》倡导"新写实小说"的历史语境中，要保持收支方面的平衡或者盈利是一件非常不容易的事情。最先的冲击来自于国家对邮政资费的调整。在 20 世纪 80 年代初，稿件可以以"邮资总付"的方式投递。而到了 1987 年前后，这种方式已经走到了末路。《钟山》于 1987 年第 1 期和第 5 期连发两则启事，对邮资问题进行调整：

启　事

据邮电部邮政局一九八六年邮通字第 3 号通知，今后稿件必须按"信函"邮寄。故此，自一九八六年九月一日起，本刊稿件处理作如下规定，敬请广大作者支持、协助：

1. 来稿务请誊写清楚，注明作者姓名和通信地址；来稿件三万字以下一律不退稿（打印、复印、复写稿一律不退）；

2. 凡来稿作者三个月内未接到采用通知的，可自行处理；

3. 本刊重申取消"邮资总付"；来稿务请贴足邮票，需要退稿的请付足退稿邮资。②

作为报刊体制改革中的重要方面，对邮资问题的调整实际上暗含着国家与杂志社的关系的转变，同时也会引起杂志社生产和管理方面

---

① 高江波：《期刊求索录》，北京师范大学出版社 1998 年版，第 27 页。

② 《钟山》1987 年第 1 期。

的调整。因为,"对邮政资费上涨的担忧是在政策管制方面最令杂志出版社头疼的事之一,因为邮资将对发行构成直接的影响。由于杂志产业收入的主体来自于消费者的订阅费用,因此在邮资上有任何风吹草动都会直接影响杂志的价格及其收入结构"①。包括《钟山》在内的诸多杂志及时的声明即可见这一问题在杂志生产过程中的重要性。除此以外,"1987 年邮政部门将报刊发行费增至百分之四十,这对文艺报刊打击甚重,一些报刊因发行费提高而严重亏损,文艺界人士气愤地说:'这简直是对文艺事业的扼杀!'"② 邮政资费的调整给《钟山》等杂志的生产带来的影响是不言而喻的。

　　而 1988 年的通货膨胀则使杂志的生产雪上加霜。1987 年我国的消费价格指数上涨 7.3%;1988 年又连月上涨,至 7 月达到 19.3%。③ 统计数据显示,1988 年价格形势已经相当严峻,为改革开放以来的最高纪录。在物价已经大幅度上涨、通货膨胀预期已经形成的情况下,中央做出搞物价、工资改革闯关的决定。1988 年 8 月 17 日,政治局会议通过物价、工资改革方案。第二天公报一发表,立即引起城市居民恐慌,掀起了全国性的挤兑和建国以来最大的抢购商品风潮,物价大幅度上涨。根据国家统计局统计,在 1988 年 8 月,扣除物价上涨因素,商品零售总额增加了 13%,其中粮食增销 30.9%。棉布增销 41.2%,电视机增销 56%,电冰箱增销 82.8%,洗衣机增销 130%。1988 年消费价格指数上涨了 18.8%,1989 年又继续上涨 18%。④ 与这种物价上涨趋势同步的是纸价的上涨。1979 年,52 克凸版纸的价格为 960 元/吨,而到了 1988 年,它的价格已经上涨为 3100 元/吨。⑤ 与纸价上涨同时出现的由于新闻纸产量下降、没有及时进口

---

① 〔美〕安澜·B. 艾尔布兰:《传媒经济学》,陈鹏译,中国传媒大学出版社 2009 年版,第 183 页。

② 丁锡满、徐俊西主编:《文艺秩序的宏观构造》,上海文艺出版社 1990 年版,第 34 页。

③ 数据来源于《中国统计年鉴 1988》(中国统计出版社 1988 年版)和《中国统计年鉴 1989》,中国统计出版社 1989 年版。

④ 同上。

⑤ 《出版发行研究》1990 年第 3 期。

纸张、"倒爷"们折腾而导致的席卷全国的"纸荒"现象。在这种形势下，作为重要生产资料的纸价上涨已给文学杂志生产带来了极大的压力；而同时，商品价格的飞涨又使文学杂志面临着不利的市场环境。因为在通货膨胀中，国民抢购的大多数商品是基本的生活必需品，而不是文学杂志这类精神产品；而当人民把大多数的钱花费在基本生活用品上时，对文学杂志的购买力则必然下降。

在面对着诸多外患的同时，《钟山》与读者、市场的关系必然发生重大改变。在第一章中，笔者曾引用过当年的记者对当时各大文学杂志的编辑的采访，各大文学杂志几乎无一例外地面临着办刊危机；吊诡的是，文学杂志在这种危机中不仅不能降价以适应低迷的市场，恰恰相反，这一时段的文学杂志都提高了自身的定价。文学杂志的定价将全面上涨，《北京文学》1988 年定价为 0.70 元。1989 年定价为 0.90 元。1990 年定价为 1.50 元。1992 年 1.70 元。《上海文学》1989 年 1.5 元，1990 年 1.7 元，1991 年 1.7 元。但是从 1990 年第 8 期开始，《上海文学》一改此前只在封二、封三、封底做广告的惯例，而是增加了广告的页码，在封面之后和封底之前各加了两个页面的广告内容。一直维持到 1991 年最后一期。1989 年的《江苏统计年鉴》显示，江苏省的文学杂志的订阅量在 1988 年也呈现下降趋势，置身于其中的《钟山》自然也难免这种遭遇。《钟山》1988 年第 1 期定价改为 1.8 元。1989 年第 1、2 期定价为 3.3 元。1989 年第 3 期 1.8 元，1989 年第 4 期以后都为 3.3 元。1991 年第 1 期定价变为 3.65 元，1992 年第 1 期变为 4 元。应该说，《钟山》在 1988 年的提价是顺应纸价上涨的趋势而定的。但值得注意的是，1989 年第 1 期和第 2 期《钟山》的定价本来已经由上年的 1.8 元调整为 3.3 元，但是在 1989 年的第 3 期，也就是开始倡导"新写实小说"的这一期，它的定价则由上一期的 3.3 元调整为 1.8 元。这个价位与 1988 年的定价相仿，而与 1989 年第 1 期和第 2 期的价格则相差整整 1.5 元。显然，这种调整是与《钟山》对更为广大的读者群的寻求相一致的。在此后的几期，《钟山》的价格又恢复到 3.3 元，并一直保持到 1991 年。1991 年略微上升，调整到 3.65 元。在这种小心翼翼的调价过程中，

《钟山》分明保持了清醒的市场和读者意识，一直试图将自身的价位控制在读者可以接受的范围内。在价格调整的过程中，《钟山》作为物质生产的媒体的商品属性凸显出来，它在多种力量的博弈中左奔右突，但始终难逃一般的经济规律的制约。

二 装帧设计中的读者定位

作为一家颇有经营眼光的文学杂志社，《钟山》曾依凭报刊体制改革的契机尝试刊登广告和开展多种经营提高经济效益。从 1984 年第 6 期开始，《钟山》便打破先例，开始为厂家刊登广告；1984 年的第 6 期的封底，刊登了"南京毛纺织厂"的广告。1984 年到 1986 年，《钟山》每年安排一期用来刊登广告。1985 年在第 3 期封底刊登了"江苏省泗洪双沟酒厂"的广告，1986 年第 4 期，封 3 是"无锡县红旗超滤设备厂"。比较而言，1987 年是《钟山》刊登广告最多的一年。第 1 期封底刊登了"南通有色金属工业联合公司"的广告，第 2 期封底是"江苏吴县塑料彩印厂"广告，同期的最后内页是关于"《实用记忆》函授招生"的招生广告，第 3 期封底是"江苏无锡港下塑料工艺制花厂"，第 4 期是"江苏吴县木制玩具厂"和"江苏吴县卫星农机厂"广告，同期最后内页为"浙江永嘉定型电子机械厂"黑白广告，第 5 期是"镇江市眼镜总厂"（丹阳眼镜）广告，同期最后内页为"浙江省永嘉县机械工业公司机电经营站"的黑白广告，第 6 期为"我国最大的化纤原料生产基地——仪征化纤工业联合公司"广告，同期内页为"家乐牌高级干洗器"及"电脑记忆增强器"（皆为浙江永嘉产品）的黑白广告。1988 年，《钟山》的广告又回到了起点，全年只在第 5 期刊登了"双阳酒厂"的广告，画面为 5 瓶酒、一幅题字、一个奖杯，同期内底页是"常州化工机械厂"的黑白文字介绍性的广告。在 1989 年第 1 期和第 2 期分别刊登了熊猫电子集团南京无线电厂、青龙山水泥厂、江苏省镇江市生活用品总公司的广告。在刊登广告的同时，《钟山》还加强了与企业的联合，主办了多次以企业冠名的文学奖。1988 年，在《钟山》创刊十周年纪念时，举办丹凤杯文学奖。它还与江苏农垦总公司联合举办笔会，为作家深入生活提供新渠道。《钟山》仅从杂志中微露的这些迹象就足以说明《钟山》这一时期积极开展了多种经营。

一个值得注意的问题是，除了在 1989 年第 5 期的封二和封三刊登了不无广告性质的"江苏农垦笔会剪影"的一组图片，在同期的封四位置刊出了工贸合营常州太湖食品厂的广告；在 1990 年第 1 期的最后一页刊登了强灵助长晶的广告外；《钟山》在倡导"新写实小说"的时段内，基本上取消了封面和内页的广告刊登，而代之以绘画作品。在倡导"新写实小说"的 1989 年第 3 期至 1991 年第 3 期，《钟山》的封面、封底、封二、封三的位置均刊登了名家和新生青年画家的作品。

	沈勤作品（中国现代艺术展作品）	封面雕塑
1989 年第 3 期	《钟山》创刊十周年纪念暨丹凤杯文学奖	封二
	余启平作品	封三
	李璋作品	封底
1989 年第 4 期	刘鸣作品	封面
	摄影家曾年作品	封二、封三、封底
1989 年第 6 期	喻慧作品	封二
	苏宁作品	封三
	徐累作品	封底
1990 年第 1 期	吴悦石作品	封二
	吴悦石作品	封三
	常进作品	封底
1990 年第 3 期	温魏山作品	封二
	余建宏作品	封二
	乔治·汉普敦作品	封三
	蒋国良作品	封底
1990 年第 5 期	程大利作品	封二
	边平山作品	封三、封底
1990 年第 6 期	冰冷川作品	封三
	江宏伟作品	封底
1990 年第 2 期	翟飞跃作品	封二
	黄河作品	封三
	张羽作品	封底

续表

1990 年第 4 期	何建国作品	封二
	何建国作品	封三
	何建国作品	封底
1991 年第 1 期	李保民抽象水墨作品	封二
	茅小浪作品	封三
	徐累作品	封底
1991 年第 2 期	帅根荣版画作品	封二
	吕胜中作品	封三
	姜振庆作品	封底
1991 年第 3 期	韩兵版画作品	封二
	"一九九一年中国北京扇形绘画邀请大展"作品选	封三
	"一九九一年中国北京扇形绘画邀请大展"作品选	封底

　　通过取消广告和在封面和扉页刊登一系列的画坛名家新作,《钟山》虽然在广告收入这一项上有所损失。但是,这种图文并茂的杂志设计渲染了一种纯粹、高雅的情调、气氛和意境,重塑了《钟山》杂志的形象。而"新写实小说"和其他文本便是在这种情调和意境中烘云托月般地现身,从而从整体上提升了《钟山》的品位。这样,《钟山》便以脱胎换骨似的形象再现于读者面前。这里读者不再是被动的文化消费者,而是以更为主动和积极的态度来影响期刊的生产和消费。通过取消广告、封面形象的设计,《钟山》的定位趋于向"物美"的方向跃进,而通过价格调整,《钟山》则扮演了"价廉"的角色。因为这种物美价廉的市场逻辑和读者想象,《钟山》在这场新一轮杂志的角逐中胜出。

第六章

文学生产与"文学思潮"：
"新写实小说"的历史坐标

作为一个发生于"治理整顿"的历史时期，在文学杂志普遍陷入危机的情境下，由从杂志格局中脱颖而出的《钟山》策划、倡导，从而得到文坛热议的文学事件，"新写实小说"往往被作为20世纪八九十年代之交"出现"的一种"文学思潮"加以研究。近年出版的当代文学史或者将其视为一种"创作倾向"、"小说潮流"、"创作现象"、"小说流派"，或者视其为"具有类似创作倾向的松散结合体"。从这些定性中我们不难发现虽然称谓未必一致，但是将其视作以作家作品为主体的"文学思潮"却是一种隐在的思维逻辑。通过前面五章从历史语境、文学杂志、文学批评、文学接受与传播等角度对"新写实小说"兴起的描述，我们不难发现文学史对"新写实小说"文学史坐标的确立的局限所在。在本章中，笔者试图在重新辨析"文学思潮"这个似乎自明的概念的基础上，结合20世纪80年代"文学思潮"的具体构造形态和特点，从文学生产的角度重新为"新写实小说"定位。在此基础上，笔者试图从文学生产与文学思潮的角度重新理解当代文学在八九十年代的历史"转型"。

第一节　文学生产与"文学思潮"

作为一种研究范式，"文学思潮"研究深刻地影响着文学史研究的格局和体例。然而，一旦一种知识成为自明的常识，便容易引发对这种知识的批判性反思和追问，这种知识必然因为自身的凝固而成为禁锢研究者、限制研究者视域的障碍，文学思潮即是这种自明的文学史知识中的一种。而重新思考文学思潮这一知识的必要步骤便是考察国内外研究者对这一概念的界定和理解，并在考察中国当代文学现实的问题意识中重新厘清这一概念，以期能够为理解中国当代文学思潮的复杂性和历史性提供有力的理论支持。

一　"文学"与"思潮"

从构词形态上看，作为一个短语的"文学思潮"由"文学"和"思潮"两个词构成，对于这两个词的不同理解导致对"文学思潮"的不同理解。在本书的第二章，笔者已经对历史和当下的文学观进行回顾和梳理的基础上确立了社会学意义上的文学观。所以，在此笔者主要对"思潮"一词的内涵进行辨析。

据刘正埮等编著的《汉语外来词词典》，"思潮"属于日语意译英语中"the trend of thought"或"ideological trend"的外来词[1]。有学者曾据英文原意将"思潮"一词解释为"思想、观点的转变、变化、更改"，应该说，这种界定是接近于英文的原意并能传达"思潮"的复杂性和流变性的。[2] 而在翻译和再生产的过程中，该词的内涵则随着中国历史语境的不同发生了显著的变化。20世纪80年代以后不同版本的词典中的释义就是这种变化的缩影。在1990年版的《辞海》和《现代汉语辞典》中，"思潮"被定义为一定时代具有阶级性、政治性，社会普遍性的或支配性的思想潮流。而《现代汉语词典》将该词解释为"接二连三的思想活动"。如果将不同时代中国化的"思潮"观念与其英文原意相对照的话，不难看出，其根本分歧在于对英文中"trend"和汉语中的"潮"的理解。按照这种理解，"trend"一词应是"转变、变化、更改"之意，它强调的更多是变动性而非倾向性。

如果从这个意义上来说，习惯性地将"思潮"中的"潮"理解为

---

① 刘正埮等编：《汉语外来词词典》，辞书出版社1984年版，第323页。

② 蔡振华：《中国文艺思潮》，世界书局1935年版，第1页。

"潮流""倾向"等意思，便会遮蔽了"思潮"本身的变动性特征，从而忽略了其内部的矛盾性和复杂性。但是需要指出的一点是，既然"思潮"作为一种"潮"而存在，则必然因为多个主体的参与而呈现出群体性的特征。至此，我们认为将"思潮"一词理解为某种群体性的"思想、观点的转变、变化、更改"更能体现出这一概念的原初意义，也更有利于把握这一概念本身所包括的矛盾性和复杂性。

二　"文学思潮"的界定

历史地来看，对"文学"与"思潮"两个概念的理解存在较大分歧，对更为复杂的"文学思潮"一词的理解更是呈现出众说纷纭的态势。大体看来，对"文学思潮"的理解趋向于以下几个维度：将其理解为文学创作中包含的思潮，将其视为关于文学的思潮，这两种致思路径都是将"文学思潮"理解为由"文学"和"思想"两个词构成的偏正短语，因为研究者对"文学"和"思潮"两个概念以及其间关系的不同理解而呈现出复杂的态势；除此以外，从有些研究者的思路可以发现，他们将这一词语理解为文学思想的潮流以及文学和思想的潮流这样一个由"文学"、"思想"、"潮流"三个词组成的偏正短语。而上述种种理论无疑都为我们重新思考这个问题提供了启示，成为我们重新界定这一词语的必要参照。

那些侧重于将"文学思潮"理解为文学中包含的思潮的研究者，通常更关注作家的作品，并注重作品的精神性因素，在此基础上着重发掘某些作品中的精神共性。勃兰兑斯的广有影响的《十九世纪文学主流》一书便是将文学史理解为"一种心理学，是灵魂的历史"，因为在他看来，文学史就其最深刻的意义来说，是一种心理学，是研究人的灵魂的历史。文学作品的价值高低在于其是否"清楚地向我们揭示出某一特定国家在某一特定时期人们内心的真实情况"。以这种文学史观念为前提，勃氏以六个作家集团——流派为作为研究中心，考察19世纪头几十年欧洲文学中的浪漫主义运动，"通过对欧洲文学中某些主要作家集团和运动的探讨，勾画出19世纪上半叶的心理轮廓"，"描绘的是一个带有戏剧的形式和特征的历史运动。……分作六

个不同的文学集团来讲"。① 与勃氏相似的是,日本学者竹内敏雄将
"文学思潮"定义为"语言艺术的文艺领域的精神潮流"。并指出这
种"精神潮流""既不是主观的集合,也不存在于意识主体的总和之
中",而是一种"超个人的"精神存在形式,即客观的精神。② 不难
看出,这两种理论都是侧重于发掘文学作品的相似的精神和思想。陈
剑晖的"文学思潮"理论也是这种作品中心论的延续,他说:"文学
思潮是这样一种现象:在历史发展的某一个特定时期,由于时代生活
的推动,社会思潮的影响,哲学思想的渗透,一些世界观、艺术情趣
先进的文学艺术家,在共同或先进的文艺思路的指导下,以共同或先
进的题材、表现手法创作了一大批艺术风格接近的文艺作品,这些作
品不仅具有鲜明的时代和个人特色,而且在社会上产生广泛影响,形
成了某种思想倾向和潮流(有的是运动),于是,我们便称它为文艺
思潮。"③ 与这种致思路经相似的是,在中国现当代文学研究中,《中
国现代文学主潮》也是侧重于"对现代文学创作思潮的一些主要方面
进行比较系统的考察与研究"④,因为作者认为"一个时代的思潮也易
更生动更丰富地体现在作家的创作中"⑤。以上种种建立在探究作家作
品的精神共性上的文学思潮观忽视了文学的多重面向,从而将文学思潮
禁锢在一个较小的范围内进行考察,在这样的视角下,作为物质的文学
和作为个体化的文学精神因素必然被屏蔽于研究者的视线之外。

　　除了将作家作品视为文学思潮的中心的研究方式以外,将"文学
思想",即文学活动中的理论、批评作为重心的研究也是"文学思潮"
研究中的一种重要向度。研究中国现代文学思潮的开山专著《近二十

---

① [丹麦]勃兰兑斯:《十九世纪文学主流》"引言",张道真译,人民文学出版社
1980年版,第4页。

② [日]竹内敏雄:《文艺思潮论》,载陆贵山《中国当代文艺思潮》,中国人民大学
出版社2002年版,第5页。

③ 陈剑晖:《关于概念和范畴的界说——新时期文艺思潮漫论之一》,《批评家》1986
年第1期。

④ 许志英、邹恬主编:《中国现代文学主潮》(上),福建教育出版社2001年版,第
1页。

⑤ 同上书,第2页。

年文艺思潮论》论述了从五四前后至抗日战争爆发期间中国现代文学的理论主张和文艺论争，也就是说，作者所理解的"文学思潮"是指文学理论的思潮。蔡振华在《中国文艺思潮》（世界书局 1935 年版）一书中所谈的即是文艺中反映的社会思想、文化思潮，或者说是作为文艺背景的思想、思潮。朱寨主编的《中国当代文学思潮史》一书延续了这种思路，关于 1949 年 7 月召开的全国第一次文代会到 1979 年 10 月召开的全国第四次文代会这段时间内的"文学思潮"，他说："当代文学思潮始终与'五四'新文学的革命思潮保持着血缘的联系。它的直接源头，则是一九四二年的延安文艺座谈会。……毛泽东同志的《在延安文艺座谈会上的讲话》的主要精神就是要求新文学运动自觉地与新的时代、新的群众相结合，从而提出首先为工农兵服务的文艺方向。"① 而书中主要叙及的对象是历次的文艺批判运动的过程及其前因后果，可见，这部著作所理解的"文学思潮"是"文学运动"，关注的主要对象仍是文学理论批评。

在文学思潮的研究中，将文学创作与文学批评、理论并置，并注重创作和理论批评在文学思潮中的重要性的研究也是一种广有影响的研究方式。这种研究认为文学思潮的产生必然与一定的理论批评的兴起相关，所谓有"文学"有"思想"才能构成"文学思潮"。但是对文学创作与理论批评之间的关系的认识，不同的理论家之间存在较大差异。苏联文艺理论家波斯彼洛夫便强调"文学思潮"形成过程中的"创作纲领"和"创作特点"两个要素的重要性，他说，"文学思潮"是"在某一个国家和时代的作家集团在某种创作纲领的基础上联合起来，并以它的原则为创作自己作品的指导方针时产生的。这促进了创作的巨大组织性和他们作品的完整性"。他指出，是创作的实践决定了创作纲领的形成，"但是，并不是某一作家团体所宣布的纲领原则决定了他们创作的特点，正相反，是创作的艺术和思想的共性把作家联合在一起，并促使他们意识到和宣告了相应的纲领原则"②。这种理

---

① 朱寨主编：《中国当代文学思潮史》，人民文学出版社 1987 年版，第 3 页。
② 王春元、钱中文主编：《现代外国文艺理论译丛·文学理论》，王忠琪、徐京安、张秉真译，生活·读书·新知三联书店 1985 年版，第 123 页。

论机械套用马克思主义关于理论与实践的关系的理论，将文学创作与"文学纲领"之间的关系简单化，而对创作的"组织性"与作品的"完整性"的强调无疑带上了具体历史情势下文艺体制的印记，其中的谬误与局限是显而易见的。

　　上述理论显然更多地保留了苏联时期的理论特点，中国现代文学研究者也从自身的领域出发对这一问题进行了讨论。陈辽的"文学思潮"论是从中国现代文学思潮发展的历史脉络中归纳出来的。他提出"文学思潮"必须有三个标准：一是"有一面公开打出的旗帜"；二是"有一批作家、作者拥护支持这面旗帜，为实现这些主张而从事创作实践"；三是"有一批作品体现了这些文学主张，在文学史上留下了成果"。① 1986 年出版的《中国大百科全书》（文学卷）对"文学思潮"的定义是："指一定历史时期和一定地域内形成的，与社会的经济变革和人们的精神需求相适应的，具有广泛影响的文学思想和文学创作的潮流。"② 前者的界定更多地囿于文学的范围内，而后者则强调其历史性和社会性特征，但最终指向都是文学思想加文学创作组成"文学思潮"。与上述"文学思潮"论不同的是，邵伯周的"文艺思潮"论更强调文艺理论与创作之间的关系，他说："文艺家（个体或群体）从某种观点（哲学的、美学的、社会学的、心理学的、语言学的、政治学的等）出发，对文学的本质、功能和价值等根本问题做出回答，并形成一种理论体系或审美原则，在一定时期产生较广泛影响，同时体现在他本人或其他一些作家的创作中。这些创作在题材、思想倾向、创作方法和艺术风格各方面都有很大的一致性，在一定时期产生较广泛的影响，这就形成为一种文学思潮。"③ 这种理论与创作的关系界说是明显有误的，因为文艺家的文艺思想不仅是从某种观点出发，更多的时候是对创作的总结和阐发的基础上形成理论；创作与理论的关系并非那么简单明了。在《转型时期的中国当代文学思潮》一著中，吴秀明也认为，文学思潮的基本内涵主要包括：（1）文学思

---

① 陈辽：《论当代文艺思潮的特殊性》，《当代文艺思潮》1983 年第 2 期。
② 《中国大百科全书》（文学卷），中国大百科全书出版社 1986 年版，第 652 页。
③ 邵伯周：《中国现代文学思潮研究》，学林出版社 1993 年版，第 18 页。

潮具有群体倾向；（2）文学思潮包含着理论（思想）潮流和创作潮流；（3）文学思潮受一定的社会思潮和哲学思潮的影响，并反作用于社会思潮和哲学思潮。① 总的来说，将"文学思潮"视为理论与创作的相结合的观点是一种为学界广泛接受的观点。

历史的发展推动着理论思维的更新，文学观念的转变促使研究者用更为广阔的视野来把握"文学思潮"，从而使这一概念更加具有理论活力。陆贵山主编的《中国当代文艺思潮》一著认为，文学思潮贯穿于整个文学活动，文学思潮涉及的不只是创作活动，还表现于理论、批评、鉴赏（接受）的活动过程，是特定历史时期文学系统活动中受某种文学规范体系所支配的群体性思想倾向。② 他从"文学思潮的系统构成"方面来加以描述，认为"文学思潮系统构成的范围及文学活动的整体。可以说，文学思潮是在文学理论、文学创作和文学接受等领域中构成的共同观念系统"。"作为观念系统的文学思潮，从其要素形态来说，是由理论形态思想要素和非理论形态思想要素构成的。""从构成要素的性质来看，文学思潮则是美学观念要素和历史观念要素辩证统一的整体融合。"③ 以上这种"文学思潮"观充分地注意到了文学接受在"文学思潮"中的重要作用，从更为复杂和立体的层面透视这一概念；其中分明受到韦勒克的"文学思潮"论的影响。"一种'包含某种规则的观念'，一套规范、程式和价值体系，和它之前之后的规范、程式和价值体系相比，有自己形成、发展和消亡的过程。"④ 同样作为文艺理论研究者的张永清也在新的理论支撑下拓展了认识，他的"文学思潮"论注意到了一定文学体制内不同文学主体在"文学思潮"形成过程中的复杂性，"现代社会的文学思潮是指在某一历史时期与特定文学体制内，在社会思潮、哲学或艺术观念以及现代传媒等的影响下，自觉或不自觉地形成的具有群体性的文学理论或文

---

① 吴秀明：《转型时期的中国当代文学思潮》，浙江大学出版社2001年版，第1页。

② 陆贵山主编：《中国当代文艺思潮》，中国人民大学出版社2002年版，第6页。

③ 卢铁澎：《文学思潮的系统构成》，《人文杂志》1999年第3期。

④ ［美］韦勒克：《文学思潮和文学运动的概念》，刘象愚选编，中国社会科学出版社1989年版，第5页。

学创作潮流"①。但是，其最终指向却还是"文学理论或文学创作潮流"。与这些理论工作者不同的是，从事中国现当代文学研究的学者对"文学思潮"的认识更多地来自文学历史和文学实践。"它隐蔽在许多文学现象的背后，渗透到许多方面"，"不仅在文学创作，也在理论、批评、流派及文学论争等文学现象中体现出来。"②朱德发认为"文学思潮是在特定历史时期，文艺理论家或作家们在相同或相近的世界观、人生观、价值观、美学观指导下所形成的文学潮流。它灌注并体现于文学运动形态、文学理论形态和文学创作形态"③。因为对文学史和文学现象的复杂性的深刻体察和认识，他们的"文学思潮"论试图发掘这一概念所涵盖的复杂历史内容，从而给这一概念注入了新的活力。

三　文学生产与"文学思潮"

通过上述对"文学思潮"这一概念的详细梳理，我们不难发现种种研究方式都在追问"文学思潮如何"这样的问题，即便有对其产生过程的解释，也将其笼统地归结于社会思潮的变动。显然，这种追问忽略了文学思潮生产过程中的复杂性。所以，本书打算换一种思路，从"文学生产"与"文学思潮"的角度来重新审视这一问题。在《文学研究的合法化》一书中，托托西对"文学如何"和"文学怎样"做了区分，并认为"文学研究应当重在文学'怎样'而非文学'如何'"，并引用 Ele Andringa 的"文学研究的一个基本出发点就在于回答'人们如何从事文学'"的观点④，在这种思路的导引下，笔者在本书中将研究重心从"文学思潮如何"转向"文学思潮怎样"，并将文学思潮视为社会生产过程中诸种力量博弈的结果，并以揭示和

---

① 张永清：《文学体制与新时期文学思潮》，《西北大学学报》2008 年第 3 期。
② 严家炎：《文学思潮研究的二三感想》，《河南大学学报》1992 年第 5 期。
③ 朱德发：《中国百年文学思潮研究的返观与拓展》，《烟台大学学报》1999 年第 1 期。
④ ［加拿大］托托西：《文学研究的合法化》，马瑞琦译，北京大学出版社 1997 年版，第 25 页。

呈现文学思潮生产过程的变动性和复杂性为旨归。

　　文学思潮的生产包含于文学生产这一范畴内。因此，我们首先需要对作为一种文学研究范式的文学生产进行界说。而"文学生产"的研究与"文化生产"的研究具有同源性，所以，追寻后者的理论资源和研究方式将为前者的研究提供坚实的基础和支撑。约翰·费斯克曾经将"文化生产"界定为"感觉、意义或意识的社会化生产。文化商品的工业化生产"。他指出这种研究范式的特点在于："文化生产这个流行开来的术语，是强调文化的制度化特征与社会化特征，从而相对于那种广泛持有的信仰即文化源于个体的灵感与想象。"① 应该说，这种界说指出了"文化生产"的聚焦点和研究范式中的基本特征。"文化生产"理论大致有两个渊源：西方马克思主义批评家（包括瓦尔特·本雅明、布莱希特、伊格尔顿等）和 20 世纪 70 年代以来西方文化社会学家们。前者从历史唯物主义的传统出发，注重文艺作品生产的物质条件和生产过程。在伊格尔顿看来，"艺术首先是一种社会实践，而不是供学院解剖的对象"②。他说："我们可以视文学为文本，但也可以把它看作是一种社会活动，一种与其它形式并存和有关的社会、经济生产的形式。"③ 后者则将社会学中的组织、边界、报酬等范畴引入文艺研究，其特点在于，"这些视角是从组织与工作研究中得出的。这些视角将作品的内容——它对于艺术家或公众的意义——搁置在一边，而将艺术看作是需要通过一个由许多行动者合作的集体过程产生的'产品'"④。虽然属于不同的研究范式，但是这两种研究方式同样在社会学的视野中刷新了对文学（文学生产）的认识，在观念转换和方法探索上对"文学生产"研究提供了启示。

---

　　① ［英］约翰·费斯克等：《关键概念——传播与文化研究辞典》，李彬译，新华出版社 2004 年版，第 68 页。

　　② ［英］伊格尔顿：《马克思主义与文学批评》，人民文学出版社 1980 年版，第 73 页。

　　③ 同上。

　　④ ［美］约翰·R. 霍尔等：《文化：社会学的视野》，周晓虹、徐彬译，商务印书馆 2002 年版，第 89 页。

本书在这种"文学生产"理论的基础上，尝试从文学生产的角度重新认识"文学思潮"。在这样的视野下，"文学"不仅仅是作家作品，也不再是某种具有永恒的本质属性的超然物；而是在社会—历史的维度将其视作一种实在的、具体的过程，聚集了包括作品的生产过程、作品的传播过程、作品的接收与消费过程的系统活动。"思潮"也不仅仅是作品中的或者理论批评家的思想、观点，而且还是包括从作品的生产到作品的接受和消费以至再生产过程中的不同的声音，作家作品、出版商、媒体、舆论、批评家、一般读者等因素都成为"思潮"中"思"的重要组成部分；因为诸多力量的广泛参与，在社会—历史的合力作用下，"思"才得以成为"潮"，文学思潮才得以产生。所以，文学生产意义上的文学思潮便于作家作品中的思潮、理论批评中的思潮、作家作品和理论批评的思潮、关于文学的思潮等文学思潮论相区别，它更多地致力于探究文学思潮兴起过程中的物质和体制的因素，最大可能地呈现文学思潮生产过程中的矛盾性和复杂性，从而在社会—历史的维度对其进行历史化的处理。

第二节 "文学思潮"之一：计划生产与文学产品

如上所述，从文学生产的角度理解文学思潮就意味着在关注文学思潮生产的特殊性的同时，将文学思潮的生产作为社会生产的一部分来看待。这样，考察社会生产的一般规律和特点就成为深入理解文学思潮生产的必要前提。

一 计划与市场：作为两种生产方式

作为衡量社会生产的一个有效的指标，生产方式连接着生产力和生产关系，反映了社会生产过程中的人与物、人与人之间的广泛联系，它如浮标一般标示出社会在物质、体制以及精神层面的微妙变化，成为我们理解社会生产的一个有效的角度。而"文学生产方式"则是我们重新审视文学生产中的不同生产主体之间的关系，生产主体与生产资料、媒体、体制等之间复杂关系的一个有效的概念。在

《1844年经济学哲学手稿》中马克思曾对文学生产与一般的社会生产的关系进行了辨析，他认为，“宗教、家庭、国家、法、道德、科学、艺术等等，都不过是生产的一些特殊的方式，并且受生产的普遍规律的支配”①。伊格尔顿在《批评与意识形态》一书中进一步细化这种讨论，他探讨了社会的一般生产方式、文学生产方式和一般意识形态对作者意识形态以及审美意识形态的决定关系，而“批评的任务就是分析生产文本的这些结构的复杂的历史”②，而詹姆逊关于文学生产方式的论述有两个方面：（1）文学生产方式是把文学创作中不同因素统一起来，凝聚为一个有机整体的机制；（2）任何文学生产方式中都包含和残留着以往几种生产方式的痕迹和“花纹”，可以据此实现文学阅读中视点的游移。③总体来看，这些理论家都是将文学生产方式作为连接文学与社会的枢纽，拒绝将文学仅仅作为一种精神现象的普遍思路，这种探讨问题的方式为笔者讨论20世纪80年代的文学思潮的生产提供了有益的启示。

在一般性地对我们论述的主要概念和视角进行了简单的界定和说明之后，让我们将视野拉回到本书所关注的主要命题上来。当代文学已经走过了60年的历程，而20世纪80年代文学也早已远离了我们。如今，20世纪80年代被普遍地描述为一个思潮更迭、各领风骚三五年的文学时期，而文学思潮的更迭被一般性地理解为随着社会意识的变动而自然发生的精神现象。这种认识恰恰是建立在为以上的批评家所批评的将文学思潮视作一种精神现象或者理论体系的基础上的，这种研究忽视了社会生产方式与文学思潮的生产之间的紧密互动关系，将社会物质基础和体制、机制的转换屏蔽在视野之外，我们的研究正是从为以往的研究所忽略的地方开始的。那么，如何理解20世纪80年代的社会生产方式便是首先需要解决的问题。

20世纪80年代是中国社会发生巨大转型的历史时期。从中共十

---

①　《马克思恩格斯全集》第42卷，人民出版社1982年版，第121页。

②　Terry Eagleton, *Criticism and Ideology*. London：Verso, 1976, pp. 44 – 45.

③　弗·詹姆逊：《快感：文化与政治》，王逢振译，中国社会科学出版社1998年版，第79页。

一届三中全会上提出改革开放的总方针之后,社会各个领域、各个层面的"改革"相继展开,虽曾遇到一些障碍,但是总体来讲,"改革"是这个时代的标志。从社会生产体制改革角度看,计划与市场两种生产方式的角逐与较量是贯穿 20 世纪 80 年代始终的一对主要的矛盾。新中国成立后,我国逐步建立了在社会主义经济的本质特征完全是计划经济的理论基础上的计划经济体制。而长期以来,计划和市场被理所当然地认为是分属于社会主义和资本主义两大阵营的生产方式,计划与市场互相排斥,不能相容。随着改革开放的推进,对这一问题的认识不断地得以深化。邓小平在 1979 年 11 月 26 日会见美国不列颠百科全书出版公司副总裁弗兰克·吉布尼时说:"社会主义为什么不可以搞市场经济?我们是以计划经济为主,但也结合市场经济。"1982 年中共十二大时提出计划经济为主市场调节为辅;1984 年中共十二届三中全会划时代地提出"社会主义经济是有计划的商品经济"的同时,也解释说,这"有计划的商品经济","就总体上说","即我国实行的计划经济"。此后到 1992 年中共十四大的召开,是关于计划与市场关系认识发展的另一个重要阶段:从确认社会主义经济是有计划的商品经济,到提出建立社会主义市场经济体制。1987 年中共十三大时,计划与市场的关系和地位的发生了深刻变化,这次会议提出"社会主义有计划的商品经济体制应该是计划与市场内在统一的体制";"国家调控市场,市场引导企业",把国家、市场、企业三者关系的重点,放在市场方面;同时提出,要从直接调控为主转向间接调控为主。取消计划与市场主辅关系的提法,实际上计划与市场实现了平起平坐,并且逐渐把重点向商品经济市场经济的方面倾斜。邓小平在 1989 年 6 月 9 日讲话中将计划与市场关系的提法,调回到"以后还是计划经济与市场调节相结合"。一直到 1992 年,一直沿用这一提法。这一时期市场调节功能较弱。1992 年 10 月中共十四大明确提出:"我们要建立的社会主义市场经济体制,就是要使市场在社会主义国家宏观调控下对资源配置起基础性作用",同时强调"社会主义市场经济体制是同社会主义基本制度结合在一起的"。这成为计划与市场关系演变过程中的一个里程碑。

作为 20 世纪 80 年代社会生产的一部分，文学思潮的生产保持着自身的运行机制的同时，也必然携带着其生成的历史时段的普遍特征。大体来讲，从"伤痕文学"到"改革文学"思潮的生产和兴起大致发生在 1985 年之前，与社会生产体制改革相应的是，这一时段的文学思潮的生产深深地打上了计划经济时段的深刻烙印。在 1985 年之后兴起的"寻根文学"、"先锋文学"思潮虽然发生在承认市场机制的有效性的历史阶段，但是，与社会生产相比，却表现出一定的滞后性。只有到了八九十年代之交，历史才将文学思潮的生产真正地推向市场。当然，由于处于历史夹层和意识形态的收紧，"新写实小说"的兴起自然不能被理解为纯粹的市场运作的结果，但是，市场机制已经非常明显地介入这一文学思潮的生产过程中，所以，从文学生产的角度讲，它承载着八九十年代文学的转型过程中的历史印迹。

二　从"伤痕—反思文学"到"改革文学"：转折期的计划生产

由于将文学思潮习惯性地理解为具有共同思想和艺术倾向的创作潮流的思维定式的影响，20 世纪 80 年代的文学思潮被普遍地描述为作家作品的集合。这种认识忽略了文学思潮兴起过程中文学生产的重要作用。事实上，20 世纪 80 年代的文学思潮的兴起都是与具体的文学机构的生产紧密相关的，更进一步说，这一时段的文学思潮都是被相关的文学报刊生产出来的，它们是被这些文学报刊生产出来的文学产品，在生产、分配、交换、消费等环节与当时社会的整体运行机制相适应，并产生了较大的影响，所以才成为一种文学思潮，被逐步写入文学史成为后来者触摸文学史的一种见证。所以，在这些文学思潮的生产过程中，也存在着计划与市场两种生产方式的竞争与较量，大体来说，"伤痕—反思"、"改革"、"寻根"、"先锋"等文学思潮的生产基本上是一种计划生产，而"新写实小说"生产过程中则明确地显示出市场对计划的置换痕迹，成为一种以市场为主的文学思潮的生产。

"文化大革命"结束以后，文学杂志在新的历史时期纷纷复刊或创刊，在计划经济体制下，文化事业单位成为国家机关领导的、人员享受国家机关人员待遇、经费由政府支出、不实行经济核算的部门和单位。在当时的文学报刊的等级结构中居于塔尖位置的还是《人民文学》《文艺报》等报刊,而这些报刊凭借自身在文坛的地位当仁不让地引导着文学思潮的发展和走向。这些报刊的共同特征是位于政治中心北京,作为中国作协的机关刊物接受党的领导和监督;其工作人员的工资由国家统一发放,办刊所需的物质资料由国家统一分配;而置身于"文革"后的历史语境中,这些报刊的办刊方针和策略自然而然地与政治意识形态保持了高度的一致性。在"伤痕文学—反思文学"和"改革文学"的兴起过程中,这些报刊发挥了主导作用。

作为同时具有政治和文学权威性的文学刊物,《人民文学》对这些思潮的生产具有高度的自觉性和计划性。首先,在充分地估计"文革"后的政治形势和走向的基础上适时地设计选题。徐光群的回忆为我们重现了当时《人民文学》设计"伤痕文学"和"改革文学"的缘由。关于前者,他回忆道:"1977 年 7 月,邓小平复出,主动抓科学、教育工作。7 月 21 日,8 月 8 日,9 月 19 日,他几次讲话提出了完整准确地理解毛泽东思想,恢复实事求是的优良传统,教育战线要拨乱反正,正确对待知识分子(包括教师)等等这样一些非常重要的思想观点……作为处在'潮头'刊物位置的《人民文学》编辑,我们可以说是'闻风而动'。我们很想通过短篇小说、报告文学,反映科学、教育战线的拨乱反正,以便多少尽一点文学推动生活的责任。"① 而后者则是因为《人民文学》根据蒋子龙的创作个性而精心设计的。在"拨乱反正、兴利除弊、人们都处在呼唤有作为的'乔厂长''上任'"的历史时刻,《人民文学》在寻找新的文学生长点,编辑王扶曾对蒋子龙说:"你写那种脱离现实、粉饰太平的东西,我们也不用,你就写实实在在的生活及人们在生活中碰到的阻力,要写出怎样克服这种阻力,给人以信心和力量。"② 在"伤痕"和"改革"文学的诞生过程中,源于政治形势的话题设计类似于企业根据国家的

---

① 徐光群:《五十年文坛亲历记》,辽宁教育出版社 2005 年版,第 110 页。

② 蒋子龙:《〈乔厂长上任记〉的生活帐》,《不惑文谈》,上海文艺出版社 1984 年版,第 51—52 页。

要求制定计划,虽然文学生产中的这种"指令性"没有企业那么直接和明确,但是在运行机制上却与企业的计划生产无异。

其次,在设定了选题之后,寻找"合适"的作家作品就成为组稿过程中的重要环节。"伤痕文学"和"改革文学"的开山之作《班主任》《乔厂长上任记》即是源于《人民文学》感于时势而对"合适"的作家作品的搜寻的产物。"要写这样的题材、主题,第一得物色合适的作者,第二得物色合适的采写对象(如果是写报告文学)。我们想到了一位投稿者刘心武……一位编辑遂将编辑部近期的意图同刘心武说了。大约过了些日子,心武拿来一篇小说新作。这篇题名《班主任》的作品,立即在编辑部范围内引起了震动。"① 而《人民文学》之所以选择蒋子龙则是因为蒋子龙在 1976 年《人民文学》复刊号上发表了力作《机电局长的一天》,塑造了"为工业的现代化而奋发努力"的大刀阔斧的改革者霍大道的形象。所以,在作家纷纷复出的历史时刻,《人民文学》决定向他组稿。"今年四月,我因割痔疮住进了医院,手术后的痛苦期尚未过去,两个编辑顶着雨到医院来看我,使我非常感动。"② 从对政治形势的揣测到文学选题的设计再到物色作家作品,这种生产过程恰似当时的企业按照国家的计划生产相应的产品的过程。

在确定选题和组稿的工作完成之后,《人民文学》分别于 1977 年第 11 期和 1979 年在头条位置刊出《班主任》和《乔厂长上任记》,以期引起各方注意。这种版面安排取得了应有的效果,"《班主任》的发表引起了读者的巨大共鸣,光是读者来信就有两千封,可见这篇小说在当时的影响力"③。而《乔厂长上任记》在发表后也立即引起了轰动。值得注意的是,两篇小说发表之后在读者中虽然有广泛而深刻的影响,但是评论界对小说的理解却存在很大争议。据刘心武回忆,《班主任》发表后,"但反对的意见也颇强烈,有人写匿名信,不是写

---

① 徐光群:《五十年文坛亲历记》,辽宁教育出版社 2005 年版,第 97 页。

② 蒋子龙:《〈乔厂长上任记〉的生活帐》,《不惑文谈》,上海文艺出版社 1984 年版,第 51—52 页。

③ 邱华栋等:《岁月如春 风物长新——〈人民文学〉与新时期文学》,《人民文学》1977 年第 11 期。

给我和编辑部，而是写给'有关部门'，指斥《班主任》等'伤痕文学'作品是'解冻文学'……更有文章公开发表，批判这些作品'缺德'，我还接到具名的来信，针对我嗣后发表的《这里有黄金》（那篇小说对反右有所否定），警告我'不要走得太远'（来信者称他曾犯过'右派错误'，而那之后对他的批判斗争和下放改造都是非常必要的，收获很大，不容我轻易抹杀）"①。

无独有偶，《乔厂长上任记》也曾在评论界引发巨大争议。"本来，《乔》问世后，尽管在读者中反响强烈，但北京的评论界并没有大张旗鼓地进行评论，连《文艺报》也只是在'新收获'栏目发表了一篇很短的介绍性评论。在《天津日报》发表了对《乔》的批判和否定文章后，北京方面才动作起来。"②虽然存在争议，但是，这两篇具有开拓意义的小说却同时收到了"茅盾、周扬、张光年、冯牧、陈荒煤等'文艺掌门人'的赞誉"。我们知道，在《人民文学》犹豫不决的时候，正是张光年最终决定发表《班主任》；他对这篇小说的支持是始终如一的，另外，冯牧、陈荒煤、严文井、朱寨等都发表了肯定小说的意见。而在《乔厂长上任记》发表后，"10 月 6 日，冯牧领导的《文艺报》编辑部召开会议，讨论对《乔》的评价问题"。"10 月 10 日，陈荒煤领导的《文学评论》编辑部联合《工人日报》召开座谈会，讨论《乔》，蒋子龙应邀与会。"③文艺界权威对两篇小说的力挺因政治形势的变化而显示出力量。前者发表于 1977 年 11 月，随着 1978 年《实践是检验真理的唯一标准》的发表和中共十一届三中全会的召开，政治形势日趋明朗；后者发表于 1979 年 7 月，之后，"1978 年 2 月，五届全国人大一次会议通过的'发展国民经济十年规划纲要'有这样一组数字：到1985 年，钢产量要达到 6000 万吨，原油产量要达到 2.5 亿吨，建成 14个大型重工业基地。1978 年 7 月 6 日到 9 月 9 日，国务院召开务虚会，强调要善于利用国外资金，大量引用国外先进技术设备。在这样的背景

①　刘心武：《关于小说〈班主任〉的回忆》，《百年潮》2006 年第 12 期。

②　徐庆全：《〈乔厂长上任记〉风波——从两封未刊信说起》，《南方周末》2007 年 5 月17 日第 4 版。

③　同上。

下，1978 年就签订了 22 个大型引进项目，共 78 亿美元，大大超过了我国当时的支付与配套能力。由于这次'跃进'以大量引进国外的技术设备和借外债为特征，因此被称为'洋跃进'。这样快的发展速度，这样多的引进设备，使大多数国人觉得，'四个现代化'就在眼前了。1978 年'两报一刊'（《人民日报》《解放军报》《红旗》杂志）《光明的中国》元旦社论指出：'建设的速度问题，不是一个单纯的经济问题，而是一个尖锐的政治问题。'"① 而"《乔厂长上任记》正是适应了时代的需要和群众的要求，通过生动的艺术形象的塑造，提出并回答了实现四化斗争中的一个尖锐问题"②。这样，随着政治形势的变动，两篇小说的价值得以肯定，并分别获得第一届和第二届全国短篇小说评奖。也就是说，在两篇小说的接受过程中，无论是肯定还是否定的意见，都随着国家政治意识形态方面的变动而显示出其力量消长，国家意志具有绝对的统摄和支配权，不仅控制着小说的生产，也控制着小说的接受。

《班主任》和《乔厂长上任记》逐步获得了政治与艺术上的认可，这意味着作为生产机器的《人民文学》获得了对这类小说的再生产的"许可证"。在《班主任》和《乔厂长上任记》发表之后，以《人民文学》为主的文学杂志陆续推出了大批的"伤痕—反思"小说，"自1977 年末直至 1978 年上半年，小说散文组的工作便由我一人负责。我拼全力地执行邓小平'完整、准确地宣传毛泽东思想'、'在文教战线上拨乱反正'、'尊重知识分子'等讲话精神，率先在《人民文学》的版面上组织了小说、散文、报告文学等体裁的'拨乱反正'的作品"③，在前两界全国短篇小说奖中获奖的绝大部分作品是这类小说。而其中发表在《人民文学》上的就有《神圣的使命》《愿你听到这支歌》《弦上的梦》《眼镜》《辣椒》《献身》《剪辑错了的故事》《内

---

　　① 　徐庆全：《〈乔厂长上任记〉风波——从两封未刊信说起》，《南方周末》2007 年 5 月17 日第 4 版。

　　② 　宗杰：《四化需要这样的带头人——评短篇小说〈乔厂长上任记〉》，《人民日报》1979 年 9 月 3 日第 2 版。

　　③ 　徐光群：《五十年文坛亲历记》（下），辽宁教育出版社 2005 年版，第 123 页。

奸》《彩云归》《记忆》《信任》《蓝蓝的木兰溪》《我爱每一片绿叶》等。《乔厂长上任记》之后,李国文的《花园街五号》、蒋子龙的《燕赵悲歌》、高晓声的《陈奂生上城》、张洁《沉重的翅膀》、贾平凹的《鸡窝洼人家》,柯云路的《新星》等小说相继发表,并在全国中、短篇小说评奖和茅盾文学奖中赢得殊荣,"改革文学"成为一种浩浩荡荡的文学潮流。"伤痕—反思文学"和"改革文学"的再生产分明是根据意识形态的设定和规范进行的,"平心而论,从 70 年代末到 80 年代初期,《人民文学》作为'潮头'刊物发的小说、报告文学等,的确对国家在各条战线的拨乱反正,起了配合的作用"①。虽然在生产和再生产的过程中,不能忽视某些编辑的主体性作用。但是在当时的历史语境下,这种文学思潮的生产和再生产无疑都是最终受制于政治意识形态的,无论如何,编辑也只能在这种社会机制和政治、经济体制内发挥作用,从而从根本上服从于计划生产的总规律。"这种体制下的企业不面向市场,不面向消费者,而是根据计划当局与上级主管机构的指令进行生产。生产什么、生产多少,拨到哪些地区,由谁销售,价格多少等,都不是企业自己能够做主的。"②

三 "寻根文学"与"先锋文学":计划生产的延伸和变异

如果说发生于 20 世纪七八十年代之交的"伤痕—反思文学"和"改革文学"生产的计划性特征很容易理解的话,兴起于 20 世纪 80 年代中后期的"寻根文学"和"先锋文学"生产过程中的这一特征则较为隐蔽。这是因为在人们的印象中,"寻根文学"与"先锋文学"是在西方文学的影响下产生的,他们对传统的反思、对形式的追求更为"现代化",作为"现代化"的标本的"寻根文学"和"先锋文学"理所当然地是在现代的市场生产模式下诞生的。然而,这恰恰是一种只注重产品性能而忘却了其生产机制的认识。事实上,颇为"现代"的"寻根文学"和"先锋文学"恰恰是再次以计划的方式生

---

① 徐光群:《五十年文坛亲历记》(下),辽宁教育出版社 2005 年版,第 123 页。

② 王立彦:《计划经济体制:确立与解体——访著名经济学家厉以宁教授》,《经济学家》1994 年第 1 期。

产出来的文学思潮,只是较之于"伤痕—反思文学"和"改革文学",其生产方式发生了某些变异。

在文学思潮的生产过程中,作为重要的生产主体的文学杂志和作家对生产对象的确定是文学思潮生产中最初的也是重要的一环。澄清这个问题的必要途径是对被后来者追溯为"寻根文学"发生的契机的"杭州会议"以及对"集束式"推出"先锋小说"专号的《收获》及其作家群的检视。1985 年《收获》脱离上海文艺出版社,实行自负盈亏。《收获》称不刊登广告,没有经济后援会,没有赞助,不搞有偿报告文学,只是编辑出版一本杂志,从而更加坚固了《收获》在作家和读者心目中的"纯文学家园的守护者"形象。我们发现,与"伤痕—反思文学"和"改革文学"的生产不同的是:在"寻根文学"和"先锋文学"的兴起过程中,文学杂志的主要兴趣由主动配合政治意识形态转向了对文学"本身"属性和发展的重视。

据蔡翔回忆,与"寻根文学"密切相关的"杭州会议"最初源于一批文学新秀对当代文学中新的创作趋向和潮流的敏感,继而由《上海文学》等杂志出面推动的。

> 参观的路上和李杭育聊天,杭育提议,《上海文学》能不能出面搞个活动,把青年作家集合起来,让大家有个交流。当时大家想法很多,最好有个交流。周介人老师说主意非常好,应该开个会,回来向李子云老师汇报。当时有很多的新东西出来,韩少功在写,阿城的《棋王》刚出来,到底有怎么样的说法和新的可能。正好十一月份我们和周介人老师到杭州参加一个作品讨论会,有杭育,庆西,吴亮,在会上又讨论了一下,由《上海文学》,浙江文艺出版社,《西湖》杂志联合主办。杭州东道主,受到他们支持,《上海文学》也负责整个会议的筹备,主持了大会工作。当时住在杭州一个军队疗养院,地方不错,价钱也便宜。赶紧打电话给李子云老师。定好时间,各方面的工作都安排好。①

---

① 王尧:《1985 年"小说革命"前后的时空》,《当代作家评论》2004 年第 1 期。

　　当然，当时会议并没有明确提出"寻根"的口号。会议结束以后，次年四月，韩少功在《作家》杂志发表《文学的根》一文，方明确有了"寻根"一词。稍后，阿城、郑义等人在《文艺报》撰文展开文化讨论，标志着"寻根"文学真正开始兴起。而《上海文学》则连续发表了韩少功《归去来》、郑万隆《老棒子酒馆》等作品，推动着"寻根文学"的进一步发展。而这些应该说与"杭州会议"有着种种内在瓜葛。①

与"寻根文学"的兴起具有惊人的相似的是，"先锋文学"的兴起同样源于文学杂志对文学创作新潮的发现，不过，这次运动中承担了重任的杂志由《上海文学》变为《收获》。程永新在《一个人的文学史》中回忆了集中刊发先锋小说的经过：

　　在 1985 年的桂林笔会上，我与同时参加会议的马原都敏感地觉察到文坛正酝酿着一种变化，全国各地分别有一些零星的青年作者写出与此前截然不同的小说，但如何使这些游兵散勇成为一支有冲击力的正规部队，如何使涓涓细流汇聚成河，形成一定的气候，我想到了《收获》，我想把全国的冒尖作者汇集在一起，搞一次文学的大阅兵。尽管当时要在《收获》上做这件事难度是非常大的，但当时我想，只有《收获》才具有这样的代表性和影响力，《收获》做了这件事才不愧为《收获》。
　　我把这个想法与主持工作的李小林一谈，她竟同意了。这样，1986 年、1987 年、1988 年，连续三年《收获》的第 5 期或第 6 期都由我组织集中编发青年作家的作品。先后入选的有马原、史铁生、洪峰、苏童、余华、格非、北村、孙甘露、扎西达娃、王朔、皮皮、色波、鲁一玮、张献等人。②

---

① 蔡翔：《有关"杭州会议"的前后》，《当代作家评论》2000 年第 6 期。
② 程永新：《一个人的文学史》，天津人民出版社 2007 年版，第 306 页。

　　从以上回忆中不难发现，"寻根文学"和"先锋文学"似乎与政治意识形态、行政指令等问题的关系不是那么密切，而且，这些文学本来就想与政治化的文学书写拉开距离，甚至背道而行。这种意识在20世纪80年代中后期的文学艺术界可谓时髦一时，因此有人将20世纪80年代的文学过程描述为一个"去政治化"的过程。

　　但是，值得注意的是，这种描述和想象是亲历者建立在文本中心的基础上的历史建构。一个20世纪80年代的亲历者没有清醒地意识到并可能不想面对的事实就是，"寻根文学"和"先锋文学"的生产恰恰就是诞生在20世纪80年代中后期国家在意识形态层面提出"有计划的商品经济"，大量引进西方的技术和设备；在文学创作领域，第四次全国作协会员代表大会提倡"创作自由"，翻译了诸多外国现代派文学的历史时刻。据朱寨回忆，"因为中央十分重视这次会议。大会的报告是经中央书记处讨论通过的。在讨论过程中，胡耀邦等中央领导同志发表了重要的意见。胡启立同志代表中央书记处向大会宣读了祝词，胡耀邦同志的主要意见也包括在祝词中了。会上，大家说，这次大会一开始就进入了高潮。由祝辞掀起的大会情绪的高潮，一直汹涌澎湃地继续到闭幕"①。文学创作领域对现代派文学方法和技术的引进与经济领域内引进西方设备和技术是同步发生的，而当时的政治意识形态方面的转换和更新恰好为这些引进提供了必要的体制和舆论上的准备，实际上从潜在的层面对文学的发展方向和文学思潮的生产向度提出了规定和要求；而"寻根文学"和"先锋文学"的生产都是对当时新的"现代化"的意识形态的暗中支持。所以，"寻根文学"和"先锋文学"的生产模式虽然不同于前，计划生产虽然在慢慢地发生变异；但是这并不能从根本上影响当时的生产方式，在体制改革相对缓慢的文学领域更是如此。

　　与诸种从文学自身的发展趋势中建构文学思潮的意向相对应的是，在组稿过程中，"寻根文学"和"先锋文学"的编辑更看重的是

---

　　① 朱寨：《"新时期文学"七题》，《感悟与沉思》，人民文学出版社1995年版，第49页。

作家作品的异质性和探索性。据蔡翔在回忆《棋王》的发表过程时说:"'寻根文学'是这样,先有了阿城的《棋王》,编辑肖元敏现在是《收获》的副主编。好像是在1984年上半年到北京组稿,李陀推荐的,李陀是很重要的一个人。说北京有个阿城最近在写,非常好,是很难归类的小说。"而"80年代对作品的评价最高的就是'很难归类',不管作品,评论,发出来,大家说不好归类,可能就会是影响最大的。强调文章的独特性,个人化。当时好多小说都很难归类,后来才发展成理论上创作上一个潮流"①。需要说明的是,当时的文学创作中容易"归类"的其实就是那种与政治意识形态具有亲缘关系的类似于"伤痕文学"和"改革文学"的模式化的作品,"编辑部也讨论过,当时知青小说也很多了,可你说它是伤痕,它也是,新的创作特征出现了,对文化问题的关注"。与《棋王》的发表相似的是,余华的小说之所以被纳入《收获》的"先锋小说专号"也是由于李陀的推荐,而李陀之所以推荐这篇小说是因为《十八岁出门远行》给他的深刻印象:

> 后来,一天晚上,又拿了一篇文章。说特别好。我一看就特别激动了,《十八岁出门远行》,当时我就觉得这才是我期待很久很久的现代小说。某种意义上,寻根小说对我来说,不是特别满足。后来,我就说这个小说太好了,我就找余华,我说你这个小说很重要。可能当时话说的太重,说可能是中国一种新的写作样式的开始。②

所以,当程永新在酝酿编辑"专号"时,"说李陀推荐一个人评价很高,写《十八岁出门远行》的那个,当时我就抽了一篇。当时我要看很多稿子嘛,当时一看觉得这个不错啊,我说我要这篇《四月三日事件》。后来他的另外一篇也发了。我又约了另外几个作家像扎西

---

① 王尧:《1985年"小说革命"前后的时空》,《当代作家评论》2004年第1期。
② 同上。

达娃、洪峰、马原等"①。"我先是发了由黄小初推荐来的短篇《青石与河流》，以后我约请苏童陆续写了中篇《一九三四年的逃亡》《罂粟之家》及《妻妾成群》等一系列重要作品。"② 作为"寻根文学"和"先锋文学"的兴起过程中的作品的推荐者，李陀道出了其中的紧密联系："先锋小说和寻根小说在中国是互为表里的，寻根小说里有先锋小说的成分，先锋小说里有寻根的成分。"③ 而说到底，这两种创作都具有探索性和"异质性"，当时的先锋编辑对他们的重视实在是出于一种"去政治化"的意愿和策略，而在深层结构上，这种意愿是与当时"走向世界""走向现代"的社会意识同构的。

如果说"寻根文学"和"先锋文学"是编辑们源于对文学与政治的亲缘关系的反感而注重"文学性"的探索的产物的话，那么这种文学思潮的生产最终面向是谁呢？从作家方面来看，他们大都强调自己的写作只面对自我，苏童说："上个世纪 80 年代，大家的写作非常单纯和狂热，互相的讨论也比较多，作家之间多是亦师亦友的关系。""写作是作家的一种需要，就像人需要呼吸一样。"④ 余华也曾声明早期的写作背对读者，"要是使用不确定的叙述语言来表达这样的情感状态，显然要比大众化的确定语言来得客观真实"⑤。但是值得注意的是，这些作家可以背对读者，但是却不能背对杂志和编辑，尤其是像《收获》这样的权威杂志以及程永新那样的将他们推向文坛的编辑。《一个人的文学史》中公开了余华、苏童、王朔们当年给程永新的信件。余华说，"我的长篇你若有兴趣也读一下，我将兴奋不已，当然这要求是过分的。我只是希望你能拿出当年对待《四月三日事件》的热情，来对待我的第一部长篇"，"当时我就觉得《收获》真是了不起呀，他们这个编辑真的是很负责任。所以我就相信《收获》的编辑部跟别的任何的编辑部都不一样，他不看你是不是名家，就要看好稿

---

① 王尧：《1985 年"小说革命"前后的时空》，《当代作家评论》2004 年第 1 期。
② 程永新：《一个人的文学史》，天津人民出版社 2007 年版，第 305 页。
③ 王尧：《1985 年"小说革命"前后的时空》，《当代作家评论》2004 年第 1 期。
④ 苏童：《商业化写作不是文学创作主流》，《黑龙江日报》2006 年 12 月 4 日第 3 版。
⑤ 余华：《虚伪的作品》，《上海文论》1989 年第 5 期。

子。所以从那个时候起我就开始为《收获》写作了，好的稿子一定要给《收获》，基本上从那以后就没有退过稿子"。"你总是在关键的时刻支持我。"① 余华与程永新的通信，程永新编著："一个新起作家只要在这里一连几次亮相，离享誉全国也就不远了。这使不少新起者趋而往之。久而久之，这些趋往者可能不再是为自己写作，也不是为读者写作，而成了为《收获》写作，为《收获》的编辑倾向写作。我们可以把这种现象叫做刊物对写作人的修改。"② 既然先锋作家是在为《收获》、程永新以及其他的先锋编辑、先锋批评家而写作，那么，《收获》生产的"先锋小说"的最终面向是谁呢？只能是当时崛起并在文坛上占据了重要地位的先锋批评家及为数不多的先锋读者。

所以，在"寻根文学"和"先锋文学"的生产过程中，《上海文学》和《收获》等文学杂志虽然心怀一种"回到文学自身"和"去政治化"的冲动，文学杂志也获得了一定的经营自主权。但是，从其生产方式看，虽然它们不像"伤痕—反思"和"改革"文学那样直接来自政府的设计，但是，它们的生产在深层意识形态上与当时的改革政府在技术层面引进西方先进技术如出一辙，甚至可以说政府的意识形态对它们的生产是一种遥控。所以，这种生产可以视作计划生产的一种变异形态。

第三节　"文学思潮"之二：市场机制与"当代文学"的"转型"

一　"当代文学"在20世纪90年代的"转型"

在当下的学术界，关于当代文学在20世纪90年代的"转型"成为一大共识。几乎所有的中国当代文学史著作都将20世纪80年代和90年代作为不同的历史时段进行讨论。但是不同的研究者对这种转型

---

① 程永新：《一个人的文学史》，天津人民出版社2007年版，第45、46页。
② 罗岗、摩罗、梁展：《几重山外从头说——文学期刊与文学创作》，《文艺争鸣》1996年第1期。

的理解却又各不相同。究其原因，这种差异性源于研究者对何为"当代文学"，"转型"的表现特征是什么，以什么作为标志性作品或事件，以及为什么会发生转型这几个问题的理解存在差异。在进入我们的讨论之前，对这一问题进行回顾是必要的，因为它不仅仅构成了我们问题意识的来源，同时也为我们的思考提供了有益的支撑和借鉴。

在当代文学史研究中，较为普遍地存在着一种以作家作品加思潮流派的研究为中心的研究模式。在这种研究模式下，"当代文学"被理解为作家作品的集合；加之这种研究的理路建立在 20 世纪 80 年代以"新启蒙"和"纯文学"为知识谱系的基础上。所以，"当代文学"在 20 世纪 90 年代的"转型"被理解为作家作品的转型。《当代作家评论》1991 年第 5 期组织"文学走向 90 年代"笔谈，发表了谢冕《停止游戏与再度漂流》、孟繁华《平民文学的节日》、张颐武《写作之梦：汉语文学的未来》、李书磊《"走向世界"之巅》、张志忠《批评的陷落》等文章。1991 年 9 月 12 日，北京大学中国语言文学研究所与《作家报》联合发起"后新时期：走出 80 年代的中国文学"讨论会，王蒙、谢冕、宋遂良、陈骏涛、张颐武、赵毅衡、王宁等人的文章集中发表在 1992 年第 5 期的《当代作家评论》① 和 1992 年第 6 期的《文艺争鸣》②。在这些文章中，大多从作家作品的角度来理解 20 世纪八九十年代的"转型"，"市场"成为这种"转型"的重要因素，并且提出用"后新时期"这一概念来命名 20 世纪 80 年代之后的文学。

值得注意的是，不同的研究者对"后新时期"这一概念的理解存在着明显的差异。王宁将 20 世纪 80 年代以来的文学分为"鼎新时期"（1979—1989）与"后新时期"（1990—）两个阶段，并认为这两个阶段的文学是"逆向相悖"的。"后新时期"文学的"挑战性"和"叛逆性"表现为三个方面："先锋文学""激进实验构成了对新

---

① 这些文章包括王蒙《中国的先锋小说与新写实主义》、谢冕《世纪之交的文学转型》、宋遂良《漂泊的文学》、陈骏涛《后新时期，纯文学的命运及其他》。

② 包括张颐武《后新时期：新的文化空间》、赵毅衡《两种当代文学》、王宁《继承与断裂：走向后新时期文学》。

时期人文精神的有力挑战","新写实文学""对传统的现实主义原则的叛逆"以及"纯文学和通俗文学"面对"商品经济大潮的冲击"。张颐武基本同意王宁对"后新时期"的历史分期,也同意王宁把"人文精神"确定为"新时期"。但他把"实验文学"和"后新诗潮"这样的激进实验划在"新时期"而不是"后新时期"之内。他提出了"后新时期"的另外两个特点:第一,"'后新时期'的文学是一种'回返'性的文学,文学开始重新尊重法则和伦理,不仅尊重叙事的法则,也尊重现实的法则";第二,"'后新时期'文学具有某种第三世界后现代性的'多元混杂'的特点"。应该注意到,王宁和张颐武的"后新时期"概念都以"后现代"为理论资源,并试图在两者之间建立对等的联系。赵毅衡与张颐武和王宁的分歧更大,他强调"后新时期"不是用以在"时间"上和"政治"上与"新时期"相区别的概念,"后新时期"纯粹是为了说明"文学的发展也有其独立的规律可循"。而且在时间上,赵毅衡也认为,"后新时期""大约从1985年新潮小说发端时就开始出现,而在1987年先锋小说成形时成形"①。这种命名方式后来经过谢冕、张颐武、王宁等学者的阐发,逐渐成为一种具有高度"共识"的文学史概念。

如果说"后新时期"的倡导者张颐武、王宁等研究者对当代文学在20世纪90年代"转型"的论析更多一些理论预设的话,程光炜对这一问题的理解则更多一些个人性的体验,他回忆道,"恰在1991年初,我与诗人王家新在湖北武当山相遇,他拿出他刚写就不久的诗《瓦雷金诺叙事曲》《帕斯捷尔纳克》《反向》等给我看。我震惊于他这些诗作的沉痛,感觉不仅仅是他,也包括在我们这代人心灵深处所生的惊人的变动。我预感到:80年代结束了"。他将这种"转型"理解为20世纪80年代建立起来的知识和信仰的崩塌,"抑或说,原来的知识、真理、经验,不再成为一种规定、指导、统驭诗人写作的

---

① 张颐武:《后新时期文学:新的文化空间》;赵毅衡:《二种当代文学》;王宁:《继承与断裂:走向后新时期文学》;《文艺争鸣》1992年第6期,第9—10、10—11、11—12页。

'型构',起码不再是一个准则"。① 同样带着深切的个人体验对当代文学的"转型"进行分析的是冯骥才的《一个时代结束了》。在该文中,冯骥才把"新时期"结束的原因归结为"文学为政治服务"的束缚的使命完成;"使文学回归自身"使命完成;读者群涣散;市场经济猛烈冲击下,文学的使命、功能、方式都需要重新思考和确立。② 祁述裕在《市场经济下的文学艺术》(北京大学出版社 1998 年版)一书中对 1985 年至 1994 年间文学的走向进行了概括性的描述,对转型时期文学和文化现象进行了总体把握。在上编"市场经济下的文化语境"中论述了城市文明、文学市场、文学消费等与这一段时期文学的关联。在下篇中从创作主体的精神转向、文学主题和语体等方面论述了"转型期的文艺形态"。该书从文学的内部和外部两个方面论述了当代文学的"转型"。无论是对 20 世纪 80 年代知识、信仰的反思,还是从社会、文化等角度的进行的论析,都向我们昭示出,当代文学在 20 世纪八九十年代的"转型"是一种"共识",它可用从不同的层面去言说。

与上述的"后新时期"的命名不同的是,陈思和曾提出用"无名"的概念来命名 20 世纪 90 年代以后的文学。作为 20 世纪 80 年代以"新启蒙"和"纯文学"为知识背景和理论参照的重要批评家,陈思和对当代文学在 20 世纪 90 年代的"转型"的论述集中体现其学术思路的《中国当代文学史教程》一书中。他将"当代文学"在八九十年代的"转型"描述为从"共名"到"无名"的过程:"进入到 20 世纪 90 年代以前,中国当代文学始终处于一种共名状态。所谓共名,是指时代本身含有重大而统一的主题,知识分子思考问题和探索问题的材料都来自时代的主题,个人的独立性因而被掩盖起来。与共名相对立存在的,是无名状态。所谓无名,则是指当时代进入比较稳定、开放、多元的社会时期,人们的精神生活日益变得丰富,那种重大而统一的时代主题往往拢不住民族的精神走向,于是出现了价值多

---

① 程光炜:《九十年代文学书系·诗歌卷》,导言,社会科学文献出版社 1998 年版,第 5 页。

② 冯骥才:《一个时代结束了》,《文学自由谈》1993 年第 3 期。

元、共生共存的状态。"① 他认为 20 世纪 90 年代的文学含有"无名"的特征:"首先是 80 年代文学思潮线性发展的文学史走向被打破了,出现了无主潮、无定向、无共名的现象,几种文学走向同时并存,表达出多元的价值取向。""其次是作家的叙事立场发生了变化,从共同社会理想转向个人叙事立场。""其三,由于时代'共名'的消失,使一批面对自我的作家在开拓个人心理空间方面的写作实验得以实现。"② 陈思和对这一问题的论述是建立在对作家作品、文学思潮的分析基础上的,所以很容易把问题的核心归结为创作主体的思想和心理的改变;这种讨论方式的问题还在于:如同"后新时期"的命名是建立在"新时期"/"后新时期"这一组二元对立的框架基础上的,"共名"/"无名"也是建立在二元对立的思维的基础上的,这种认识模式不利于凸显当代文学"转型"的复杂性和矛盾性。

与这种以作家作品为论述对象的研究相区别的是,一些研究者试图从文学体制的角度对当代文学在 20 世纪八九十年代的"转型"给予更为复杂的理解。以中国当代文学体制的研究著称的洪子诚的《中国当代文学史》中,"当代文学"这一概念的内涵和外延发生了重大的改变。与这一著作的着眼点——文学体制——相应的是,"当代文学"在这部著作中实际上包含了"第一,文学机构,即文学社团和组织;第二,文学杂志、文学报刊、文学出版机构;第三,作家的身份和存在方式,包括社会地位、经济收入、角色认同等,这种身份既是社会赋予的,同时也是作家自身的角色地位,自我认同的结果"③。所以,在洪先生的视域中,这种"当代文学"在 20 世纪 90 年代的"转型"自然包括了文学体制转型的更为复杂的问题和层面。在孟繁华和程光炜的《中国当代文学发展史》(中国人民大学出版社 2009 年版)一著中,作者认为,"90 年代中国文学的最主要变化,是市场经济全

---

① 陈思和:《共名与无名》,《陈思和自选集》,广西师范大学出版社 1997 年版,第 139 页。

② 陈思和:《中国当代文学史教程·绪论》,复旦大学出版社 1999 年版,第 6 页。

③ 洪子诚:《问题与方法》,生活·读书·新知三联书店 2002 年版,第 193 页。

面渗透到文学的体制、机构、策划出版和创作的各个角落"①。王晓明也认为,20 世纪 90 年代文学与以往的文学的"最重要的不同","就是它所置身的整个社会的文化生产机制,发生了根本的变化"。② 国家文化政策和管理措施,文化/文学的发表和传播体制,文化/文学教育体制,新的消费趣味和消费能力,文化/文学的创作者、出版(制作)者、评论、研究和宣传者的新的物质生活状况和社会地位,文化/文学的理论阐释,对于文化/文学的"现代化"前景的想象,跨国资本对文化/文学产品的销售、出版(制作)和广告宣传体制的渗透,新的文学和理论翻译环境,力图对上述状况作出批判性分析的写作和讨论活动等都构成了文学生产机制转型的不同层面。尽管以上各家展开问题的角度有异,但是不难发现,从文学生产机制的角度探讨当代文学在 20 世纪 90 年代的"转型"实际上成为一种"共识"。邵艳君的《倾斜的文学场——当代文学生产机制的市场化转型》(江苏人民出版社 2003 年版)一著以更大的篇幅和更为丰富的材料详细论述了这一问题。她从文学期刊、出版、评奖、批评、作家等文学生产机制的几个环节切入,以宏观研究和个案分析相结合的方式探讨当代文学生产机制在市场冲击下发生的"转型"。这些研究成果从不同的层面丰富着对当代文学"转型"的认识。但是,其中共同的问题便是,这些研究的研究对象无论是作家作品还是文学体制,都是一种宏观的概括式的考察,在某种程度上忽视了对细部的微观透视,忽视了建立在个案基础上的深入细致的分析,从而也使一些问题难以进入考察的视野。

二 "文学思潮"的生产与"当代文学"在 20 世纪 90 年代的"转型"

在讨论当代文学在 20 世纪八九十年代的"转型"时,不同的研究者对这一问题的标志性事件的选择呈现出差异。一般而言,从社

---

① 孟繁华、程光炜:《中国当代文学发展史》,中国人民大学出版社 2009 年版,第 294 页。
② 王晓明:《面对新的文学生产机制》,《文艺理论研究》2003 年第 2 期。

会、思想的方面看，"八九事件""南方谈话""人文精神大讨论"都曾被作为标志性的事件；而从文学艺术方面考察的话，"先锋小说""通俗文学"（大众文学）、"新写实小说"、1989 年 2 月在中国美术馆举行的"中国现代艺术展"、1989 年 3 月诗人海子在山海关卧轨自杀等也都曾被作为界标，认为"它们是一次告别、一次洗礼、一次突发式的断裂、一份象征性的界标。它们不仅意味着的 80 年代'新时期'文化的终结，也意味着'现代性'伟大寻求的幻灭"。① 其中，从小说"思潮"方面看，将"新写实小说"作为当代文学在八九十年代"转型"的标志是一种颇具共识的观点。有研究者将"新写实"确定"后新时期"的典型文学形式，以区别于"新时期"的"伤痕文学"一类的作品；② 也有人说，它"犹如一道文化浮桥，连接起似乎为新的断裂所隔绝的八九十年代"③。

　　在诸种文学史著作中，"新写实小说"也成为八九十年代文学"转型"期的重要言说对象。那么，文学史著作是在何种意义上探讨它的"转型"意义的呢？在为其寻找历史坐标的过程中，大多数文学史都将 20 世纪 50 至 70 年代文学中的"现实主义"作为重要参照。但是在具体定位时，各类文学史著的差异却比较大。有的文学史著淡化了对"新写实小说"的历史坐标的厘定，只是按照其出现的时间顺序将其"排列"在文学史中。④ 有的文学史在"西方现代文艺思潮的引进与借鉴"的脉络中进行考察，认为 20 世纪 80 年代中后期形成了"体现出两种创作倾向"的"先锋派青年作家群"，以刘索拉、徐星、马原、莫言为代表的群体"完全接受西方现代文艺思潮"，而包括韩少功、阿城、张承志、邓刚、刘恒、刘震云、刘心武、张辛欣、孙犁、贾平凹等人的一脉则"侧重以现代意识观照中国的现实和历史，

---

　　① 谢冕、张颐武：《大转型——后新时期文化研究》，黑龙江教育出版社 1995 年版，第 10 页。

　　② 张颐武：《后新时期文学：新的文化空间》，《文艺争鸣》1992 年第 6 期。

　　③ 戴锦华：《涉渡之舟》，北京大学出版社 2007 年版，第 334 页。

　　④ 洪子诚的《中国当代文学史》（北京大学出版社 1999 年版）和孟繁华、程光炜的《中国当代文学发展史》（人民文学出版社 2003 年版）均作了这种处理。

但在表现内容、形式或方法上更接近中国文学传统"。在这种中国/西方、内容/形式、影响/接受等一系列二元对立的框架中,"新写实小说"作家被视为借鉴西方文艺思潮的后一派,即文学意识上的现代性和"内容、形式或方法上更接近中国文学传统"的一派。① 有的文学史著认为"新写实小说"强烈体现出"关注于人的生存处境和生存方式,及生存感性和生理层次上更为基本的人性内容"的生存意识,并将这种意识追溯到 20 世纪 80 年代中期王安忆、刘恒等的小说创作中,同时认为"新历史小说"与"新写实小说"是同根异枝而生,只是把所描写的时空领域推移到历史之中。② 也有文学史将"新写实"置于反映"余裕、庸常、沉溺于世俗生活的市民阶层"、"市民文化和市民价值观念"以及"向占主流地位的知识分子话语或权威政治话语发起挑战"的历史线索中进行考察的结果。作者说:"作为小说'写实'的一种类型,延续了王朔市民小说和方方、池莉新写实小说的路子并且走得更远的,应该是 90 年代以陈染、林白、徐小斌、韩东、鲁羊、刁斗、东西、邱华栋等新生代作家为创作主体的'个人化写作'。"③ "新写实小说"在历时的和种种观念的脉络中被描述,因为历史意识和视角的不同,"新写实小说"的面目在诸多的脉络中显得模糊而多变。不难发现,这些研究大多以"新写实小说"作家作品为考察对象,从审美和精神层面对其进行定位,这就忽视了当代文学转型中的物质和体制的因素。本书正是从文学思潮的生产的角度来重新讨论当代文学在 20 世纪八九十年代的"转型",以期在新的视野中重新寻找"新写实小说"的历史坐标。

在当代文学的发展历史中,兴起于 20 世纪 80 年代的诸多小说"思潮",如"伤痕—反思文学"、"改革文学"的生产过程中,政治意识形态与文学意识尚处于胶着状态,两者的互动与支持推动了这两股文学思潮的成形和发展。"寻根文学"和"先锋文学"的兴起得力

① 金汉、冯青云、李新宇主编:《中国当代文学发展史》,杭州大学出版社 1992 年版,第 586 页。

② 陈思和主编:《中国当代文学史教程》,复旦大学出版社 2006 年版,第 309 页。

③ 吴秀明主编:《当代文学五十年》,浙江文艺出版社 2004 年版,第 180 页。

于社会改革和出版体制改革中文学杂志部分自主权的获得以及在深层意识上与改革派的"现代化"意识保持同步，互相支持，实际上仍然获得了意识形态力量的暗中支持。如前所述，这种文学思潮的生产可以视作一种计划生产，或者变异形态的计划生产。

那么，在"新写实小说"的生产过程中，面对新的社会机制和出版机制的改革，文学杂志社获得了前所未有的自主权，其竞争意识、利润动机明显增强。

卢中原、胡鞍钢在 1993 年使用"市场化指数"表示中国大陆经济发展程度，1979 年为 24.9%，1980 年为 30%，1983 年为 40%，1985 年为 50%，1988 年为 60%，1992 年达到 63.2%。① 当时市场的风云变幻则为这一思潮的兴起提供了外部环境，置身于这种市场环境中，《钟山》及其周围的杂志对"新写实小说"的生产必然难逃市场逻辑的支配。于是，在"新写实小说"生产的过程中，市场、读者成为推动这一思潮的重要因素。这些文学杂志就不得不考虑市场的走势及其回报率。从选题策划到内容策划到营销策划的过程以及再生产的过程都无一不受到市场的制约。

市场的崛起也在考验着文学杂志的生存和应变能力，促使文学杂志的经营和生产机制的转变。在第三章、第四章和第五章，笔者已经较为详细地论述过"新写实小说"思潮兴起的过程。我们注意到，在文学杂志普遍遭遇危机的情况下，《钟山》保持着较旺盛的生产势头。20 世纪 80 年代中期以来，它就通过刊登广告、开展多种经营维持运营；另外，它通过对作品的直接生产者——作家——的广泛联合、更换栏目内容等措施一直在寻求新的突破。时至 1988 年年末 1989 年年初，《钟山》通过大刀阔斧地更新栏目设置、装帧设计、取消广告、开展多种经营等举措，在"治理整顿"的特殊历史时期成功地倡导了"新写实小说"，将这一产品成功地推向了市场和文学史。

所以"新写实小说"的生产实际上变成了一种商品生产，它是中

---

① 卢中原、胡鞍钢：《市场化改革对我国经济运行的影响》，《经济研究》1993 年第 12 期。

国社会从计划经济向市场经济转型过程中，在社会物质和体制的转型期出现的，深深地印着两种体制痕迹的一种文学过渡形态。如果将其置于 20 世纪 80 年代文学思潮的生产的历史链条中审视的话，不难发现，它是从计划到市场的一座历史浮桥。

附录 1

全国杂志出版情况统计

年份	总计			文学艺术		
	种数（种）	总印数（万册）	总印张（千印张）	种数（种）	总印数（万册）	总印张（千印张）
1978	930	76194	2274065	71	6981	306296
1979	1470	118373	3013684	129	12209	467413
1980	2191	112479	3671733	265	26348	1119692
1981	2801	146181	4539605	437	42595	1635666
1982	3100	151417	4604699	451	38091	1461308
1983	3415	176941	5246642	479	37592	1525511
1984	3907	218186	6432600	510	40850	1635306
1985	4705	255999	7728572	639	50940	2144252
1986	5248	240187	6813213	676	42205	1648770
1987	5687	258965	7266963	694	48413	1831931
1988	5865	254947	7120347	665	46064	1765867
1989	6078	184437	5074183	662	26217	989871
1990	5751	179021	4812086	516	17602	599780
1991	6056	206174	5443667	519	17441	614681
1992	6486	236071	6273314	553	19853	732355
1993	7011	235130	6420522	571	20587	806037

资料来源：《新中国出版五十年纪事》，新华出版社 1999 年版，第 408—409 页。（经过与《中国出版年鉴》相关数字的核对）

附录 2

"新写实小说" 代表作重读

城与人：身份焦虑与认同
——以《单位》和《一地鸡毛》为中心

1984 年前后，随着中国社会的城市化进程的加快、市场意识的崛起，在中国维持了几十年的计划经济体制逐步向市场经济体制转型。在这个转型过程中，作为城市的细胞的单位、家庭和市场也正在悄悄发生着变化。刘震云的《单位》（写于 1988 年 12 月，刊于 1989 年第 2 期《北京文学》）和《一地鸡毛》（写于 1990 年 10 月，刊于 1991 年第 1 期《小说家》）均被列为"新写实小说"的代表篇目，两篇小说均以来自农村的大学生小林为主人公展开叙事，随着故事场景在单位、家庭和市场之间变换，小林也曾经有过大学生、单位人、丈夫、父亲、临时的个体户老板等身份变化。时隔近 20 年，当我们在距离之外重新审视这两篇以"探究生存本相，展示原生魅力"① 著称的"新写实"小说时，发现它以文学的方式"真实"地呈现和建构了 80 年代的种种"喧哗与骚动"，成为我们重返 20 世纪 80 年代、观察社会转型期的城与人的复杂关系的一个窗口。在小林的精神蜕变和再社会化的过程中，单位、市场和家庭对他进行了哪些"改造"？都市意识是如何置换了小林的知识分子意识和民间意识，进而成为小林的生存哲学的？刘震云为我们建构了一个怎样的 20 世纪 80 年代？《单位》和《一地鸡毛》为我们提供了 20 世纪 80 年代城市人的生存状态的"日常图景"，成为我们理解这些问题的一个入口。

---

① 雷达：《探究生存本相 展示原生魅力》，《文艺报》1988 年 3 月 26 日第 3 版。

单位机制：改造与认同

小林是 20 世纪 80 年代初进入大学的"天之骄子"，他和大学同学"小李白"都是那个年代典型的文学青年。"当年在学校时，两人关系很好，都喜欢写诗，一块儿加入了学校的文学社。"在一个"尊重知识、尊重人才"重新成为时代主题的氛围中，"大家都讲奋斗，一股子开天辟地的劲头"。1984 年小林大学毕业，刚到单位时，小林满身都是年轻人的孟浪和学院文化的自由之气，他"学生气不轻，跟个孩子似的，对什么都不在乎"。他不仅常常迟到早退、不主动打扫卫生、常常约同学来办公室聚会、经常和人顶嘴，而且说话也不注意、经常冒犯别人。当单位的党小组长老乔劝其入党时，他甚至语出惊人："目前我对贵党还不感兴趣。让老何先入吧！"刚入单位时小林的身上保持着"新启蒙"思潮中 20 世纪 80 年代知识分子的所秉承的自由、独立、个性解放等精神品格。但是他因此而付出了惨重的代价，"小林幡然悔悟得太晚了。到单位三年，才知道改掉自己的孩子脾气"。因为，在计划经济条件下，"单位制度，涵盖了一个城镇居民生活的方方面面，它不仅是一种制度体系，同样也能个性化地刻划人的具体存在方式"①。单位人赖以生存的几乎所有生活资源和象征资本都是从单位中获得的。于是，小林开始积极地向单位靠拢，开始了自己"单位化"的蜕变过程。

值得注意的是，小林虽然"幡然悔悟"积极向单位靠拢，但"悔悟还不是自身的反省，是外界对他的强迫改造"。这种改造意味着小林要不断接受单位有形无形的规约。五一节分梨时，除了当上副局长的老张分到了好梨外，包括副处长老孙和党小组长老乔在内的其他单位成员都只能分到坏梨；出差的时候，副局长老张可以享受软卧车厢的待遇，而老孙和小林只能坐硬卧；而且小林在上铺，老孙在下铺。当上副局长后，老张可以独自享有一间"宽敞、明亮、干净、安静"，

---

① 杨晓民、周翼虎：《中国单位制度》，中国经济出版社 2002 年版，第 4 页。

并且有大沙发和程控电话的办公室，上下班都有车接送；其他的单位成员则只能多人挤在一间办公室里。老张、老孙、老何曾在同一个集体宿舍住过，后来因为老张当了副局长搬进了"大客厅可以跑马"的五居室，老孙当了副处长搬进了三居室，只有老何"老少四代九口人"挤在一间15平方米的房子里。因为级别的差异，"搞来搞去"，三人就成了"爷爷、孙子和重孙子"的关系，真是令老何哭笑不得。老何在单位的处境给小林以极大的启发和警示。因为和同学相比，"大家一块大学毕业，分到不同单位，三年下来，别人有的入了党，他没入；评职务，别人有的当了副主任科员，有的当了主任科员，而小林还是一个大头兵"。于是再聚会时，同学间就产生了"不自在"，"玩笑开不起来了"。除此以外，在分梨、开会、聚餐、发电影票、发粮票、发药品等日常工作的方方面面，等级成为资源配置的一个重要的区分标准而影响着单位人的利益、关系，对其形成强有力的规训和潜移默化的渗透。"钱、房子、吃饭、睡觉、一切的一切，都指望小林在单位混得如何。"

在一个相对封闭的空间内，"依据的是单位定位和分割原则。每一个人都有自己的位置，而每一个位置都有一个人"①。所以，"渐渐小林有这样一个体会，世界说起来很大，中国人说起来很多，但每个人迫切要处理和对付的，其实就身边周围那几个人，相互琢磨的也就那么几个人"。为了在单位得到相应的资源配置，小林只有通过不断的努力到达一定的位置和等级。于是，小林一改以前的习惯，"上班准时，不再穿拖鞋，穿平底布鞋，不与人开玩笑，积极打扫卫生，打开水，尊敬老同志；单位分梨时，主动抬梨、分梨，别人吃完梨收拾梨皮；单位会餐，主动收拾桌子"。除了工作积极，政治上也开始追求进步。首先是艰难的入党过程，写入党申请书、写思想汇报。小林再也不能不讨好爱唠叨、有狐臭的小组长老乔了，他不但在办公室主动接近老乔，频频汇报思想，而且在经济拮据的

---

① ［法］福柯：《规训与惩罚》，刘北成、杨远婴译，生活·读书·新知三联书店1999年版，第162页。

情况下给老乔送礼。然而，这远远不够，更重要的步子，是要和党员"搞好关系"。于是小林为了入党而周旋于同事之间：在民意测验时根据副处长老孙的意见投票，辛辛苦苦地为做了副局长的老张搬房子。虽然觉得小彭不是党员、帮不上什么忙，但还是给她买了礼物。经过不断的努力，入党的事情总算有了很大的转机和希望。不料单位中的小彭和老乔不和却将矛盾转嫁在小林头上，又给小林入党带了重重障碍。单位里复杂的人际关系一次又一次地使小林的努力付诸东流。所以小林有时候想"破罐子破摔"，"拿出以前的大学生脾气""教训"老乔，但是一想起自己的孩子，"就把一切都咽了"。好不容易等到老何当了副处长"住进了两居室"，阴差阳错中，小林终于搬进了地处偏僻的牛街大杂院的一间平房中。"几经折腾"，小林开始扭转自己在单位中的被动处境，一步步地向着更多的资源分配的目标迈进。

在为单位成员提供了单位机制外的人无法获取的资源和权力的同时，单位对成员的思想意识进行了潜移默化的渗透，使其逐渐认同这种机制，成为一个个"成熟"的单位人。小林的单位化过程起初是迫于客观情势，但是随着小林在单位机制的规约下达到了相应的等级之后，他慢慢地变成了单位机制的受益者，参与了更多的利益的再分配，他的思想意识就悄悄地发生了变化。"虽然在单位经过几番折腾，但折腾之后就是成熟，现在不就对各种事情应付自如了？只要有耐心，能等，不急躁，不反常，别人能得到的东西，你最终也能得到。"所以，"成熟"之后的小林全然忘记了自己刚来单位时的种种遭遇，他也下意识地看不惯"新来的大学生"的所作所为。领导不在的时候，自己虽然迟到了，小林也不怕大学生登记。即使登记了，他也会将记录改过来。当大学生想和他交流足球赛的观感时，他竟然出口大骂。而与查水表的老头的两次交往则更为清楚地体现了作为单位人的小林的"成熟"。起初，因为有人打报告说小林家偷水，小林以一个普通居民的身份出现在查水表的老头的面前。他是如此地理亏而猥琐，因为"他是查水表的，你还不能得罪他。他一不高兴，就敢给你整个门洞停水"。查水表的老头理直气壮地提醒并警告了小林夫妇,小林夫妇对偷水的事情进行了辩解,同时倍感惭愧。

> 老头子听了他们的话,弹了一下烟灰:
> "行了,这事就到这里为止了。以前大家偷没有偷,就既往不咎了,以后注意不偷就行了!"
> 说完,站起来,做出宽宏大量的样子,一瘸一瘸走了,留下小林和他老婆在那里发尬。①

后来,查水表的老头需要小林帮自己的县里的领导处理一个批文,他再次来到小林家,小林的身份由以前的普通用水居民变成了掌控着权力的单位人,这种身份转变促使双方的态度发生了一百八十度的大逆转。刚进单位时,如果别人需要帮忙,小林会"满口答应"。而如今小林却"能帮忙先说不能帮忙,好办先说不好办",表现出了单位人的"成熟"和世故;与小林形成鲜明对照的是,查水表的老头表现出本能的怯弱与自卑。

> 小林站在他跟前,不知他想说年轻时喂马,还是继续说上次偷水的事。但老头这两件事都没有说,而是突然笑嘻嘻的,对小林说:
> "小林,我得求你一件事!"
> ……
> 小林老婆这时也听出了什么意思,凑过来说:
> "大爷,他就会偷水,哪里会帮您这大忙!"
> 瘸老头一脸尴尬,说:
> "那是误会,那是误会,怪我乱听反映,一吨水才几分钱,谁会偷水!"
> 接着又忙把他的背包打开,掏出一个大纸匣子,说:

---

① 刘震云:《一地鸡毛》,《刘震云精选集》,北京燕山出版社2006年版,第158页。

"这是老人家的一点心意，你们收下吧！"

然后不再多留，对小林眨眨眼，瘸着腿走了。老头一走，小林老婆说：

"看来以后生活会有转变！"

小林问：

"怎么有转变？"

小林老婆指着纸盒子说：

"看，都有人开始送礼了！"①

就在查水表的老头给小林送礼的前不久，小林夫妇也为小林老婆调动工作而给外单位的"头头"送礼。作为送礼者，他们都表现得卑怯而谄媚。而此刻，面对查水表的老头，小林夫妇的身份和地位发生了根本转变：从送礼者变成了受贿者。两相对照，都是单位机制给这种钱权交易提供了可能：通过对权力和资源的垄断，单位将处于单位机制外的人排除在外，这就造成了处于单位机制内外的不同社会阶层之间的不平等，同时也为单位人获取某些利益提供了方便。从"强迫改造"到"几番折腾"再到不断得到来自单位的资源和权力，小林身上的知识分子精神一步步被单位机制所同化，单位机制逐渐内化为小林的生存准则。小林一步步地完成了另一次自我认同：从一个"吊儿郎当"的大学生变成了一个"按道理办事"的"成熟"的单位人。

单位却并没有因为小林的"成熟"而放松对他的束缚与改造。因为空间的封闭和资源分配的等级化，单位与单位之间形成了相对的孤立与排他的特征。当小林终于解决了房子等基本的生活问题之后，紧随其后的一系列问题又纷至沓来。老婆小李因为刚到单位时候的"大学生气"和单位成员"没处理好关系"，加上上班路途遥远，想要换单位。于是只能通过托关系、送礼的方式解决，但是因为不懂规矩，小林找了单位的副局长老张给外单位的管人事的"头头"写信、打电

---

① 刘震云：《一地鸡毛》，《刘震云精选集》，北京燕山出版社2006年版，第185页。

话，同时小林老婆又托了同一单位的处长。因为"依靠了两个主子"，老婆的工作没能调动。对单位成员来说如此困难的事情，竟然因为单位领导同意加开一辆大巴车而解决。而加开大巴车的原因是单位领导的小姨子和小林家住在一条线上。小林的单位没有幼儿园，而办得比较好的外单位的幼儿园一般不接纳外来的孩子，小林要想打破单位与单位之间的种种隔阂，唯一的办法就是权力和权力或者权力和金钱之间的交易来完成。幼儿园园长得知小林在机关工作，便提出接受小林的孩子入学的条件：让小林帮他争取一个基建项目。小林的孩子得了小病，医院为了赚钱给孩子开了一大堆药，小林的老婆给孩子服用了一点单位发的药品就治好了。就连外单位幼儿园的老师也因为过元旦的时候小林没送礼而冷落了孩子。于是小林跑遍全城，终于在一个"旮旯小店"里买到了老师需要的炭火。在送完炭火的第二天"女儿就恢复了常态"。单位的孤立和排他性不仅导致单位对单位成员的无条件的规训，同时也使外单位介入到对单位成员的改造之中。从这个意义上讲，单位如同幽灵般无处不在，对所有的城市居民的全部生活造成了强有力的制约和影响。

市场逻辑：逼迫与诱导

除了单位分配之外，小林获取生活资源必须通过市场交换，市场是对小林的全部生活形成强有力的规约的另一空间。《单位》中叙及小林刚开始工作的时候，由于工资低，"不敢吃肉，不敢吃鱼，只敢买处理柿子椒和大白菜。过去独身时，花钱不在乎，现在随着一帮市民老太太排队买处理菜，脸上真有些发烧啊！"在这里，市场初步向小林显示了建立在等价交换的经济原则基础上的冷酷的平等——正是小林的经济状况把他逼向了廉价的市场。而在《一地鸡毛》的故事进程中，市场成了小林经常出入的场所。小林每天早上起床后的第一件事便是排队买豆腐。

一斤豆腐有五块，二两一块，这是公家副食店卖的。个体户的豆腐一斤一块,水分大,发稀,锅里炒不成团。小林每天清早六点起床,到公家副食店门口排队买豆腐。排队也不一定每天都能买到豆腐。①

　　这里出现的国营和个体经营的豆腐店的对比显示了 20 世纪八九十年代之交的市民的市场观念与想象。"公家"/"个体户"之间不仅仅是所有制之间的事实区别,而且包含了价值意义上的好/坏之别。所以,小林宁可花费大量时间排队买"公家"的豆腐,却不买"个体户"的。日常生活当中不可或缺的"吃"中显现出对"个体户"的犹疑和排斥,其中无疑包含着八九十年代之交普通市民观念中的根深蒂固的公有观念和集体意识。但是,后来有一天,当小林从"个体户"的食品车旁经过时,却看到了这样的景象:

　　　　这天,小林下班早,到菜市场去转。先买了一堆柿子椒,又用粮票换了二斤鸡蛋(保姆走后,粮食宽裕许多,可以腾出些粮票换鸡蛋),正准备回家,突然看到市场上新添了一个卖安徽板鸭的个体食品车,许多人站队在那里买。②

　　从排斥"个体户"到"许多人站队在那里买"的情景转换发生在短短几个月的时间内,可以看出"个体户"正在作为一种新的力量崛起,市场正在以一种无言的状态悄悄置换着市民的观念。"公家"/"个体户"之间的自明的价值对比正在逐渐为以经济利益为导向的市场逻辑所取代。

　　市场的这种威力对作为"公家人"和"国家干部"的小林也产生了强有力的诱导。卖板鸭的老板恰好是小林的大学同学"小李白"——一个校园诗人,当年两人关系很好,也都喜欢写诗,曾经一块儿加入了学校的文学社。毕业之后"小李白"先在一个国家机关工

---

① 刘震云:《一地鸡毛》,《刘震云精选集》,北京燕山出版社 2006 年版,第 156 页。
② 同上书,第 179 页。

作，后来辞职去了一家公司，公司倒闭后又卖起了板鸭，成为经济转型期的"下海"大潮中的一员。老同学间的对话饶有趣味：

"你还写诗吗？"

"小李白"向地上啐了一口浓痰：

"狗屁！那是年轻时不懂事！诗是什么，诗是搔首弄姿混扯淡！如果现在还写诗，不得饿死？混呗。你结婚了吗？"①

当文学遭遇市场、理想遭遇现实的时候，后者以无比的"优越"战胜了前者，小林和"小李白"都已抛弃了大学时代的文学爱好和理想精神。大学毕业后短短几年之间，"讲奋斗"和"开天辟地"的人生哲学已然为"混"的哲学所代替，小林对昔日同窗的"混"的哲学点头称是、"深有同感"。所以，这种对话也可以视作小林与往昔的自我的对话。小林现在也不写诗了，理由其实和"小李白"相差无几；而且他还"根除"了喝啤酒的习惯，"一瓶一块多，喝它干吗，就是不说钱，平时谁有喝啤酒的心思！"也不看"作为人生的一大目的的足球赛"了，"看它有什么用？人家球踢得再好，也不解决小林身边任何问题"。而这一切改变根本原因都是："说来说去一个字：钱。"

"小李白"正好要去外地"弄鸭子"，于是提出让小林每天下班后帮他收钱，每天给20元钱的报酬。小林起初觉得"面子上挂不住"，但是等过了两天态度就变了。"小林感到就好像当娼妓，头一次接客总是害怕，害臊，时间一长，态度就大方了，接谁都一样。"即使是被单位领导老关撞见，挨了批评，小林也无怨无悔：

"我说呢，堂堂一个国家干部，你也不至于卖鸭子！既然是闹着玩，这事儿就算了，以后别这么闹就是了！"

小林答应了一声，两人便分手了。等老关走远，小林朝地上

---

① 刘震云：《一地鸡毛》，《刘震云精选集》，北京燕山出版社2006年版，第180页。

啐了一口唾沫，怎么不至于卖鸭子，老子就是卖了九天鸭子！可惜今天是最后一天了。如果能长期这样，我这个鸭子还真要长期卖下去。①

　　所以当"小李白"按时返回时，小林甚至觉得有点"可惜"，在告别老朋友的时候嘱咐他以后如果需要帮忙，"尽管言声"。在20世纪八九十年代之交的经济转型期，虽然单位对资源配置仍然起着重要的作用，经常以福利的形式向成员发放餐票、电影票、粮票、药品等日常用品，而且在市场出现问题时，还能直接地参与到市场的运行中来。比如大白菜丰收的时候，单位就会以"报销"为诱饵"号召"成员买"爱国菜"。本来不打算买大白菜的小林夫妇又抱着"不买白不买"的心态加入到买菜的队伍中。但是市场的崛起已经成为一种必然的趋势。这种崛起不仅仅指向地理意义上的市场，在一定程度上，市场还是一个实现和繁殖道德秩序的领地。小林经历了从刚进单位的"吊儿郎当"到接受单位的规训与改造的过程，而如今，与强大的市场的诱导力相比，单位的控制力只能相形见绌了。从最初因为工资低而被逼向菜市场到从市场上赚钱获得利益，从最初对个体户的犹疑态度到热衷于帮个体户卖鸭子，小林对市场的态度发生了质的转变。而这种转变的逻辑和小林对单位的态度的转变的逻辑是一致的，其中起着关键作用的都是经济利益：前者通过牺牲"面子"而获得利益，后者通过掌握权力而获得利益。但是，市场却远远比单位更具自由的性质和经济上的诱惑力，市场崛起意味着单位功能的弱化。

　　建立在等价交换基础上的市场逻辑的效力不仅仅局限于市场这一有形的空间，而是作为一种日常生活意识深深地扎根于市民的心灵深处，成为市民基本的生存原则、生活观念，成为社会关系的协调机制。在都市里，"生活中的每个人都首先是实现自己目标的手段。在这个意义上，我们认识的人习惯于和我们保持功利关系"②。小林来自

　　① 刘震云：《一地鸡毛》，《刘震云精选集》，北京燕山出版社2006年版，第182页。
　　② ［美］路易斯·沃斯：《作为一种生活方式的都市生活》，转引自孙逊、杨剑龙主编《阅读城市：作为一种生活方式的都市生活》，上海三联书店2007年版，第10页。

农村，他大学毕业后留在城里工作。每次家乡有人来北京时，小林的父母总是说"我儿子在北京，你们找他去！"但是家乡老是来人是一件令小林烦恼的事情。除去农村人不讲卫生、来了要吃饭招待、老托小林办事之外，"问题的复杂性还在于，小林老婆是城市人，城市到底比农村关系简单，来的人很少"。这让小林不仅仅觉得对不起老婆，而且"也怪自己老家不争气，捎带自己也让人看不起"。"老家如同一个大尾巴，时不时要掀开让人看看羞处，让人不忘记你仍是一个农村人。"在这里，城市对农村的优越感对小林造成了压力，这种心理压力来自于物质和精神两个方面。随着老家来人越来越频繁，小林招待他们的热情冷却之后，物质方面的压力变得微乎其微，因为"客人来了，吃饭只加两个大路菜，无非是一条鱼，或一只鸡，没有酒水。老家人不满意，只好让他不满意，总比让老婆不满意要好"。即使老家人指责小林"忘本"也无所谓，"这个本有什么可留恋的"。都市不仅仅作为一种生存空间，更是作为一种生活哲学对小林进行了潜移默化的改造，使他逐渐地习惯并乐于"忘本"而变成名副其实的城里人。

但是从精神层面完全隔断与农村、家乡的联系却并非那么容易。小林毕竟是从农村来到城市的，建立在仁义、互助基础上的民间伦理文化曾经从深层构建了小林的文化人格，赋予小林以最初的主体意识。这就决定了至少在情感层面，小林不能与农村、农村人保持纯粹的功利关系。小学老师曾经给小林幼小的心灵以知识和情感的滋养，使得小林通过知识改变了自己的命运，离乡进城；在生活中也给予小林以无微不至的关怀，小时候小林掉到冰窟窿里还被老师救上来，并将自己的大棉袄给他披上。就是这样一个与无邪的童年记忆、故土情结、朴素的民间情意紧密相关的人来到小林家之后却遭到了小林老婆的冷遇。也许是老师带的两桶香油起了作用，也许是老婆"觉悟过来"，总算给老师做了饭。"好歹吃完饭"，小林将老师送上了公共汽车。

看着公共汽车开远，老师还在车上微笑着向他挥手，车猛地一停一开,老头子身子前后乱晃,仍不忘向他挥手,小林的泪刷刷地涌了出来。自己小时上学,老师不就是这么笑?等公共汽车开得看不见了,小林一个人往回走,这时感到身上沉重极了,像有座山在身上背着,走不了几步,随时都有被压垮的危险①。

定格在小林的记忆中的"挥手"与"笑"勾起的是小林的哪些情感记忆呢?望着远去的老师和他的"挥手",小林在和什么作别呢?那久违了的熟悉的"笑"给小林以哪些生命启示呢?小林与来自农村的、曾经给了他以精神和生活双重滋养的老师作别,也就暗含着他与自己的过去告别,与农村、与建立在民间伦理文化基础上的生存哲学的告别。在这种告别中,曾经是农村人的小林割断了自己与农村的精神血缘关系,在自觉而无奈之中成为一个城里人。

老师离开三个月之后病故,临去世前,曾嘱咐自己的儿子给小林写了一封信,说上次到北京受到小林的招待,让代他表示感谢。小林在收到信之后非常愧疚,"难受一天"。

但伤心一天,等一坐上班车,想着家里的大白菜堆在一起有些发热,等他回去拆堆散热,就把老师的事给放到一边了。死的已经死了,再想也没有用,活着的还是先考虑大白菜为好。小林又想,如果收拾完大白菜,老婆能用微波炉再给他烤点鸡,让他再喝瓶啤酒,他就没有什么不满足的了②。

老师的死讯虽然给小林一定的情感冲击,但是,现实的生活给小林以一种潜在巨大的心理暗示,都市意识已经深深地渗入了小林的每一个细胞,内化为一种无所不在的生存观念,支配着小林的人生的方方面面。"其实世界上的事情也很简单,只要弄明白一个道理,按道理办事,生活就像流水,一天天过下去,也蛮舒服。舒服世界,环球

---

① 刘震云:《一地鸡毛》,《刘震云精选集》,北京燕山出版社2006年版,第168页。
② 同上书,第188页。

同此凉热。"于是，除了很快将老师的死置之脑后以外，小林还坦然地想着用查水表的老头行贿送来的微波炉烤点鸡，再喝一瓶啤酒，然后"满足"地生活。但是让小林"满足"的除了得自单位和市场的物质资源外，还有代表着学院文化的"啤酒"，所以，喝得醉醺醺的小林的"满足"定当是充满了感伤和怀念的"满足"。曾经构建了小林的文化人格的知识分子传统在城市化进程中被慢慢压抑下去，成为一种创伤性经验深埋在小林们的心灵深处。在此，作为大学生和农村人的小林已经被作为单位人和城里人的小林所置换，从前的小林已经死去。

家庭规约：物质与精神

如果说单位机制和市场逻辑对小林进行的规训与重构确立了小林在公共领域的自我意识的话，那么家庭这个更具私人性的空间则刷新和重构了作为丈夫、父亲和雇主的身份。在以上两节中已经初步涉及了家庭对小林的规约，但主要是从家庭外部展开分析。但是，"家庭成员虽然在家庭外部都拥有各种各样的社会关系、人际关系，但这些社会关系、人际关系为基础的行为，又都有可能被解读为是具有家庭成员范畴中的系统的"。而"家庭在其内部，具有相互繁杂缠绕的、复数的相互行为系列。"① 所以，从家庭内部的相互作用来考察小林精神的轨迹就非常必要了。

大学毕业进入单位三年以后，小林"吊儿郎当"的"学生气"开始为循规蹈矩的行为所代替。如前所述，资源分配的等级化是其中具有决定性的因素。而在资源分配中，最令小林头疼的便是 20 世纪 80 年代的单位人普遍面临的房子问题。独身时，小林可以对什么都不在乎，但是在结婚之后，房子不仅仅是小林的个人问题，而是牵涉到了更多的家庭成员的问题。身为人夫、人父的小林深切地感受到"老婆

---

① ［日］江原由美子：《性别支配是一种装置》，丁莉译，商务印书馆 2005 年版，第 156 页。

孩子热炕头"的重要意义,"过去老说单位如何复杂不好弄,老婆孩子炕头就是好弄的?"因为职务低,婚后的小林只能和人合居,"不要提合居,一提合居小林就发急"。两个新婚的人家合居在一套两居室里,难免发生各种各样的矛盾冲突,于是"小林觉得合居真是法西斯"。客厅、厨房、厕所都要公用,所以做饭次序、打扫卫生都成了问题。更为麻烦的是,当孩子出生以后,小林的母亲从乡下搬来照顾孩子,起先住在客厅,但是因为是公用空间而遭到另一家的拒绝,而和媳妇住在一起"又容易引起另一种矛盾"。孩子的哭闹也难免导致两家的纷争。所以,家庭对小林首先意味着一处独立的房子,对独立的房子和安宁的家庭生活这种最普通的愿望构成了小林的内在焦虑。在经过许多努力之后,小林的住宿终于得到了改善,首先从搬到"大家都不愿意到那里去住"的牛街贫民窟,这种搬迁却给小林老婆带来了难得的高兴,"牛街好!牛街好!我爱吃羊肉!再说只要脱离了这个泼妇,让我住到驴街也可以!"随后,因为牛街贫民窟要拆迁,小林夫妇又搬到周转房。"几经折腾,现在不也终于混上一个一居室的单元。"在不断地搬迁过程中,家庭/房子成为促使小林精神蜕变的重要动力和因素。

小林的家庭是一个由夫妻和小孩构成的典型的核心家庭,在这种家庭中,抚养幼年的孩子是家庭生活的重要内容。还在合居的时候,小林夫妇就因为孩子的哭闹经常和合居者发生冲突,在房子问题解决后另外一些问题又接踵而至。首先是孩子的营养问题,因为工资低,作为父亲的小林深深地感到了不称职的无奈:"你吃处理菜或不吃菜都可以,孩子呢?总不能不吃奶、不吃鸡蛋、不吃肉末吧?""看孩子这小头发黄的,头上净是疙瘩,不是缺钙是什么?"面对此情此景,小林"落泪了","哭着说对不起妻子和孩子"。其次是保姆问题。虽然小林夫妇倍感保姆给他们带来的经济压力,据小林老婆细算,保姆的工资加日用品一个月占一个人的工资,但是,保姆却还是嫌小林家条件不好,屡次"闹罢工,要换人家";即使保姆有时候工作不负责任,小林也担心自己走后保姆"把气撒在孩子身上",所以也不敢指责她。终于等到了9月,孩子到了上幼儿园的年龄,保姆也顺理成章地被辞掉，但小林却怎么也高兴不起来。因为考虑到孩子受教育的重要性，小林夫妇想将孩子送进外单位的那个好一点的幼儿园，但是因为"没有过硬的关系"而望而却步。正在小林夫妇打算放弃的时候，有一天，对门的邻居来访，这让小林夫妇大吃一惊。因为"人家家里富，家里摆设好，自家比较穷，家里摆设差"，小林夫妇"都有些自卑，与他们家来往不多"。而更令小林夫妇吃惊的是，邻家男主人提出要帮助小林的孩子进外单位那个幼儿园。起先，在对方问及小林的孩子是不是入托遇到困难时，小林"有些脸红"，"人家问题解决了，自己没有解决，这不是显得自己无能？"继而，当对方提出有一个名额可以给小林家的孩子时，小林夫妇感到"一阵惊喜"，但同时，小林心里却不是滋味：

> 这时小林脸上却有些挂不住。自己无能，回过头还得靠人家帮助解决，不太让人看不起了！所以倒没像老婆那样喜形于色。印度女人的丈夫又体谅地说：
>
> "本来我也没什么办法，只是我单位一个同事的爸爸，正好是那个单位的局长，通过求他，才搞到了名额。现在这年头，还不是这么回事儿！"
>
> 这倒叫小林心里有些安慰。别看印度女人爱搅是非，印度女人的丈夫却是个男子汉。小林忙拿出烟，让他一支。烟不是什么好烟，也就是"长乐"，放了好多天，有些干燥，但人家也没嫌弃，很大方地点着，与小林一人一支，抽了起来。[①]

孩子入托这件不起眼的小事儿，却让作为爸爸的小林再一次感受到了一种"无能"的压力，而造成这种压力的原因不仅仅是单位的隔绝（印度女人的孩子通过"关系"或金钱将孩子送进外单位幼儿园即是明证），更重要的是小林经济方面的贫困和家庭网络上的孤立处境。孩子入托的事情激活了家庭之间因经济力量的对比而带来的人格的猥

① 刘震云：《一地鸡毛》，《刘震云精选集》，北京燕山出版社 2006 年版，第 177 页。

琐和自信的失落。所以在得知邻家之所以帮忙只是想让小林的孩子成为自己的孩子的"陪读"时，小林感到"后背冷飕飕的"，"心里像吃了马粪一样感到龌龊"，于是当天夜里，小林不仅流了泪，"而且还在漆黑的夜里扇了自己一耳光"："你怎么这么没本事，你怎么这么不会混！"

在现代家庭中，夫妻关系是家庭生活的轴心，夫妻之间的相互碰撞和对弈关系给小林带来了另一种规训。小李是一个20世纪80年代初期的纯真、独立、诗意的女大学生，她虽然"言语不多，打扮不时髦，却很干净"。她"见人有些腼腆"，"与她在一起，让人感到轻松、安静，甚至还有一点淡淡的诗意"。小林与她恋爱时正是刚进单位、"学生气"十足的时候，可以想见这两个大学生之间的爱情必定建立在共同的理想和价值观的基础上。他们"谁也不是没有事业心"，并且发奋苦读，有过一番"宏伟的理想"，并不把社会上的机关和单位里的领导放在眼里。但是，他们的爱情进入婚姻阶段后却遭遇了现实的问题，作为女大学生的小李很快就变成一个"家庭主妇"。其中的原因除了经济压力之外，"买豆腐、上班下班、吃饭睡觉洗衣服、对付保姆弄孩子"等纷繁的日常生活本身就足以拆解以前所有的"诗意"。"战争"常常因豆腐变馊和打碎暖水瓶而起，就连保姆都对小林夫妇之间频繁的吵架"习惯了"，"就像没看见一样"。夫妻之间的合作更多的是找人送礼替小李解决工作，而送礼未果只能一次又一次地削减小林的自信和勇气。

家庭生活中的夫妻关系包括情感、经济、性三个层面，而小林夫妇难得的情感和性愉悦几乎都与经济状况的改善紧密相关。辞退保姆给小林夫妇带来了共同的快感不仅仅来自于他们对保姆工作的不满，更是因为可以节省家用。当小李用自家的药治好了孩子的感冒而省下了本来要交给医院的四十五块钱的时候，小林夫妇心里非常高兴。于是路过小吃街时，小林提议老婆吃一碗炒肝，小李嫌贵推托时小林果断地做出了决定。

炒肝端上来，小林老婆不好意思地看了小林一眼，就坐下吃起来。看她吃的爱惜样子，这炒肝她是真爱吃。她捡了两节肠子给孩子吃，孩子嚼不动又吐出来，她忙又扔到自己嘴里吃了。她一定让小林尝尝汤儿，小林害怕肠，以为肠汤一定不好喝，但禁不住老婆一次一次劝，老婆的声音并且变得很温柔，眼神里很多情，像回到了当初没结婚正谈恋爱的时候，小林只好尝了一口。汤里有香菜，热腾腾的，汤的味道果然不错，老婆又多情地看了他一眼。想不到一碗炒肝，使两人重温了过去的温暖①。

对小林夫妇来说，在小吃街吃一块五一碗的炒肝应属绝无仅有。所以小李才倍加珍惜。靠一块五的消费就能换来已经远离多时的"温柔"、"多情"的恋爱感觉和"温暖"对小林夫妇却是如此的难得。因为经济的窘迫和节俭的生活已然成为小林夫妇的生活惯性，只要稍加改变就会有重回当年的"奇迹"出现。而这个晚上，夫妻二人都"很有激情"，"事情像新婚时一样好"，然后推心置腹地规划"未来"的生活。

但这种"温柔"和"多情"转瞬即逝，更多的时候，小林还是在"无奈"中"渐渐适应环境"、接受琐碎的家庭生活中的老婆的规训。小林上大学时喜欢看足球比赛，觉得那是"人生的一大目的"，而参加工作和结婚后渐渐不看了，"看它有什么用？人家球踢得再好，也不解决小林身边任何问题"。现在孩子进幼儿园，小林"心里轻松一些"，大学时的梦想重回眼前。于是回家之后"猛干家务"，但是在和老婆"通融"时，老婆却以明天拉蜂窝煤为由粗暴地拒绝了小林的"请求"，小林在无奈中放弃了看球赛的打算。

于是也不再干家务，坐在床头犯傻，像老婆有时在单位不顺心回到家里坐床边犯傻的样子。这天夜里，小林一夜没睡着。老婆半夜醒来，见小林仍睁眼在那里犯傻，倒有些害怕，说：

① 刘震云：《一地鸡毛》，《刘震云精选集》，北京燕山出版社2006年版，第170页。

"你要真想看，你看去吧！明天不误拉蜂窝煤就行了！"

这时小林一点兴致都没有了，一点不承老婆的情，厌恶地说："我说看了？不看足球，还不让我想想事情了！"①

一夜没有"睡着"的小林在回想哪些"事情"呢？除了单位和市场的压力一步步迫使自己蜕变之外，老婆，那个在大学时代曾经和自己有着共同理想和追求的人却在婚后也自觉不自觉地加入到了规训自己的行列，难得一次的旧梦复燃迅速被老婆毁灭。大学时代的梦想和精神再也没有实现的空间和机会了，即便是在能给人些许安宁的家里都不可能了，潜意识中的大学生的身份意识全然没有"容身之地"，一种文化和理想一去难返，一个时代在无奈的怀念中悄然远去了！

结　语

如果从一个较大的时空背景中审视小林的人生轨迹的话，不难发现小林从农村到城市、从大学生到单位人到临时的"老板"、从单身汉到丈夫和爸爸的身份转变发生在 20 世纪 80 年代的城市化进程中。在这个历史进程中，城市不仅意味着一种地理学意义上的场所，更是一种不断生产着新的社会关系和意识形态的空间存在。作为城市的细胞的单位、市场、家庭从对个角度参与到对城市人的规训之中。在这个规训的过程中，单位、市场和家庭扮演了不同的角色。单位通过对建立在权力等级基础上的资源分配的控制对小林进行了强有力的规训。在规训过程中，通过与单位之间磨合，小林也分享了来自单位的更多的资源，于是顺理成章地从一个大学生成为一个成熟的单位人。与此同时，建立在市场逻辑基础上的都市意识以强劲的姿态刷新并重构了作为单位人的小林的生存观念和意识。在这种精神蜕变的历程中，家庭都是其中的重要动力。在城市不同空间的规训中，昔日的民间伦理精神和学院文化的理想精神已无容身之地，偶尔的旧梦重温也

---

① 刘震云：《一地鸡毛》，《刘震云精选集》，北京燕山出版社 2006 年版，第 183 页。

变得感伤而徒劳。马克斯·韦伯在《城市》一书中做过这样的描述："一个都市共同体必然有一个市场作为它的中心制度，一个城堡，一个至少是部分自主的行政和法律系统，以及一种反映都市生活特殊面貌的社群形式。"① 随着中国城市改革的深化，市场逐渐成为一种主导性力量支配着都市人的生活。在这个过程中，建立在权力机制基础上的有中国特色的单位制度对成员的控制逐步弱化，作为"中心制度"的市场悄然崛起，市场及其运行逻辑成为一种无所不在的力量支配着都市人几乎全部的生活。所以，小林的人生轨迹看似偶然，实则必然：在城市化的历史洪流与漩涡中，曾经身为大学生的小林们被裹挟着前进，作为城市化进程中的一个普通的个体，小林们必然被都市所规训，别无选择。

刘震云于 20 世纪 80 年代末 90 年代初完成的这两篇小说为我们重构了 20 世纪 80 年代的一个侧面，成为我们从文本发现历史、重返 20 世纪 80 年代的有效凭据。在刘震云的描述与想象中，那个被本质化为"独立、自由、开放"的 80 年代似乎只存在于小林的大学阶段（1980—1984），在小林刚入单位的两三年间（1984—1987）还能"苟延残喘"，其后则为诸多的现实问题、制度问题、生活问题所覆盖和淹没，留下的只有感伤和怀念。一个时代文化和精神在隐在的各种问题的"合谋"中最终走向了坟墓。所以，我们要追问的是，那个已然固化和纯化的 80 年代是谁的 80 年代？它是借助何种力量被建构出来的？那个整体化的 80 年代到底遮蔽了哪些人的"历史"，并压抑了哪些人的 80 年代？80 年代与 90 年代之间的鸿沟真的不可逾越吗？而一个丰富的 80 年代则有待于我们从不同的文本、各异的个体、历史的细节中进入。

城与人：历史的"风景"
——重释《风景》

1987 年，方方完成了新作《风景》，与她此前的小说相比，《风

---

① 转引自高秀芹《文学的中国城乡》，陕西人民教育出版社 2002 年版，第 14 页。

景》"并没有刻意追求什么，对发表后的反应也没有特别的期望，所以也没有去选择发表的刊物，只在湖北一家文艺出版社办的一本名为《当代作家》的刊物上发表出来便算完了"①。但是，一年之后，《小说选刊》和《中篇小说选刊》相继转载了这篇小说，于是《风景》声名鹊起，受到评论家的热烈追捧并被收编为"新写实"小说的代表作品。在有的文学史家的眼里，《风景》至今依然是方方"最好的作品之一"②。所以无论从文学史的角度还是作家论的角度看，重释《风景》都具有重要的意义。而抛开二十年前由于潮流化的命名所造成的诸种历史"误读"，将《风景》这一文本重置于其产生的历史语境中检视其中描绘和建构的独特的时代景观、重审其独特的叙事姿态便是可供尝试的一条道路。在《风景》诞生的 20 世纪 80 年代中后期，"改革开放"的洪流以战无不胜的力量改造和重构着种种社会图景。这时候，从封闭到开放的狂喜已然退潮，随之而来的是"冷静"的历史审视和自我反思以及感应着时代巨变出现的文学姿态的调整。在"改革"大潮中诞生的《风景》深深打上了种种时代的印痕，这不仅仅指其总的观念结构、叙述姿态，还包括其对"历史"和"现实"的剪裁和取舍、重释和改写。而通过对文本的"还原"性解读和对文本的"名"与"实"之关系的辨析进而重勘"新写实小说"的"起源性"问题，也是我们重新进入为文学史所定型的"新写实小说"的一个有效途径。

汉口：城与人的"互动"

在"新写实"小说作家当中，方方是最早尝试将视角伸入历史深处、力图在较为广阔的时代风云变幻中叙述家族历史、命运沉浮的作家。方方于 1957 年出生于一个知识分子家庭，虽然她的父辈们并不喜欢武汉这个城市，但是方方却对这座城市情有独钟，"闭着眼睛，

---

① 於可训：《方方的文学风景》，《祖父在父亲心中》，江苏文艺出版社 2003 年版，第364 页。

② 洪子诚：《中国当代文学史》，北京大学出版社 2007 年版，第 301 页。

我就能想象出它曾经有过的场景"①。在她关于武汉历史风物的描述中,不难发现她对这座城市除了历史的冷静审视以外,更多的则是情感上的依赖。"它的历史沿革,它的风云岁月;它的山川地理,它的阡街陌巷;它的高山流水,它的白云黄鹤;它的风土民情,它的方言俚语;它的柴米油盐,它的杯盘碗盏;它的汉腔楚调,它的民间小曲。如此如此,想都不用去想,它们就会流淌在我的笔下。古诗云:相看两不厌,唯有敬亭山。武汉就是我的敬亭山。"② 而《风景》正是以独特的视角回溯她对这个城市和生活在其中的底层市民的理解。在《风景》中,方方超越了对城市与人、"现代"与人的关系的单向度的书写模式,而是在城与人相互生产、相互缠绕的复杂关系中展开独特的人生故事。小说中的汉口绝不是一个可以游离于人物命运之外的抽象背景,也绝不可被其他城市所置换;而父亲一家三四代的命运传奇也只能在汉口这个独具特色的城市中展开和上演,我们对小说的理解也只能在这种城与人的互动关系中才能展开。

《风景》中人物命运的浮沉总是与汉口的文化性格和历史变迁紧密相连。"地处汉江之汇的武汉三镇,码头的发展与城市经济的发展同步。清道光三十年(1850 年),汉口仅有码头 8 座……汉口开埠以后,随着租界的建立和长江近代轮运的日益发展,长江沿岸相继拓建了一批近代轮运码头,19 世纪末 20 世纪初,这类码头发展到 14 个,其中 8 个在租界内,6 个在与租界相连的江边。"③ 从这个意义上讲,人们将汉口视作一个码头城市是无可非议的。小说中的祖父正是在汉口近代化的过程中踏上了他西行的漫漫征途,与这个城市中独具特色的码头结下了不解之缘,并参与到对汉口的码头文化的构建当中。祖父于光绪十二年(1886 年)从河南周口逃荒来到汉口,开始了在汉口打码头的生活。"祖父是个腰圆膀粗力大如牛有求必应的人",因为祖父具有一个码头工人特有的身体素质和性格特征——"英勇和凶悍",于是,他很快便与码头融为一体。"祖父是打码头的好手。洪帮

① 方方:《我心中的武汉》,《城乡建设》2006 年第 2 期。
② 同上。
③ 皮明麻主编:《近代武汉城市史》,中国社会科学出版社 1993 年版,第 721 页。

所有的龙头拐子都对他倍加赏识。"也正是祖父的"英勇和凶悍"将他送上了死路。"为祖父哀伤洒泪的人几乎是一望无边。父亲至今也没想明白究竟是怎么回事。父亲猜测大约是祖父善打码头的缘故。"祖父的生活道路和人生模式赢得了父亲的高度赞同,于是,父亲在祖父死亡之后加入了打码头的行列,开始了另外一段"辉煌、灿烂"的人生。在父亲的生命中显现出独特的回忆价值的是"民国三十六年轰动武汉的徐家棚码头之争"。码头上的父亲尽显其"英雄风采":

> 父亲穿一件黑袄,搭肩往腰间一扎,显得威风凛凛。他上船前喝了至少八两酒,酒精把他的血烧得一窜一窜地周身痒痒,故而他对挤进骨缝的寒风感到莫名地欢喜。他望着浩渺长江,脸上像拿破仑一样毫无惧色。①

码头不仅给父亲提供了谋生的场所、经济的支援,更是父亲展示自我、实现自我的舞台。父亲只有在码头上才能产生一种深深的自我认同感。所以,即便他回到家里,也总是以一个码头工人的姿态面对妻子、儿女和邻居。尽管母亲同父亲结婚四十年而挨打数"已逾万次","可她还是活得十分得意。父亲打母亲几乎是他们生活中的一个重要内容。母亲需要挨完打后父亲低三下四谦卑无比且极其温存的举动。为了这个母亲在一段时间没挨打后还故意挑起事端引起父亲暴跳如雷"。在对母亲施虐的过程中,父亲是否在潜意识中产生了空间上的混乱感,将家当作了码头呢?他是否同时体验到了打码头的快感呢?而对自己的孩子,父亲更是以一种居高临下的姿态给他们讲述"他的战史"。这时候所有的儿子都必须老老实实坐在他的身边听他进行"传统教育"。父亲说:"给老子坐下,听听你老子当初是怎么做人的。"这时候父亲又俨然是一个深知人生要义的教师,而他所能传授的仅仅是他在码头上的"英雄"行为。除了妻子和儿女,"所有的人都能证明父亲是这个叫河南棚子的地方的一条响当当的好汉"。也就

---

① 方方:《风景》,《祖父在父亲心中》,江苏文艺出版社 2003 年版,第 75 页。

是说，码头早已不是外在于父亲的谋生场所，它早已融化为父亲的生命的组成部分，成为父亲最重要的精神支柱。父亲因码头而获得深刻的自我认同，而码头也因为父亲们的存在而维持着运转，并进入到汉口的历史中成为其地域文化的重要组成部分。

"作为一个商业都会，汉口是一个典型的移民城市。"① 移民是汉口历史上自古就有的现象，但是，规模空前的移民浪潮则出现在 1861 年汉口开埠之后。"1888 年（光绪十四年），据'保甲册'所载，汉口共 26685 户，180980 人。此时汉口市区有 18 万人，较之开埠前翻了一番。"② 祖父正是在这种移民浪潮中逃荒来到汉口，而他们的居住地也因此被称作"河南棚子"。虽然河南棚子一直是汉口"下层人"聚居的地区，其居住环境相当恶劣，"京汉铁路几乎是从屋檐擦边而过。火车平均七分钟一趟，轰隆隆驶来时，夹带着呼啸而过的风和震耳欲聋的噪音"。但是，父亲早已习惯了这种喧嚣和噪音，并把它当作生活的重要组成部分，他甚至感到"没火车叫他是睡不着觉的"。除了外在环境恶劣以外，父亲一家的居住条件也相当差：

　　　　小屋里有一张大床和一张矮矮的小饭桌。装衣物的木箱和纸盒堆在屋角。父亲为两个女儿搭了极小的阁楼。其余七个儿子排一溜睡在夜晚临时搭的地铺上。父亲每天睡觉前点点数，知道儿女们都活着就行了。然后他一头倒下枕在母亲的胳膊上呼呼地打起鼾来。③

这个只有 13 平方米的板壁房的简陋程度却并没有给父亲以自卑和不满足，却恰恰令父亲倍感骄傲。所以他每每向自己的拳友们说他是河南棚子的老住户。但是，老汉口人"提起河南棚子如果不用一种轻蔑的口气那简直是等于降低了他们的人格"。父亲在一个相对独立的领域（码头）和相对封闭的环境中（河南棚子）中保持着独立和

① 皮明麻主编：《近代武汉城市史》，中国社会科学出版社 1993 年版，第 606 页。
② 同上书，第 721 页。
③ 方方：《风景》，《祖父在父亲心中》，江苏文艺出版社 2006 年版，第 73 页。

对自我在汉口所处地理位置和社会位置的强烈认同。在这种深深的认同感中,作为移民的父亲很快地便与汉口融为一体。裘德·马特拉斯曾指出:"都市化在很大程度上是一种移民现象。"① 而汉口正是有了父亲这样的移民才加快了其都市化进程。

《风景》对汉口地理图景的呈现具有高度的写实性,"某些细节的真实程度恰如巴尔扎克笔下的伏尔盖公寓,可以按图索骥地去寻找"。② 小说中对这种真实的地理位置的事实区分和价值呈现是随着城市的发展而改变的。比如,老汉口时代的河南棚子位置较为偏远,而如今却"差不多是在市中心的地盘上了"。建于 1903 年的老汉口火车站最终为新火车站所代替,"穿越城市的铁路要改为高质量的公路,公路两边的破旧房屋全部拆除,重新起盖高楼大厦"。这种从边缘到中心、破旧立新的改变深深地打上了时代更替和现代化的印记。更为重要的是,作为城市居民的父亲一家因为诸种原因在 20 世纪 80 年代分居于城市的不同角落:五哥六哥因为娶了汉正街的姑娘,当了上门女婿而进驻汉正街这个"自古便是商贾云集之处";七哥因为娶了"水果湖"的高干之女而晋升神速,很快地调到了团省委,分到了宽敞的房子,并成为晴川饭店的常客;小香和大香姐姐分别居于黄孝河边和三眼桥这些"汉口下层人历来所居之地"。从城与人的关系角度看,城市居住空间同时兼具物质空间和社会系统的特征,它不仅仅是城市地域空间内建筑的空间组合,同时也是人们居住活动所整合而成的社会空间系统。所以,父亲一家的居住空间的分布是 20 世纪 80 年代社会分层的表征和结果。总之,百年汉口空间区域在和父亲一家的紧密互动中呈现自己生动鲜活的历史。

---

① 〔以色列〕裘德·马特拉斯:《人口社会学导论》,方时壮、汪念郴译,中山大学出版社 1988 年版,第 213 页。

② 於可训:《方方的文学风景》,《祖父在父亲心中》,江苏文艺出版社 2003 年版,第 364 页。

"历史"：压缩与放大

从空间、地域文化的角度展示父亲一家的生存状态和命运沉浮的同时，《风景》将这一故事深深地植根于 20 世纪中国历史变迁的广阔背景之中，在"八十年代的视野"中对历史进行了重新择取、剪辑和排列组合，并从这种"历史"筛选中展开与 20 世纪 80 年代的广阔对话。正如戴锦华所说，"或许对于一部文本范例，重要的不是它讲述了什么，而是它如何讲述，以及它巧妙的有意识的省略"①。

《风景》中对父亲一家的命运浮沉故事的起点的设置是耐人寻味的。小说明确标示出祖父逃荒抵达汉口的时间——光绪十二年（1886年），而《风景》的写作及其故事的终结都是在 1986 年。从故事的开始到结束恰恰是一百年的时间，在一个世纪的历史长河中叙述汉口和底层家庭的时代变迁显然是一种颇有野心的文学实践。同时，这个故事的起始时间也暗示出小说中的故事与汉口的近代化过程的密切关系。"从 1861 年汉口开埠到 1911 年辛亥武昌起义爆发，武汉三镇从封建市镇转化为半殖民地半封建型的近代都会，在扭曲中经历了早期的不成熟和近代化。汉口开埠、张之洞的洋务新政，构成这五十年间城市发展的两个节点。"② 也就是说，《风景》中的祖父和 1889 年起任湖广总督的武汉地区早期近代化的设计者张之洞几乎是同时抵达汉口并加入到对汉口近代化的创造之中（尽管历史功绩不同）。从人与历史的关系的角度来看，《风景》中祖父一家三代的命运都是在张之洞新政的语境中发生的，张之洞事实上是小说中一个缺席的在场者。谙熟武汉历史的方方却对这一重要人物及其举措只字不提。如果我们对照小说中对其他与武汉和父亲有重要关系的政治事件的叙述，便可知在暗示祖父一家命运与汉口近代化过程的历史联系的同时隐去对宏大政治事件的叙述是一种有意为之的创作策略。作为一个被当时的主

---

① 戴锦华：《红旗谱——一座意识形态的浮桥》，转引自唐小兵主编《再解读——大众文艺与意识形态》，北京大学出版社 2007 年版，第 209 页。

② 皮明麻主编：《近代武汉城市史》，中国社会科学出版社 1993 年版，第 721 页。

流意识形态话语构建为有高度的组织性、纪律性、代表先进生产力和社会发展方向的工人阶级的一员，小说中的父亲与中国现代史上的诸如京汉铁路工人大罢工、抗日战争、新中国成立等种种革命和建设事件几乎没有发生任何关联。无论世事如何变迁，父亲的生活方式和生存状态始终保持着高度的延续性，他始终在自己的生活轨道上较为自足地生活着。

　　这种祛除政治事件对人物命运的介入的叙述策略也通过小说中的细节展现出来。在祖父和父亲漫长的生命旅程中，为小说所捕捉到的历史细节仅限于 20 世纪 30 年代祖父的打码头的事件和民国三十六年父亲参与的"徐家棚码头之争"。祖父一家在漫长的岁月中粗糙而平静地生活着，凭着一身勇敢和鲁莽在码头上打拼，在河南棚子的板壁房中栖居。通过将历史充分地个人化和细节化的叙事方法，方方祛除了宏大的历史叙事对人物的干预。仅有的一次关于政治事件的讨论发生在三哥与父亲之间。三哥提出问题的方式很有趣，"三哥总说爷爷若一来便当兵，没准参加辛亥革命，没准还当上一个头领，那家里就发富多了。说不定兄弟姊妹都是北京的高干子弟"。三哥的话马上引来父亲的强烈反驳，"父亲说若不像祖父那样活着那活得完全没有意思"。由于父亲对码头工人这一职业和生活方式有一种强烈的自我认同感，在他看来，政治和时代更替与码头工人无关。直到政府要求孩子们上学时，父亲才感叹道"让人都学了文化码头还办不办？"这种叙事，通过个体经验和日常生活细节的强化和对中国现代史中的重大政治事件的悬置对历史进行重新编码和改写，"个人生活的情节不能推广、不能转移到整个社会（国家、民族）的生活中来"①。同时也为重新叙述汉口和父亲一家的"历史"找到了另外一个有效的途径。

　　对父亲一家而言，从 1886 年祖父抵达汉口到 20 世纪 60 年代的"历史"是一个整体，他们总是在"历史"之外的既定的轨道上稳定而粗糙地生存着。但无论如何，父亲一家无法逃脱中国当代"历史"

---

① ［苏联］巴赫金：《巴赫金全集》第三卷，钱中文主编，河北教育出版社 1998 年版，第 407 页。

的"规训与惩罚"。首先的冲击来自20世纪60年代。1961年是一向骄傲的父亲与"历史"事件发生碰撞并深受影响的开始。小说中强调父亲和母亲在这一年因为饥饿而停止了他们的生育一个排的"雄伟"计划,同时他们的第八个儿子也夭折了。当维持最低标准的生存基础受到威胁的时候,父母亲相对自足自然的生活状态被打破,他们的命运不得不与当代"历史"和发生关联。除了1961年的饥饿之外,在方方稍显仓促的叙述中流露出新中国成立后教育制度这一历史事件对父亲一家的深刻影响。孩子们的上学并不是出于自愿,也非父亲"情愿",而是政府要求的结果。"父亲说政府怎么糊里糊涂的?让人都学了文化码头还办不办?"应该说,父亲对政府政策的关注角度是独特的,视码头为全部生命依托的他只能从码头的兴衰的角度关注这一历史事件。但是作为政府的一项政策,教育制度与父亲对码头前景和儿女们的人生期待背道而驰。因为基本的生存和人生规划受到制度变革的规约,父亲一家自足的生存状态在一步步地为"历史"所破除,中国当代史在悄然改造着父亲一家的生存方向。

从叙述速度上看,小说对"文革"前的历史进行了"压缩"式的处理,而对"文革"及其20世纪80年代的历史叙事则放慢速度,进行了"放大"。作为在20世纪80年代文学潮流和书写模式的更迭的参与者,方方是一个具有清醒的文学史意识的作家。"其实我在1986以前,也学着人家玩了一些花招。总想这个也去试试,那个形式也去试一下。玩了几样花招后,反觉得什么都不灵,觉得什么都没有意义。这些作品自己觉得其实都看不得。"① 这使她的"文革"书写有意地与以往的"文革"叙事保持了距离。无论是"伤痕"还是"反思"小说,都以后设的历史观念在模式化的故事讲述中证明"新时期"的辉煌。与众多关于这个年代的惨痛记忆不同的是,方方对二哥、三哥、七哥在"文革"中的遭遇的讲述与这些书写模式相去较远。善良而多情的二哥在"文革"前救了来自知识分子家庭的杨朦的

---

① 方方:《我写小说:从内心出发——在苏州大学的演讲》,《当代作家评论》2003年第4期。

命，于是他开始走进这个迥异于自家的家庭并深深地爱上了杨朦的妹妹杨朗。"文革"中父母投湖自尽，无助的杨朦兄妹找到了"河南棚子"。

　　此刻父亲已经下了床。他用脚踢着正趴在地铺上听杨朦说话的三哥四哥五哥，嘴上说："起来起来，今晚都去找人。"父亲转身对杨朦说："让二小子陪姑娘，这几个小子都派给你，你尽管指使他们。"杨朦说："伯伯我该怎么感谢你呢？"父亲说："少说几句废话就行了。"①

在这个危险的时刻，父亲再次以码头工人的行为方式解决了来自知识分子家庭的杨朦兄妹的难题。在找到杨朦父母的尸首以后，"父亲帮忙在扁担山寻了一块墓地于是他们便长眠在那座寂寞的山头"。在料理完父母的后事之后，杨朦兄妹被卷入"上山下乡"的洪流中，而二哥则主动放弃了留在城里的机会，随着杨朗下乡。在二哥无微不至的照顾下杨朗生活得如意快乐。但是有一天杨朗决绝地要和二哥分手，因为她通过自己的贞操换来了进城的机会。等待二哥的是对生命的"生如蝼蚁，死如尘埃"式的彻悟以及彻悟后的自杀。而随着二哥下乡的三哥也在二哥血的教训中坚定了终身不娶的念头。在此，"文革"中知青"上山下乡"的故事中知青内部的差异得到了强化，一个来自下层的知青以无比的真诚和善良向来自于知识分子家庭的知青靠近，后者在不拒绝前者带来的利益的同时，又选择了"适当"的机会和理由抛弃了前者。父亲式的以经济基础和生活方式为据对人进行分类和切割的方法被证明是有效的。二哥的遭遇以血的教训证明了父亲的一句话的"真理性"："鼓起骨气就是不要跟有钱人打交道，让他们觉得你是流着口水羡慕他们过日子。"在此，方方在父亲的立场上对二哥的"文革"遭遇给予了令人警醒的解释，对知青内部的差异性及其在"文革"中的关系给予尖锐的揭示。

---

① 方方：《风景》，《祖父在父亲心中》，江苏文艺出版社2003年版，第84页。

　　在单一的知识分子视角之外，方方借助于下层的眼光发现了"文革"中的另一种知青故事，对这一文学史中的模式化的知青故事进行了改写。这种思路也在七哥的知青身份和命运沉浮的互动中得以体现。"文革"前的七哥基本属于游离于"历史"之外的流浪者。他从五岁便开始捡菜，在患难的路上遇见了同病相怜的够够。这个同样来自于下层的女孩子给了他的童年唯一的温暖。无奈够够最终因车祸长眠在铁轨上。1974年，七哥的命运和"文革"发生了联系，他成为"上山下乡"运动中的一名知青。从城市到农村的空间位移给七哥带来生活上的"反向"的巨大落差：他因此第一次住进了较为宽敞的房子，"有生以来第一次在正经八百的床上睡觉"。而七哥的精神危机也发生在这些年。当村民们发现梦游的七哥正是给他们带来极大恐惧的"鬼"时，最好的办法是将七哥送走。于是，1976年，七哥又一次借政策之光被"推荐"上了"北京大学"。七哥的人生发生了重大转折，"文革"将他从幕后推到台前。方方通过对七哥遭遇的处理反思"文革"中知青命运的多元性，在弥漫着痛苦的遭际的背后，定会有一种机会垂青像七哥这样"苦大仇深的码头工人的后代"和令人厌恶的梦游者。

　　如果说父亲一家与新中国成立前的"历史"较少关涉，与20世纪50—70年代的"历史"局部碰撞的话，他们与20世纪80年代的时代转型的"历史"互动却是激烈的、整全的。父亲母亲因为退休而逐渐从家庭的台前走向幕后，陪伴其一生的汉口火车站因为新的火车站即将诞生而"结束了它的使命"，包括河南棚子在内的"公路两边的破旧房屋全部拆除，重新起盖高楼大厦"，"历史"无情地摧毁了伴随父母亲一生的居所，改造了与其相守一生的历史陈迹。三哥因为突发的海难改变了自己"水手"的职业，成了补鞋者；四哥因为身体的残疾继了父业；作为20世纪80年代的青年，七哥不择手段地通过裙带关系成长为官员；五哥六哥在改革开放的大潮中辞职干起了个体户，终于从贫穷落后的河南棚子走向了富裕繁华的汉正街；大香小香姐姐则未能摆脱"下层"的命运，最终将家安在了黄孝河边和三眼桥这些"历来下层人居住的地方"。时代的结构性转折剧烈地改变着每一个人的生存处境和命运，作为大时代的一分子，父亲一家终于被时代洪流裹挟着前进，成为大时代棋盘上的一粒棋子，或者落寞或者兴奋但最终却不能不与"历史"发生碰撞。

家庭：代际冲突与秩序重组

《风景》在广阔的历史视野中勾勒出汉口的百年风云，而居于小说中心位置的始终是父亲一家琐碎的生活细节，正是家承载着诸多城市变革的讯息。小说中涉及父亲一家四代人的生活，从代际承传的角度看，无论从职业还是生活理念上父亲和祖父之间保持着前后的统一。父亲以父子相承的方式继承了祖父码头工人的职业，也誓死维护祖父和自己的生存之道，他甚至认为"不像祖父那样活着完全没有意思"。在儿女们长大之前，父亲一直是家里绝对的权威，其他家庭成员对父亲抱有绝对的服从和崇拜。这种权威性与韦伯所说的"卡利斯玛"型权威相似，这一阶段的家庭生活虽然粗糙却基本平静。

父子间最初的冲突都起源于 13 平方米的板壁房，虽然冲突的形式和性质各异，但是大哥和二哥对父亲的反抗最终都以失败而告终。随着儿女们的成长，13 平方米的板壁房实在无法容纳父亲一家。于是，大哥只能借宿在邻居白礼泉家。这个在武钢上班的家境较好的邻居之妻却又爱上了大哥。因为三角恋爱而起的吵闹最终激烈化，已经征服了白礼泉之妻的大哥异常骄傲，他向白礼泉挑衅，但是却被对方轻易地制服：

> 白礼泉说："好吧。那房子是我的，我要收回。你娶她吧，让她住在你们那个猪窝里。跟你的父亲住一起，跟你的兄弟住一起……"白礼泉的话像是砸在大哥胸口上的石头。大哥突然脸色苍白，眼泪差点儿没落下来。①

---

① 方方：《风景》，《祖父在父亲心中》，江苏文艺出版社 2003 年版，第 86 页。

　　一向以凶悍著称的父亲看到这一幕后难免奚落大哥，并上前扇了大哥一个耳光。被激怒的大哥和父亲"扭打成一团"，并咒骂父亲说："世界上像父亲这样愚蠢低贱的人数不出几个。混了一辈子，却让儿女吃没吃穿没穿的像猪狗一样挤在这个 13 平方米的小破屋里。这样的父亲居然还有脸面在儿女面前有滋有味地活着。"像父亲一样以凶悍著称的大哥在"房子"面前马上显现出颓败的姿态，并将这种刺激转化为与父亲扭打的动力，而父子之间的冲突最终落在了这个曾让父亲为之骄傲的居所。争吵虽然很快结束了，但是父亲在家里的权威性却分明受到了挑战，这种挑战不仅仅指向房子本身，同时也指向为父亲所习惯的粗糙的生活方式。但是，这种挑战因为大哥与父亲在职业和精神上的深层同构而只能停留在打斗层面，试想，大哥如果作换位思考的话，他能比父亲更出色吗？

　　作为家中文化程度较高的一员，二哥对父亲的反抗起源于因另一种生存状态的发现而引来的心理震撼和自我反思。当二哥第一次来到为他所救的杨朦家的时候，一种惊异感油然而生，一种"质的变化"开始了。"他们住在天津路英租界的一幢红楼房里。他们有七间房子，整整占据了一层楼。仅保姆许姨住的房间都比二哥家的屋子大两个平米。他们一家四口人住四间屋子还剩下一间客厅和一间贮藏室。"杨朦家的房子给二哥留下了深刻的印象。自家的房子与杨朦家的房子的强烈对照打破了二哥内心的平衡，而且杨家"相亲相爱"、"民主平等"、"文质彬彬"、"温情脉脉"的"另一种活法"令他吃惊，令他"陶醉"。当新的生活参照系建立起来之后，一种新的生活理念刺激着他，使他开始对习以为常的父亲以及他的生活方式充满怀疑和厌倦，事情源自于二哥对重病的七哥的保护与同情：

　　　　二哥将七哥放在床上，撩开盖在他腿上的布，对父亲说："他也是条命，你也不要太狠了。他的腿伤口烂了，长了蛆。你要想让他活，就不能再让他睡床底下。里面又湿又闷，什么虫都有。"父亲看了看七哥，冷冷地说："他是老子养出来的，用不着你来教训。"二哥说："正因为他是你的儿子我的弟弟，我才要求你好好保护他。"父亲顺手重重地给了二哥一耳光。父亲说:"让你读点书你就邪了,在老子面前咬文嚼字。你给我滚。"①

如果说大哥与父亲的冲突主要是一种冲动式的身体冲突的话,二哥对父亲的反抗则带有更深层的精神因素和理性特征。二哥的话语是建立在人道主义基础上的"现代"话语,它的主要特征是对个体的平等、独立、自由的地位的寻求;而父亲的话语则是以长者为本位的强调服从和专制的"传统"话语。所以,二哥和父亲的冲突与其说是一种对对待七哥这样的具体问题的争辩,不如说是两种分属知识分子和工人、上层和下层的不同系统的话语间的抗辩。二哥在这次争辩中虽然取得了暂时的胜利,但是却最终在"文革"中因为追随杨朗而自杀。于是,这种人生结局就具有象征意味:这不仅仅是作为个体的二哥的死亡,更是在当时遭受排挤和打压的知识分子话语的失败。而父亲实际上是这种父子冲突中最终的"胜利者",他"对二哥的死愤愤然之极,每逢二哥忌日父亲便大骂二哥是世界上最没出息的男人,混蛋一个却装得像个情种。然后接下去必然骂这都是读书读木了脑袋"。大哥和二哥对父亲的反抗都无果而终,这其中深层的原因便在于父亲产生自我认同的社会基础尚未破除,父亲和他代表的话语在当时尚居于主导地位,工人的身份及其话语还具有自明的优越性。

吉登斯在论及自我认同时提出了"本体性安全"的理论,这一术语指的是"大多数人对其自我认同之连续性以及对他们行动的社会与物质环境之恒常性所具有的信心"②。而五哥、六哥和七哥最终能够完成身份转换以及"弑父"的"历史重任",正是因为"改革开放"中的社会为他们提供了身份转变的机会和保持自我认同的"信心"。无论从体格、职业,还是精神上看,五哥和六哥都全面地继承了父亲。但是随着20世纪80年代"下海"经商渐成风气,汉正街沿街经商的个体户"而今已达到两千多户",其中"几乎有一千家已经成了万元

---

① 方方:《风景》,《祖父在父亲心中》,江苏文艺出版社2003年版,第118—119页。
② [英]吉登斯:《现代性的后果》,田禾译,译林出版社2000年版,第80页。

户",于是五哥辞掉了"工资不算低"的泥瓦工;六哥也辞去了运输公司汽车修理工。五哥凭借狡猾和投机终于忝列汉正街万元户之一,"六哥自然也不例外"。五哥和六哥不仅实现了从工人到个体户的身份转变,还将家从河南棚子移到了汉正街。五哥的女朋友不满河南棚子的"屁点破屋",和父亲起了冲突,五哥"跳起来对父亲乱叫了一通便又噔噔噔地去追赶那女朋友"。父亲不得不感叹"日月颠倒了,颠倒了",但五哥还是做了汉正街的"上门女婿",六哥也紧随其后成为"倒插门"女婿。偶尔回河南棚子的五哥、六哥带着自己"花团锦簇且粉团团的孙辈们",父亲说"人要是像这么养着就会有一天变成猪"。但是无论如何,面对五哥赌钱的场面,父亲不得不对他刮目看了。

五哥说他们现在下赌注根本不数钞票的张数。父亲不服便傲然问道那怎么算账?五哥说把钱摞起来用尺量厚薄。五哥说我下得最深的一次赌注是十个厘米。父亲说十个厘米有多少?未必比一百块还多?五哥说压紧一点也就差不多一千块。父亲"呸"地朝五哥吐了一口浓痰,怒道:"吹牛找你孙子去莫找你老子。"五哥大骂着父亲混蛋透顶而去。而同父亲一起的牌友们直到五哥走得没影儿了惊愕的面孔还没复原。

这回父亲怀疑五哥和六哥是不是他的儿子了。①

作为20世纪80年代"改革开放"的历史潮流中的"弄潮儿",五哥和六哥借时代之风实现了从河南棚子到汉正街、从工人到个体户的转变。而父亲则只能在慨叹声中无奈地被历史所遗弃从而变得"落寞"和"痛苦"。这种父子秩序的位移不仅指向代与代之间的普通流动,同时也是新时代经济身份对政治身份的胜利表征。

在家庭秩序重组的过程中,经过代际冲突和同代人之间的较量,最终替代了父亲的中心位置而成为家中的轴心人物的是七哥。七哥从

① 方方:《风景》,《祖父在父亲心中》,江苏文艺出版社2003年版,第118—119页。

出生到长大一直都伴随着一种深刻的焦虑,小的时候备受一家人的(大哥二哥有时照顾他)虐待使他濒临精神分裂的边缘。在"文革"中因为梦游而惊吓了村民却又阴差阳错地被"推荐"上了大学。大学里同宿舍的苏北佬假借女朋友亡故而出名的事情被七哥发现,于是苏北佬给七哥"上了一课":"苏北佬说干那些能够改变你的命运的事情,不要选择手段和方式。想人们对你的卑微的地位而投去的蔑视的目光,去想你的子孙后代还将沿着你走过的路在社会的底层艰难跋涉。"对于七哥来说,苏北佬的话犹如醍醐灌顶,"一切噩梦已过"。毕业后的七哥在一所中学教书并与一名大学教授的女儿恋爱;但是当他有一次偶然遇见了家住"水果湖"的高干之女后,七哥马上完成了自己人生的转折:和教授的女儿分手,和虽不能生育却能令自己"进入上层社会"并仕途畅通的高干之女结婚。通过种种"努力"之后,七哥终于从"睡在床底下"的"小七子"变成个"人物",从家庭的最边缘走到最中心。

在顺利地实现了身份转换之后,七哥在家中的角色期待发生了质的变化。他一进家门"就狂妄得像个无时无刻不高翘起他的尾巴的公鸡之状态","就像一条发了疯的狗毫无节制地乱叫乱嚷",而"父亲得忍住自己全部的骄傲去适应这个人物"。大香小香姐姐都争相将自己的儿子过继给七哥,而七哥决绝地从孤儿院领养了一个孩子后"扬长而去"。父亲"想骂人而终未骂出",因为在父亲的眼里"七哥是政府的儿子而不是他的"。尽管五哥、六哥讽刺七哥"费心思往上爬不如费心思赚点钱",并故意把儿子的脸亲得"叭叭"响以刺激七哥,但是七哥在组织个体户们座谈时仍然居于中心并侃侃而谈。这种位置和姿态实际上意味着七哥对五哥、六哥的统摄权。至此,七哥终于通过"不择手段"的努力而代替父亲成为家中新的权威人物。而与此同时,他决绝地与令他作呕的家进行告别。位于高处的七哥成了一个多重人格的人,他"穿上西装打上领带便仪表堂堂地像个港商","戴了副无边眼镜便酷似教授抑或什么专家",一进家门便"疯狗气"十足。也许在精神上与父母亲和兄弟姐妹划界并没有那么容易,但是通过从孤儿院领养儿子,七哥终于从血缘上完全拒绝了父亲和家庭,成为这个家庭最决绝的叛逆者。历史地来看，七哥的"弑父"最终发生在新旧交替的20世纪80年代，作为某种类型的时代青年，七哥对父亲的胜利是全面的胜利：从物质基础到话语类型，从经济收入到社会地位，七哥以"新人"的姿态和优势战胜了"旧人"。正如巴赫金所说的那样，"这里的成长克服了任何的个人局限性而变为历史的成长。所以，就连完善的问题，在这里也变成了新人同新历史时代一起在新的历史世界中成长的问题，这个成长同时伴随着旧人和旧世界的灭亡"①。于是，我们看到小说结尾是一派以新胜旧的景象：

> 河南棚子盖起了好些新房子。那些陈旧的板壁屋便如衣衫褴褛的童养媳夹杂在青枝绿叶般的新娘子之间。据说新火车站要修到建设大道的方向去，教堂般的汉口火车站从此结束它的使命。穿越城市的铁路要改为高质量的公路，公路两边的破旧房屋全部拆除，重新起盖高楼大厦。②

---

① ［苏联］巴赫金：《巴赫金全集》第三卷，钱中文主编，河北教育出版社1998年版，第440页。

② 方方：《风景》，《祖父在父亲心中》，江苏文艺出版社2003年版，第122页。

参 考 文 献

著作类

1. ［法］罗贝尔·埃斯卡皮：《文学社会学》，于沛选编，浙江人民出版社 1987 年版。

2. ［加拿大］斯蒂文·托托西：《文学研究的合法化》，马瑞琦译，北京大学出版社 1997 年版。

3. ［加拿大］佛克马、蚁布思：《文学研究与文化参与》，俞国强译，北京大学出版社 1996 年版。

4. ［美］杰姆逊：《后现代主义文化理论》，唐小兵译，北京大学出版社 1997 年版。

5. ［法］布迪厄：《艺术的法则——文学场的生成和结构》，刘晖译，中央编译出版社 2001 年版。

6. ［法］米歇尔·福柯：《知识考古学》，谢强、马月译，生活·读书·新知三联书店 1998 年版。

7. ［日］柄谷行人：《日本现代文学的起源》，赵京华译，生活·读书·新知三联书店 2003 年版。

8. ［美］海登·怀特：《后现代历史叙事》，陈永国、张万娟译，中国社会科学出版社 2003 年版。

9. ［英］柯林武德：《历史的观念》，何兆武、张文杰译，商务印书馆 1997 年 9 月版。

10. ［美］戴安娜·克兰《文化生产：媒体与都市艺术》，赵国新译，译林出版社 2001 年版。

11. ［德］哈贝马斯：《公共领域的结构转型》，曹卫东等译，学林出版社 1999 年版。

12. ［美］韦勒克、沃伦：《文学理论》，刘象愚、邢培明、陈圣生、李哲明译，生活·读书·新知三联书店 1984 年版。

13. ［英］雷蒙·威廉斯：《文化与社会》，吴松江、张文定译，北京大学出版社 1991 年版。

14. ［美］道格拉斯·凯尔纳：《媒体文化——介于现代与后现代之间的文化研究、认同性与政治》商务印书馆 2004 年版。

15. ［英］丹尼·卡瓦拉罗：《文化理论关键词》，凤凰出版传媒集团、江苏人民出版社 2006 年版。

16. ［美］萨梅尔·约翰逊、帕特里夏·普里杰特尔：《杂志产业》，王海主译，中国人民大学出版社 2006 年版。

17. ［匈牙利］雅诺什·科尔奈：《社会主义体制》，张安译，中央编译出版社 2007 年版。

18. ［法］让－诺埃尔·卡普费雷：《谣言——世界最古老的传媒》，郑若麟译，上海人民出版社 2008 年版。

19. 阎纲：《文学八年》，华山文艺出版社 1987 年版。

20. 秦晋：《演进与代价》，人民文学出版社 1995 年版。

21. 李强：《转型时期的中国社会分层结构》，黑龙江人民出版社 2002 年版。

22. 罗钢、刘象愚主编：《文化研究读本》，中国社会科学出版社 2000 年版。

23. 谢冕、张颐武：《大转型——后新时期文化研究》，黑龙江教育出版社 1995 年版。

24. 戴锦华：《隐形书写：九十年代文化研究》，江苏人民出版社 1999 年版。

25. 高江波：《期刊求索录》，北京师范大学出版社 1998 年版。

26. 程永新：《一个人的文学史》，天津人民出版社 2007 年版。

27. 查建英：《八十年代访谈录》，生活·读书·新知三联书店 2006 年版。

28. 刘纳：《从"五四"走来》，福建教育出版社 2000 年版。

29. 贺桂梅：《人文学的想象力》，河南大学出版社 2005 年版。

30. 邵艳君：《倾斜的文学场——当代文学生产机制的市场化转型》，江苏人民出版社 2003 年版。

31. 洪子诚：《中国当代文学史》，北京大学出版社 1999 年版。

32. 陈平原、[日] 山口守：《大众传媒与现代文学·序》，新世界出版社 2003 年版。

33. 陈思和主编：《中国当代文学史教程》，复旦大学出版社 1999 年版。

34. 孟繁华、程光炜：《中国当代文学发展史》，人民文学出版社 2004 年版。

35. 王晓明主编：《批评空间的开创》，东方出版社 1998 年版。

36. 程光炜：　《文化的转轨——"鲁郭茅巴老曹"在中国 (1949—1976)》，光明日报出版社 2004 年版。

37. 程光炜：《文学史的兴起》，河南大学出版社 2008 年版。

38. 贺桂梅：《转折的时代——40—50 年代作家研究》，山西教育出版社 2003 年版。

39. 李扬：《五十至七十年代文学再解读》，山西教育出版社 2003 年版。

40. 唐小兵主编：《再解读——大众文化与意识形态》，北京大学出版社 2007 年版。

41. 曹文轩：《二十世纪末中国文学现象研究》，北京大学出版社 2002 年版。

42. 洪子诚：《1956：百花时代》，山东教育出版社 1998 年版。

43. 洪子诚：《问题与方法——中国当代文学史研究讲稿》，生活·读书·新知三联书店 2002 年版。

44. 孟繁华：《传媒与文化领导权》，山东教育出版社 2003 年版。

45. 李频：《期刊策划导论》，河北教育出版社 2001 年版。

46. 李频：《大众期刊运作》，中国大百科全书出版社 2003 年版。

47. 靳大成主编：《生机：新时期著名人文期刊扫描》，中国文联出版社 2003 年版。

48. 郑立新主编：《国史通鉴》，红旗出版社 1994 年版。

49. ［英］R. 麦克法夸尔、费正清编：《剑桥中华人民共和国史》，中国社会科学出版社 1992 年版。

报刊类

1978—1992 年的《文艺报》《文学报》《文化报》《人民日报》《光明日报》《钟山》《人民文学》《北京文学》《上海文学》《收获》《长江文艺》《中国》《当代》《故事会》《中国青年》《当代作家评论》《当代文艺思潮》《文学评论》《文学自由谈》《文艺争鸣》等报刊。

后　记

自初识文字以来，一直都将读书作为生活中最重要的内容，哪怕是不读书的时候，也喜欢胡思乱想。久而久之，读书便成为一种习惯。虽然有时候读书也颇感心烦，但过不了多久，又想找几本书翻翻。所以，当我一再思考自己的人生选择的时候，我发现自己其实没有其他可供选择，只能选择读书和教书。

回想从小学到博士20多年的读书生涯，每每颇为感慨。书改变了我的性情、重塑了我的人生。大学时代与鲁迅作品的相遇，让我了解了一个现代知识分子的精神，也彻底解决了我的人生之"路"的问题，过客的形象一直吸引着我，也一直鼓舞着我。鲁迅的思想和精神将我成功地引渡到一个全新的世界，于是，大学时代就选择了现代文学，而后一路读下去。每当陷入困境之时，因为一种思想和精神的支持，我都坚持下去。

在读博的三年中，导师马俊杰先生对我学业的指导和生活的关怀让我铭记于心。先生在思考问题时总是站在哲学的高度，常常在只言片语中给我以深刻的启迪，让我能够抓住问题的核心所在。性格内向、不善交际的我不时受到导师的指点和鼓舞，总让我增添了继续探索的信心和勇气。记得上博士的第一年，先生知道我远道而来，在中秋节和我共餐；国庆节的时候还询问我如何安排，并给我出游的建议。程光炜先生的关怀也令人难忘。"重返八十年代"讨论课上我提交的论文，程先生总是及时给予批评指正；在课堂上，只要我有一丁点想法，程老师都会给我鼓励。讨论完以后，程先生总是通过电子邮件给出详细的修改意见。种种关怀每每令我欣喜而愧疚，不知如何表达对两位先生的谢意。

　　我的硕士导师赵学勇先生是引我走上学术之路的人，先生给了我最初的肯定和赞许，使我坚信自己在这条路上尚能有所为。在读博期间，我也曾多次向先生请教，总能得到意外的收获。

　　博士论文开题时，程光炜教授、孙郁教授、李今教授、王家新教授、姚丹教授都曾提出了宝贵的修改意见，在论文写作过程中，诸位老师的意见时常给我以启发。答辩时，王一川教授、孙郁教授、程光炜教授、李今教授、张颐武教授、白烨研究员、阎连科教授在肯定论文的优点的同时，指出了其中的不足。真心感谢诸位老师不吝赐教，他们的意见和建议给了我信心，同时又给了我压力。论文答辩时，师弟艾翔曾经给了我很多帮助，让我能够顺利完成学业，真心感谢他。

　　多年的求学生涯中，我的父母、姐妹都曾给予我全力的支持与鼓励；考博期间，妻子王莹莹一直是我的精神支持；读博士期间，她又成为我坚强的后盾，为我排除了很多生活和精神之忧。没有他们的鼎力支持，我就难以完成学业。如今，儿子张亦弛已三岁有余，他是我不断前进的动力。谢谢这些可爱的亲人们。

　　大学毕业时，不经意间为自己写下了座右铭："读万卷书，行万里路。"如今博士毕业已将近四年，自觉还需要读书，还需要赶路⋯⋯